LE SANG DE MANCHESTER

Du même auteur :
Le dernier match de River Williams (Hugo Poche, 2020)
L'ombre d'un géant (Hugo Poche, 2021)

34-36, rue La Pérouse
75116 Paris
www.hugopublishing.fr

Collection dirigée par Franck Spengler
Ouvrage dirigé par Bertrand Pirel

Graphisme de couverture : Emmanuel Pinchon
Photo de couverture : © Shutterstock / MERCURY studio

ISBN : 9782755694376
Dépôt légal : mai 2022
Imprimé en Espagne par Black Print

Composition et mise en pages
Nord Compo à Villeneuve-d'Ascq

VINCENT RADUREAU

LE SANG DE MANCHESTER

Hugo Poche

SUSPENSE

PREMIÈRE PARTIE

CHAPITRE 1
La fosse de Gunchester

Sans prévenir, les nuages changèrent de couleur. Le gris clair devint gris poussière et se mit à salir le ciel. Puis c'est une teinte plus soutenue qui s'étendit au-dessus de Manchester, un gris de plomb qui tendait déjà vers l'anthracite et assombrissait chaque coin de rue. On était au début du mois de mai et pourtant les rayons du soleil se faisaient toujours aussi rares dans ce coin de l'Angleterre.

Les nuages étaient venus de la mer d'Irlande, par le nord-ouest. Ils étaient passés au-dessus de Salford, avaient survolé le centre-ville de Manchester depuis la cathédrale jusqu'au Gay Village en passant par les Piccadilly Gardens. Alors qu'ils descendaient vers le sud, ils s'accrochèrent aux tribunes du stade de Manchester United pour accompagner les cris de victoire des *Red Devils*, vainqueurs des modestes *Canaries* de Norwich.

Poussés par les vents, les grappes de stratus transportèrent encore un peu plus loin l'entêtante odeur de houblon exhalée par une gigantesque brasserie, autrefois nommée *Royal Brewery* en l'honneur du roi Edward VII, désormais propriété d'une marque de bière néerlandaise. Puis le cortège grisâtre se propagea au-dessus du quartier de Moss Side, au sud de Manchester, celui dont la réputation était la plus désastreuse.

Moss Side. Une suite sans fin de petites rues faites de maisons de briques rouges toutes identiques. Un quartier dont on disait parfois qu'il était une sorte de « Harlem » mancunien puisqu'il avait accueilli plusieurs vagues d'immigrants depuis des décennies : les Irlandais et les Polonais avant la Seconde Guerre mondiale, les Indiens par la suite et surtout les Caribéens venus de la Jamaïque, de Trinité-et-Tobago, de la Barbade ou encore de Guyana. Autant de populations que les habitants du centre-ville regardaient avec une condescendance teintée d'un racisme larvé qui n'avait jamais vraiment disparu depuis les années 1950. Avec le temps, ces communautés s'étaient agrégées les unes aux autres sans se mélanger, au risque de créer des tensions ininterrompues et de voir les gangs s'installer à chaque carrefour. En conséquence, Moss Side faisait souvent la une des journaux locaux, mais jamais pour de bonnes raisons. Il y a quelques années, on avait même trouvé un autre surnom pour le quartier : « Gunchester ». Parce qu'il n'était pas rare qu'on y règle les conflits à coups d'armes à feu…

Ces derniers mois pourtant, les rues avaient retrouvé un semblant de calme. La municipalité avait mis les moyens, incité les jeunes couples à s'installer dans les petites maisons de briques rouges. On voulait croire à une pacification durable, à une nouvelle ère qui ferait de Moss Side un quartier comme un autre de Manchester.

Le parfait symbole de cette réconciliation se tenait en ce moment même, alors que les nuages s'avançaient, de plus en plus menaçants. Depuis près de deux heures, les corps se déhanchaient en un joyeux cortège qui s'était formé sur les pelouses de l'Alexandra Park pour s'en aller danser dans les rues. Sous le ciel gris, entre les murs sales de ce quartier indigent, les costumes pailletés et bigarrés faisaient exploser leurs couleurs incongrues. Les hommes s'avançaient torse nu, luisants de sueur, tandis que les femmes exhibaient de formidables postérieurs dans une débauche de plumes, de frous-frous et de déguisements délirants, papillons géants et autres bestioles difficilement identifiables.

Tout ce petit monde s'agitait sur des rythmes qui n'avaient pas grand-chose à voir avec ceux de la *brit pop* ; on était loin de la pulsation binaire des rockeurs qui firent la réputation mancunienne, Oasis en tête. Ici, c'est le reggae qui se faisait entendre sous les drapeaux jamaïcains, accompagné du flow désarticulé des rappeurs locaux. Tout au long du parcours, les habitants descendaient sur les trottoirs pour accompagner la procession et la filmer avec leurs smartphones. Parmi eux, des familles de toutes origines, de toutes les couleurs. Des jeunes et des moins jeunes, comme Gary, la soixantaine bien entamée, les cheveux argentés, un sourire en permanence au coin des lèvres. Gary n'avait plus les jambes de ses vingt ans mais il tenait à marcher un peu avec tout le monde, comme il le faisait chaque année.

Car c'était bien l'événement annuel du quartier, celui dont toute la ville pouvait être fière : le *Manchester Caribbean Carnival*, une véritable institution qui voyait les différentes communautés caribéennes défiler de treize heures à dix-neuf heures un samedi, souvent suivies par des ensembles de musique irlandaise ou écossaise et toutes sortes de contributions venues de la communauté blanche. Depuis 1971, le carnaval de Moss Side était le symbole de l'intégration, mais aussi celui d'une mixité rêvée et festive.

Et puis cette nouvelle édition tombait à point nommé. Deux jours plus tôt, une fusillade avait réveillé de mauvais souvenirs dans le quartier, à tel point que la municipalité s'était demandé s'il ne valait pas mieux reporter le carnaval. Sur Rosebery Street, pas très loin de l'Alexandra Park, un jeune homme de vingt-deux ans avait été pris pour cible par les membres d'une bande rivale. Il avait reçu trois balles en plein thorax et s'était retrouvé entre la vie et la mort au centre hospitalier de la Manchester Royal Infirmary. Aujourd'hui encore, son pronostic vital était réservé, et cette mort en sursis jetait un voile d'inquiétude sur le cortège qui traversait les rues de Moss Side ; elle obligeait les danseurs à redoubler d'efforts pour chasser les fantômes du passé, ceux de *Gunchester* et des rivalités entre gangs.

Après avoir traversé Princess Road, le joyeux défilé poursuivit sa route vers l'est, comme s'il souhaitait échapper au mauvais temps qui s'annonçait. Le cortège évita soigneusement Rosebery Street pour s'engager sur Parkside Road, puis il slaloma entre Lloyd Street et Ebberstone avant de se retrouver aux abords de Maine Road.

C'est alors que le vieux Gary s'arrêta, oubliant les rythmes chaloupés pour se poser un instant ; pour regarder encore une fois ce qu'était devenu cet endroit qu'il avait chéri plus que tout au monde. Gary était un indécrottable supporter de Manchester City. Un ancien. Un fidèle abonné des tribunes de Maine Road, un *season ticket holder*[1]. De ceux qui avaient connu les années de galère avant le changement de galaxie.

Maine Road. C'était à la fois l'adresse et le nom de l'ancien stade de Manchester City. Depuis 1923, il se dressait là, au cœur du quartier, énorme vaisseau échoué entre toutes ces petites rues, cerné par des dizaines de ces maisons modestes à un étage. Quand

1. Celui qui possède un abonnement pour une saison entière.

on pénétrait autrefois dans les méandres de Moss Side, on était toujours stupéfait de découvrir le monstre au bout d'une rue perpendiculaire à Maine Road : Lowthorpe, Wykeham, Wansford, Beveridge, Ebberstone Street avaient pour seul horizon le stade de Manchester City.

Car c'étaient bien les *Sky Blues*, les joueurs au maillot bleu ciel, qui avaient élu domicile dans cette arène depuis sa création. Quatre-vingts années de présence au beau milieu du peuple mancunien, pour de rares succès et tant de désillusions. Au début du nouveau siècle, le club avait fini par grandir et retrouver une ambition inespérée. Il avait alors fallu changer de stade : à Maine Road, il était impossible de pousser les murs. En 2003, Gary et les autres supporters de Manchester City avaient donc migré vers une zone industrielle désaffectée à l'est du centre-ville, sur l'ancien site d'une usine de charbon. Là-bas s'élevait un *City of Manchester Stadium* flambant neuf qui prendrait bientôt le nom d'une compagnie aérienne d'Abu Dhabi, et le club de football allait changer de dimension pour devenir l'une des marques sportives les plus connues au monde.

Immobile au croisement d'Ebberstone Street et de Maine Road, Gary restait songeur. Face à lui, la silhouette imposante du vieux stade avait disparu, évidemment. Il le savait, mais il avait toujours un pincement au cœur à chaque fois qu'il repassait par ici. Voilà près de vingt ans que les bulldozers avaient démoli les tribunes. Il fallait bien s'y résoudre : les moins de vingt ans n'avaient jamais connu Maine Road et pour eux le club n'avait plus rien à voir avec le quartier. Désormais, en lieu et place de l'enceinte sportive, on trouvait un programme immobilier fait de maisons un peu moins modestes que les autres. Elles étaient de couleur blanche et brique, apparaissaient plus modernes dans leur construction même si certaines étaient déjà un peu défraîchies. Au sud de la résidence, ces maisons avaient été réparties le long d'une rue en arc-de-cercle qui semblait reproduire le dessin de la tribune évanouie. Une rue dont le nom, « Blue Moon Way », faisait référence à l'hymne de Manchester City : *Blue Moon*, cette balade aux paroles étonnamment mélancoliques entonnée avant chaque match par les supporters des *Sky Blues*.

En fredonnant cette rengaine ("*Blue Moon / You saw me standing alone / Without a dream in my heart / Without a love of my own*"[2]), le vieux Gary se remit en marche. À cet instant précis, le cortège du carnaval fut rattrapé par les nuages venus de la mer d'Irlande. Les premières gouttes s'écrasèrent sur les plumes, les costumes, les torses nus et les formidables postérieurs, donnant une tout autre dimension au spectacle proposé. La Jamaïque et

2. « Lune bleue / Tu m'as vu me tenant seul / Sans un rêve au fond de mon cœur / Sans personne à aimer. »

les Caraïbes s'effacèrent soudain, comme on se réveille péniblement d'un doux rêve ensoleillé. Oui, malgré ces heures passées à danser au son du reggae, malgré ces couleurs chatoyantes, on restait bel et bien dans le nord de l'Angleterre, là où la grisaille et la pluie accompagnaient tant de jours et de nuits. Malgré tout, les danseurs n'avaient certainement pas l'intention de ralentir le rythme ou d'abandonner la rue pour aller s'abriter. La sono crachait toujours autant de décibels, alors il fallait continuer à marcher en cadence.

Les pas claquaient sur le bitume mouillé, les gouttes d'eau étaient projetées en l'air par les ailes en carton des faux papillons, les plumes commençaient à baisser pavillon, alourdies par la pluie. Le vieux Gary se décida à rebrousser chemin. Cette année, il n'irait donc pas jusqu'au bout, mais il aurait au moins un peu participé à l'événement.

Alors qu'il ralentissait son pas, il se rendit compte que le cortège était comme bloqué quelques mètres plus loin. On était presque au milieu du Blue Moon Way, entre un immeuble de trois étages et une école privée, la *Divine Mercy Primary School*. Il y avait là un petit passage qui menait à un terrain vague qu'on était en train de réaménager, probablement dans le but de poursuivre la construction du programme immobilier. Une pelleteuse avait commencé à gratter le sol mais s'était arrêtée au bout de quelques minutes. L'un des ouvriers, qui avait l'air totalement paniqué, se dirigeait vers la rue avec le téléphone à l'oreille, en hurlant des mots que Gary ne parvenait pas à comprendre. Mais ce qu'il disait était suffisamment inquiétant pour que les spectateurs du carnaval s'arrêtent de marcher, bientôt rejoints par d'autres passants et même quelques danseurs, jusqu'à former un attroupement.

Gary s'approcha. Il se fraya un chemin parmi la petite foule et suivit le mouvement jusqu'au milieu du terrain vague. L'ouvrier au téléphone tenta d'empêcher les badauds de s'approcher, mais il était bien seul et déjà très occupé à se faire comprendre de son interlocuteur. En passant à son niveau, Gary finit par entendre ce que disait l'ouvrier, qui s'adressait sans doute à son employeur. « Faut qu'vous veniez, et tout de suite ! » braillait-il. « Nous, on peut plus continuer à travailler, vous comprenez. C'est plus possible ! »

La pelleteuse n'avait pas eu le temps de creuser très profondément. Ce n'étaient que les premiers coups de pelle ; on avait gratté la terre sur un mètre ou deux, guère plus. Dans leur veste de sécurité orange fluo, trois autres ouvriers restaient comme pétrifiés, les mains sur les hanches et le regard vers le fond de la fosse.

Les spectateurs et acteurs du carnaval les rejoignirent. Avec toutes ces plumes en berne et ces costumes détrempés autour d'un trou boueux, sous une pluie battante, la scène était grand-guignolesque.

On laissa passer Gary, privilège de l'âge. Il essuya les gouttes sur le verre de ses lunettes et les rechaussa.

À son tour, il regarda dans le trou. Et ce qu'il vit le glaça d'effroi.

CHAPITRE 2
Capitaine Molly Doherty

Molly leva le nez vers le ciel et retrouva le sourire. Enfin le gris du ciel s'éclaircissait. Les nuages les plus sombres se dirigeaient désormais vers Stoke-on-Trent, Birmingham, et prendraient bientôt la direction de Londres pour se disperser au-dessus de la Tamise.

À Manchester, la pluie n'était plus que bruine et Molly s'en réjouissait ; elle aurait détesté que ses grands débuts soient noyés par une sorte de colère divine. Elle y aurait forcément vu un mauvais présage. Plus prosaïquement, elle était juste heureuse de rester au sec en attendant son nouveau partenaire, le lieutenant Fergus Pennycook. C'était la première fois qu'elle le rencontrait et Molly ne savait pas vraiment à quoi s'attendre. Depuis qu'elle était arrivée du bureau de Salford, elle s'était un peu renseignée sur le bonhomme et les avis étaient partagés : les uns pensaient qu'il n'était qu'un vulgaire supporter de foot, bourrin et sans finesse, les autres le trouvaient attachant… même s'il restait quand même un peu bourrin et sans finesse.

Fergus n'était toujours pas arrivé et Molly s'impatientait. Elle pianotait nerveusement sur le capot de la nouvelle voiture qu'on leur avait confiée, dont l'intérieur sentait encore le neuf. Elle y jeta un coup d'œil distrait, se contenta d'observer que les couleurs réglementaires avaient été apposées sur les flancs de la carrosserie : le fameux damier bleu et jaune fluo, immédiatement reconnaissable. En voyant cette étrange association chromatique, chacun comprenait qu'il s'agissait de la police et qu'il valait mieux se tenir à carreau.

Molly ne savait toujours pas si elle devait se réjouir d'appartenir aux forces de l'ordre britanniques ou si elle devait en avoir honte. Depuis qu'elle était arrivée à Manchester, elle avait bravé les interdits, elle avait bataillé contre les préjugés pour enfin pouvoir étrenner ses galons de *Detective Chief Inspector*, c'est-à-dire de capitaine de police. Ça n'était pas rien, tout de même, d'accéder à ce poste alors qu'elle n'avait que trente-trois ans, qu'elle était une femme, qu'elle ne dépassait pas le mètre soixante-cinq et qu'elle s'avouait incapable de hurler, de jurer comme un charretier et donc de s'imposer en gueulant plus fort que les autres. Si Molly Doherty faisait désormais partie de la caste des *Senior Investigating Officers*[3], c'est parce qu'elle avait une autorité naturelle qu'on ne pouvait

3. Officiers de police chargés d'enquêter sur les scènes de crime les plus importantes.

soupçonner au premier coup d'œil. Petite, menue, des cheveux blonds aux reflets cuivrés, coupés courts, Molly avait des yeux verts qu'on imaginait autrefois pétillants mais qui n'offraient le plus souvent qu'un regard dur et sombre. Elle était méticuleuse à l'excès, inflexible lorsqu'elle était sûre de son fait ; elle n'avait pas d'ami dans le service et ne riait jamais aux blagues grivoises de ses collègues. C'était cette apparence glaciale qui faisait qu'on la respectait autant qu'on la craignait.

Et puis la capitaine Doherty avait eu des résultats sur le terrain et c'était bien l'essentiel. La dernière affaire où elle s'était illustrée, celle qui lui avait sans doute valu la promotion, c'était un double meurtre sordide dans la banlieue ouest de Manchester, à Salford. Un couple de sexagénaires avait été sauvagement assassiné à son domicile et la jeune inspectrice avait été la seule à imaginer l'impensable : c'était le petit-fils, âgé de quinze ans, qui avait commis cet acte odieux sous l'emprise de la drogue. Têtue comme une mule, Molly s'était accrochée à cette piste que tous les autres avaient délaissée faute de preuves ; elle avait fini par confondre l'adolescent meurtrier, au risque de traumatiser une famille entière.

Voilà pourquoi, à trente-trois ans, elle changeait brutalement de statut. À partir d'aujourd'hui, il faudrait l'appeler capitaine Doherty, ou « chef » pour les intimes. Mais elle avait beau réfléchir sans cesse à cette nouvelle situation, Molly ne savait toujours pas si elle pouvait s'autoriser à en être fière. Son histoire intime lui soufflait que, quelque part, pas si loin d'elle, son brillant parcours pouvait être perçu comme la pire des provocations.

– Ah les bâtards, il nous ont filé une française !

Fergus venait enfin d'arriver. Grand, lourd et massif, un mètre quatre-vingt-dix et plus de cent kilos, une sacrée bedaine pour une carrure impressionnante. Ses premiers mots n'étaient certainement pas aimables, mais le lieutenant Pennycook ne s'adressait pas à Molly. Il parlait de la voiture. La police britannique avait commandé mille cinq cents Peugeot pour équiper ses flottes à travers le pays, estimant sans doute que la marque au lion était plus fiable que les productions locales. L'initiative avait eu le don d'agacer Fergus, qui n'accordait aucune confiance à la French mécanique.

Il soupira puis releva le nez, semblant chercher quelqu'un. Son regard tomba sur Molly, de l'autre côté de la voiture ; la capitaine Doherty sentit bien que son nouvel adjoint était à deux doigts de commettre un impair. C'était une évidence, il allait s'adresser à elle comme on interpelle une guichetière revêche afin de lui demander, d'un air supérieur : « Dites donc, ma p'tite dame, vous n'auriez pas vu un officier de police dans le coin, par hasard ? »

Au prix d'un effort considérable, le lieutenant évita le piège et finit par comprendre que le petit bout de femme qui se tenait de l'autre côté du véhicule était bien le supérieur hiérarchique avec lequel il avait rendez-vous. Il fronça les sourcils, se rengorgea et s'adressa à la p'tite dame avec une voix des plus respectueuses.

– Capitaine Doherty ? On doit travailler ensemble, je crois.

– Alors vous êtes donc le lieutenant Pennycook, répondit Molly. Désolée pour la voiture, je ne suis pas responsable de la politique maison en termes d'investissements automobiles.

– Et moi je suis désolé pour cette entrée en matière. Je ne pensais pas que vous étiez… Enfin, je ne vous avais pas vue, voilà tout. Vous l'avez compris, je n'aime pas les *froggies*, ça vaut pour le rugby et pour les voitures… Ah si : il y a quand même un Français que j'ai adoré, que j'ai vénéré comme un dieu, mais c'était au siècle dernier. Bref, si vous voulez, on peut prendre mon véhicule pour se déplacer en toute discrétion.

À ces mots, Fergus désigna sa voiture, garée un peu plus loin. C'était une berline bien anglaise, de cette marque qu'on ne trouvait que de l'autre côté de la Manche : une Vauxhall. Un fleuron un peu écorné de l'industrie automobile britannique, dont la plupart des modèles étaient en fait dérivés de la marque Opel. Le lieutenant Pennycook était donc très fier d'exhiber une Vauxhall Astra de couleur rouge.

– Allons-y pour la discrétion, alors, accepta Molly. Même si je ne suis pas persuadée que ce rouge un peu clinquant soit moins voyant que le bleu et jaune de la Peugeot.

– Ah, ça, que voulez-vous. Il m'était impossible de choisir une autre couleur.

– Et pourquoi donc ?

– Enfin, voyons ! Elle est rouge parce que moi je suis rouge. *Born a Red, die a Red !* Vous comprenez ? Je suis un supporter de Manchester United depuis ma naissance et ça va durer jusqu'à ma mort !

Fergus crut bon de ponctuer son analyse d'un "*Come on you Reds!*" braillé le poing levé, un « Allez les Rouges » qui rebondit en écho sur les murs de la station de police. En réponse, on entendit une voix s'échapper d'une fenêtre au deuxième étage pour entonner un chant de supporters : "*Oh there's no Red / Oh there's no Red in Manchester / It's only home to Man City!*"[4] Fergus lâcha un rire gras et répliqua : « Hey, Stuart, on verra si tu chantes toujours aussi bien dimanche prochain, après qu'on vous aura botté le cul dans le derby ! » puis il s'engouffra dans la Vauxhall.

Molly resta interdite pendant un court instant, mais elle ne fut pas surprise outre mesure. Toute sa vie elle en avait croisé, des supporters qui ne juraient que par leur club de football. C'était dans leur sang, c'était leur patrimoine, leur héritage, leur

4. « Il n'y a pas de Rouges / Il n'y a pas de Rouges à Manchester / Cette ville est celle de Man City ! » chanté sur l'air de *When the Saints Go Marching In*.

vie. Fergus avait dû aller pour la première fois au stade avec son père, qui lui-même avait sans doute usé ses culottes sur les bancs d'Old Trafford avec son paternel. Idem pour le dénommé Stuart, mais avec un maillot bleu. C'était ainsi : en Angleterre, on ne plaisantait pas avec la fidélité aux clubs de football. On pouvait tromper sa femme cent fois, mais pas son équipe. *Born a Red, die a Red.*

Molly s'installa aux côtés de son nouvel équipier, qui prenait une place considérable dans l'habitacle. Elle se reconcentra sur la mission du jour.

– On vous a briefé, Pennycook ?

– Oui, m'dame. On file du côté de Moss Side pour ce qui ressemble fortement à un *cold case*, une vieille affaire non élucidée qu'il va falloir rouvrir. Vous avez l'adresse exacte ?

– Blue Moon Way. C'est une petite rue près de…

– Près de Maine Road, je vois très bien. C'est une voie qui a été créée il y a vingt ans, quand ils ont détruit l'ancien stade de City. J'allais là-bas quand j'étais gamin, une fois par saison. Il y avait toujours des embrouilles avec les bâtards en bleu. Figurez-vous que j'y ai même laissé une dent, une fois. Mais ce sont de bons souvenirs, parce qu'à l'époque, on gagnait toujours. Ces dernières années, c'est plus compliqué, faut bien l'avouer.

La capitaine Doherty leva les yeux au ciel. Ce Pennycook n'avait pas l'air méchant mais il semblait avoir une fâcheuse tendance à tout ramener à cette passion pour le ballon rond. Elle ne releva donc pas ses derniers mots et détailla à voix haute les quelques informations dont elle disposait. Contrairement à ce que disait Fergus, elle n'était pas persuadée qu'il s'agît d'un *cold case*, car ce qui les attendait dans le quartier de Moss Side, c'était une affaire qui n'avait peut-être jamais été ouverte, tout simplement.

Vingt minutes plus tard, Fergus gara la Vauxhall sur le trottoir du Blue Moon Way. Il ne cessait de regarder autour de lui, comme s'il s'attendait à se revoir, gamin, en train de détaler comme un lapin avec son frangin, poursuivi par une meute de « bâtards en bleu ». Molly l'observa du coin de l'œil ; elle eut presque l'impression que le grand Pennycook était ému, comme s'il était nostalgique de cette époque où rien n'avait plus d'importance qu'un maillot rouge frappé de l'écusson de « Man United ».

Ils se frayèrent un chemin au milieu des badauds qui s'étaient amassés près du trou creusé par les ouvriers. La capitaine Doherty avait totalement oublié cette histoire de carnaval et ne comprit pas tout de suite pourquoi les gens étaient si étranges, à moitié nus ou affublés de costumes un peu défraîchis. Des agents de police ouvrirent le passage vers le lieu de la découverte, qu'ils avaient déjà protégé en établissant un périmètre à l'aide du fameux ruban jaune sur lequel on pouvait lire : *Crime scene*

– *Do not enter*. Molly passa sous le ruban, Fergus l'enjamba, et ils s'avancèrent jusqu'au bord de la fosse comme s'ils marchaient sur des œufs, comme s'ils craignaient de corrompre une scène de crime dont les abords avaient pourtant été copieusement piétinés par la moitié du quartier.

Le lieutenant Pennycook fut le premier à regarder en contrebas. Il lâcha un juron de quatre lettres et se retourna aussitôt, comme s'il cherchait déjà les coupables. La capitaine Doherty, elle, resta silencieuse, sans détacher son regard de la scène macabre.

Là, tout au fond du trou, encore à moitié enterrés, presque noyés par la boue qui avait dégouliné des parois, on distinguait nettement deux squelettes. Côte à côte, les os blanchis, entrelacés comme s'ils étaient en train de se battre dans l'au-delà.

Comme tout le monde, Molly ne put s'empêcher de remarquer ce détail : les deux cadavres portaient ce qui ressemblait à des maillots de football.

L'un était en rouge, l'autre était en bleu.

CHAPITRE 3
La clameur et la rumeur

Aussitôt après le match, l'esplanade devant le stade d'Old Trafford devint rouge de monde. Un flot ininterrompu de supporters descendit des tribunes pour repeupler cette place bordée par les statues des légendes du club. Ces hommes, ces femmes et ces enfants avaient presque tous revêtu le maillot de l'équipe et continuaient de chanter sa gloire à l'unisson : "*Glory, glory, Man Uniiiited!*" Les yeux étaient pétillants, les accolades étaient chaleureuses ; les pères étreignaient leurs enfants, les mères immortalisaient l'instant, les couples avançaient bras dessus, bras dessous et s'embrassaient plus que de raison.

Chacun de ces sourires illustrait à quel point le football dans ce pays n'était pas considéré comme une passion honteuse. En Angleterre, il n'était pas vulgaire d'aimer une équipe, une couleur ; c'était même un élément constitutif de la société, une part de sa culture au sens noble du terme. Ça n'était pas un hasard si c'étaient les Anglais qui avaient inventé ce sport au XIXe siècle. À l'époque, de jeunes aristocrates avaient codifié ce qui n'était qu'un jeu de balle un peu brouillon, pratiqué dans les *colleges* huppés d'Eton, Harrow, Cambridge ou Westminster. Et puis les classes populaires s'en étaient emparé pour rendre ce sport universel. Voilà pourquoi, dans ce royaume, on ne répugnait jamais à avouer sa passion pour le ballon rond, quel que fût le rang social qu'on occupait.

C'était particulièrement vrai depuis que les tribunes avaient été pacifiées et que les hooligans en avaient été chassés. Après le drame de Hillsborough[5], les stades furent considérablement modernisés. On n'y proposa plus que des places assises dont le prix fut revu à la hausse, ce qui eut pour effet d'attirer les familles et les spectateurs plus aisés, installés non loin des classes populaires. L'ambiance s'était un peu assagie, certes, mais les stades étaient redevenus des sanctuaires où l'on pouvait assister à un match sans craindre les échauffourées. À la même époque, le championnat lui-même avait connu une véritable révolution : l'ancestrale *First Division* s'était transformée en une *Premier League* moderne et beaucoup plus lucrative pour les clubs.

La conséquence, c'est que le football en Angleterre était devenu un produit culturel au même titre que

5. Nom du stade de Sheffield où 97 supporters de Liverpool perdirent la vie à la suite d'une tragique bousculade.

le cinéma, le théâtre ou les concerts, et qu'il n'était donc pas honteux de s'enthousiasmer à l'idée d'aller voir un match.

Si le peuple rouge était aussi joyeux en ce samedi de mai, c'était parce que les *Red Devils* venaient de terrasser leur adversaire du jour, les pauvres *Canaries* de Norwich qui avaient trop vite perdu leurs plumes sur le gazon du Théâtre des Rêves[6]. Manchester United s'était offert une large victoire grâce aux trois buts inscrits par l'inévitable William Jones, le capitaine de l'équipe, la superstar du club.

William Jones, c'était un regard ténébreux pour une formidable vision du jeu, une technique parfaite, un altruisme de tous les instants, un égoïsme bienvenu lorsqu'il se retrouvait face au but adverse. C'était un concentré d'élégance et d'intelligence, un trentenaire au port altier qui séduisait autant les femmes que les hommes. Il était le symbole du club, celui dont on affichait le portrait géant sur la façade du stade, celui pour lequel on inventait des chansons qui se terminaient immanquablement par cette affirmation péremptoire : il était le plus grand joueur que le monde avait jamais vu. L'affirmation était un tantinet exagérée mais il n'en restait pas moins vrai que depuis le début de la saison, *Captain*

6. "*The Theater of Dreams*" est le surnom du stade d'Old Trafford.

Jones portait les Diables Rouges sur ses épaules. Si l'équipe était arrivée bien plus haut que ses dirigeants ne l'auraient sans doute imaginé, c'était grâce à lui.

Car cette victoire face à Norwich permettait à Manchester United de reprendre l'avantage dans la course au titre de champion : les *Red Devils* possédaient désormais trois points d'avance sur les *Sky Blues* de Manchester City qui jouaient le lendemain à Londres. Si les voisins mancuniens s'imposaient à leur tour, les deux équipes se retrouveraient alors à égalité au sommet du classement.

		Matches joués	*Points*
1	*Manchester United*	*36*	*80*
2	*Manchester City*	*35*	*77*

Pour savoir qui finirait par l'emporter au terme de cette saison sous haute tension, il faudrait donc attendre la journée suivante, en milieu de semaine. Et si la logique était respectée, alors tout se jouerait lors du dernier match : le terrible derby de la ville qui allait opposer les Rouges et les Bleus le dimanche suivant. Une opposition décisive, une véritable finale du championnat.

Ce contexte ravivait la féroce rivalité qui opposait les deux clubs. Devant Old Trafford, les chants des supporters ne laissaient pas de place au doute : "*In the town of Manchester / Man United rule / Tra la la laaaaa we all hate City !*[7]" D'ordinaire, il y avait toujours une part de second degré dans ces démonstrations haineuses ; les Rouges détestaient les Bleus (et vice versa) mais au fond, ça n'était pas si sérieux. Au fond, ils s'aimaient bien. Après tout, ces fans de foot habitaient la même ville, ils prenaient plaisir à se chamailler et ça n'allait pas plus loin. Le véritable ennemi, c'était historiquement le club de Liverpool.

Mais curieusement, en cette saison finissante, l'antagonisme était devenu beaucoup plus virulent. C'était sans doute dû à cette promesse de titre qui pourrait se jouer au dernier match entre les deux équipes de la ville ; c'était aussi une conséquence du climat qui régnait dans le pays depuis qu'il avait été fracturé par les incessants débats sur le Brexit. Toutes les haines et les rancœurs s'étaient retrouvées exacerbées et les voisins qui autrefois se toléraient en étaient venus à se détester. Depuis quelques jours, les services de police avaient dû faire face à un retour de la violence entre supporters : des bagarres avaient éclaté dans plusieurs quartiers de la ville, au sortir des pubs, en pleine rue, en journée comme à la tombée de la nuit.

On pensait Manchester pacifiée depuis des années mais il n'en était rien. Une simple étincelle pouvait suffire à rallumer l'incendie.

---

7. « Dans la ville de Manchester / c'est Man United qui règne / Tra la laaaaa, on déteste tous City ! »

Pour l'heure, c'est un cortège joyeux et bon enfant qui remontait le Sir Matt Busby Way, cette vaste allée piétonne qui menait au stade. Les uns filaient aux parkings, les autres rejoignaient la station de tramway, tandis que quelques irréductibles n'iraient pas plus loin que le pub au coin de la rue. On entendit encore quelques chants à la gloire de l'équipe et de son capitaine, puis l'esplanade commença à se vider.

C'est alors que la rumeur parvint aux quelques supporters qui prenaient leur temps, à ceux qui fêtaient la victoire un verre de *lager* ou de *pale ale* à la main.

Pas très loin d'Old Trafford, dans le quartier de Moss Side, on venait de faire une terrible découverte, disait-on. On avait déterré là-bas deux cadavres. L'un d'eux était un Rouge. La rumeur ajoutait qu'il avait sans doute été assassiné.

Aussitôt les esprits s'échauffèrent. Il fallait voir. Il fallait comprendre.

Et si la rumeur disait vrai, alors il faudrait venger cette mort.

CHAPITRE 4
Les avantages du polyester

Pendant que Fergus interrogeait les ouvriers, Molly tentait de mémoriser chaque détail, d'enregistrer chacune de ses premières impressions. Elle savait à quel point l'observation initiale était essentielle dans le déroulé d'une enquête.

Elle comprit par exemple que les deux corps avaient été bousculés par le godet de la pelleteuse. Tout le côté gauche de l'un avait été déplacé de vingt centimètres ; le bassin et les fémurs de l'autre étaient décalés par rapport à la colonne vertébrale. Elle devina également que si ces cadavres avaient l'air de s'empoigner, c'était sans doute parce qu'ils avaient été déposés ainsi dans la fosse. L'un reposait sur le dos, l'autre était face contre terre, dans une position qui n'avait rien de naturel. Molly nota enfin que les squelettes ne devaient pas être bien grands. Il lui sembla qu'aucun des deux ne dépassait le mètre soixante.

En élargissant le périmètre de son observation, la capitaine Doherty s'inquiéta de voir des traces de pas tout autour des ossements, imprimées dans la boue accumulée depuis l'averse.

– Qui est déjà descendu dans le trou ? demanda-t-elle à la cantonade.

Deux ouvriers en gilet orange se désignèrent, expliquèrent qu'ils avaient voulu voir de plus près, au cas où.

– Au cas où quoi ? répliqua Molly. Au cas où l'un des deux respirerait encore, c'est ça ? Vous nous donnerez vos noms, s'il vous plaît.

Les ouvriers se regardèrent, terrorisés par ce petit bout de femme et par l'autorité qu'elle représentait. Postée de l'autre côté de la fosse, l'enquêtrice continuait de fixer les traces dans la boue, identifiait les empreintes larges des chaussures de chantier, celles des deux hommes qu'elle venait de houspiller. Mais il y en avait d'autres, moins épaisses, moins profondes ; des traces de chaussures légères, type baskets. Elle s'adressa de nouveau aux ouvriers.

– Et il n'y a que vous deux qui êtes descendus ?

– Non, sans doute pas. Mais on n'est pas payé pour faire la sécurité sur les chantiers. Pendant qu'on vous appelait, je crois bien qu'il y a un type qui est descendu, mais…

L'ouvrier se retourna, scruta la petite foule qui s'était massée derrière le cordon de sécurité.

– … mais je ne le vois plus. De toute façon, je serais bien incapable de le reconnaître.

Molly soupira. D'un coup de menton, Fergus lui fit comprendre qu'il allait poser la question aux

« spectateurs » de cette scène macabre. Instinctivement, ceux-ci reculèrent d'un pas lorsqu'ils virent approcher le quintal du lieutenant Pennycook.

Au même instant, deux hommes se présentèrent, vêtus d'une combinaison blanche qui les recouvrait de la tête aux pieds ; ils portaient un masque sur le nez et des gants violets. C'étaient les membres des *forensic services*, la police technique et scientifique, qui venaient de garer leur camionnette derrière la Vauxhall de Fergus. Ils s'entretinrent brièvement avec Molly puis descendirent à leur tour dans le trou, en prenant mille précautions pour ne pas corrompre un peu plus la scène, mais également pour ne pas se retrouver les quatre fers en l'air après avoir glissé sur les parois de boue.

Alors débuta une analyse minutieuse des dépouilles et de leur environnement, avec notes vocales et photos à l'appui. Il fallait « figer » la scène autant que possible, avant de toucher à quoi que ce soit. Molly s'approcha en prenant garde à son tour de ne pas déraper ; puis elle interrogea l'inspecteur scientifique, le *Crime Scene Investigator*.

– Qu'en dites-vous ? La pelleteuse n'a pas fait trop de dégâts ?

– Un peu, quand même. Mais on pourra reconstituer les corps en labo. Disons qu'elle a dispersé quelques pièces du puzzle et que ça ne va pas nous faciliter la tâche. Cela dit, les deux corps ont subi des traumatismes qui n'ont rien à voir avec la pelleteuse. Regardez, là : ce fémur est brisé net, et la cassure est ancienne. Idem sur cette cheville ici, ou cette clavicule qui est en morceaux. Je pense que lorsqu'on aura nettoyé tous ces ossements, on trouvera d'autres fractures, y compris au niveau du crâne.

– De quoi déterminer la cause du décès ?

– C'est possible. Ces deux individus auraient été victimes de violences extrêmes, ou d'une chute très brutale, qui auraient occasionné leur mort. Mais ces fractures peuvent également avoir été causées *post mortem* : on peut alors imaginer que les corps ont été déplacés jusqu'ici et enterrés. À ce stade, c'est votre enquête qui devra nous en dire plus, capitaine Doherty.

– Vous pouvez dater leur mort, approximativement ? demanda Molly, se doutant que la question était prématurée.

– Vous ne voulez pas l'heure du décès, aussi ? grinça l'inspecteur scientifique. Non, c'est impossible pour l'instant. Mais vu l'état des ossements, je vous dirais que ça n'est pas tout jeune. Une trentaine d'années, à la louche.

Molly hocha la tête. Voilà donc la première affaire dont elle héritait, le jour où elle étrennait ses galons de *Detective Chief Inspector*. Une scène de crime ancienne sur laquelle il n'allait pas être simple d'enquêter ; un mystère intrigant qui ne manquerait pas d'attiser les curiosités de toutes sortes, des plus sincères aux plus malsaines.

– Trente ans, ça paraît impossible, réfléchit-elle à voix haute. On m'a expliqué qu'il y avait un stade ici même, à l'époque.

L'inspecteur scientifique fronça les sourcils et observa les environs. Il n'avait pas l'air au courant. Une voix s'éleva alors, de l'autre côté du cordon de sécurité.

– C'était le parking, ici, *m'am*…

La capitaine Doherty s'étonna qu'on s'adresse à elle en l'appelant « madame » avec un accent mancunien très prononcé. Elle s'approcha des badauds qui s'étaient massés derrière le cordon ; parmi eux, elle découvrit un petit bonhomme tout sec qui devait avoir deux fois son âge.

– Vous pouvez m'en dire plus… monsieur ?

– Mon nom c'est Gary Oldham, *m'am*. Ça fait cinquante ans que j'habite dans le quartier et ça fait au moins autant de temps que je suis un supporter de Manchester City.

Molly leva les yeux au ciel. Elle ne comprenait pas pourquoi chacun des habitants de cette fichue ville éprouvait le besoin irrépressible d'afficher son appartenance à l'un des deux clubs de football. Comme par hasard, le lieutenant Pennycook s'approcha à son tour, glorieux représentant de l'autre camp. Elle se retrouvait donc coincée entre un vieux Bleu et un gros Rouge, la belle affaire.

Gary poursuivit :

– Derrière nous, c'était la tribune sud du stade, la Platt Lane Stand, du nom de la rue qui n'est pas loin d'ici. Le terrain de foot était de l'autre côté. Et là où nous sommes précisément, il y avait le parking, celui pour les abonnés et pour la presse.

– Je m'en souviens de ce parking, intervint Fergus. Mais c'était une grande dalle de béton qui allait de Maine Road jusqu'aux maisons, là-bas.

– J'ai pas dit le contraire, mon garçon, répondit Gary. Je vous dis juste à quoi ça ressemblait jusqu'en 2003. Pour le reste, je vous laisse imaginer comment on a enterré ces pauvres gars sous une dalle de béton. C'est votre boulot.

– En effet. Merci, monsieur, conclut Molly en retournant vers la fosse. Qu'en dites-vous, Fergus ? demanda-t-elle après quelques secondes de réflexion.

– J'en dis que les cadavres ont été enterrés au moment de la destruction du stade, ou de la construction de ces maisons. Quand il y avait un chantier ici, quoi.

– Ça ne colle pas avec la datation des corps.

– Je sais. Mais la datation, c'est à la louche, hein. Pas moyen d'être précis pour l'instant.

Au fond du trou, les inspecteurs scientifiques avaient commencé à débarrasser les cadavres de la gangue de boue qui les dissimulait en partie. Avec une infinie précaution, tels des archéologues redécouvrant les habitants de Pompéi, ils écartaient la terre, brossaient les ossements, nettoyaient ce qui pouvait l'être tout en recueillant les indices contenus dans cet environnement bourbeux.

À mesure qu'ils dégageaient les dépouilles, l'impression se précisait : les deux corps retrouvés étaient de petite taille.

– Pauvres gosses, murmura Fergus.

En entendant son adjoint, Molly comprit qu'il avait sans doute raison. Ces cadavres étaient ceux de deux enfants, ou plutôt de jeunes adolescents. Elle posa la question aux inspecteurs scientifiques, qui confirmèrent l'impression : « Il faudra qu'on les mesure plus précisément au labo, mais je pense qu'ils ne dépassaient pas le mètre cinquante. Donc je dirais qu'ils avaient entre douze et quinze ans, pas plus. Impossible de vous dire, en revanche, s'il s'agit de garçons ou de filles. Ce qui reste de leurs vêtements pourra éventuellement nous éclairer. »

En prononçant ces mots, l'homme en combinaison blanche souleva du bout de son scalpel des pans de ce textile qui avait résisté au temps. Tout ce qui était fait de matières naturelles, coton ou laine, avait disparu depuis des années ; mais ça n'était pas le cas des fibres synthétiques et donc de cette étoffe qui enveloppait la cage thoracique décharnée des jeunes victimes. À l'évidence, il s'agissait de maillots de foot bon marché, essentiellement constitués de polyester, dont la couleur était encore perceptible même si elle était brunie et salie. Molly Doherty eut ainsi la confirmation qu'elle ne s'était pas trompée lorsqu'elle avait vu du rouge et du bleu au fond de ce trou.

À l'aide d'une brosse fine, les inspecteurs scientifiques poursuivirent leur délicate entreprise de nettoyage et parvinrent à révéler quelques détails supplémentaires : un logo de forme ronde sur le maillot bleu, un numéro sur le dos du maillot rouge. C'était le numéro 7, surmonté de quelques lettres difficilement lisibles car le flocage avait en partie disparu. On devinait qu'il devait y avoir deux groupes de lettres, le second commençant par un K.

Molly se demanda s'il s'agissait du nom de la victime, ou s'il s'agissait de son joueur préféré. Elle se retourna vers Fergus pour qu'il lui apporte un éclairage footballistique.

Mais elle se rendit compte que le lieutenant Pennycook était blême. Ses yeux étaient brillants, ses joues s'étaient empourprées, il murmurait des mots que personne n'entendait. La montagne joviale et gouailleuse vacillait, le quintal mancunien pliait comme un roseau, révélant une faiblesse que la capitaine Doherty n'avait pas devinée jusqu'alors.

– Ça va, Fergus ? demanda-t-elle.

– Ça va, boss, répondit-il en s'ébrouant. C'est juste que… Ça faisait très longtemps que je n'avais plus vu ce maillot. J'avais exactement le même, quand j'étais gamin. Mon père me l'avait offert pour mes dix ans, j'en avais pleuré de joie. C'était un maillot important pour moi, mon tout premier. Il y en a eu d'autres depuis, mais celui-là… C'était en 1995, je m'en souviens comme si c'était hier.

– Comment ça, exactement le même ?

– Eh bien, le rouge avec l'image du stade en filigrane, les manches longues, le col noir… Mon père m'avait dit : « Demain on retourne à la boutique et tu le fais floquer au numéro et au nom que tu veux. » Alors j'avais choisi le numéro 7, évidemment. Et je n'avais pas voulu mettre de nom, comme le pauvre gosse au fond de ce trou. Comme lui, j'avais demandé à ce qu'on inscrive « The King ». C'était la grande classe, à l'époque.

– The King ?

– C'était le surnom d'un joueur français : Éric Cantona. C'était lui qui portait le 7, qui est un numéro un peu mythique à Manchester United. Il a aussi été porté par de grands joueurs comme George Best, Bryan Robson, David Beckham ou Cristiano Ronaldo, plus récemment. Mais Cantona, il avait vraiment quelque chose de spécial. Il était notre héros à l'époque ; il l'est toujours un peu. On fredonne toujours la Marseillaise, de temps en temps, à Old Trafford. Je suis sûr que vous avez entendu ce nom depuis que vous êtes à Manchester.

Molly avait beau chercher, elle ne se souvenait pas. Ou alors, elle n'y avait jamais prêté attention.

– Il a joué à quelle période, ce formidable footballeur ? demanda-t-elle.

– À United ? De 1992 à 1997… Ça pourrait nous aider pour la datation, pas vrai ?

La capitaine Doherty sourit à son adjoint. Les souvenirs d'un fan de foot, ça valait bien le carbone 14.

CHAPITRE 5
If I die in the Kippax Street

Ils furent une vingtaine à quitter le quartier d'Old Trafford pour rejoindre celui de Moss Side. Des hommes, jeunes pour la plupart ; la coupe en brosse ou le crâne rasé. Tous portaient en étendard un signe d'appartenance à la *Red Army*, fiers de représenter la frange la plus remuante des supporters de Manchester United. Certes, depuis les années 2000, cette « Armée rouge » ne faisait plus peur à grand monde et l'appellation avait perdu sa connotation vénéneuse. Mais il y a trente ou quarante ans, la *Red Army* représentait l'une des plus importantes associations de hooligans du royaume, celle qui semait le désordre et la violence dans tous les stades visités par les Diables Rouges, en Angleterre ou en Europe.

En ce samedi de mai, il sembla que la faction belliqueuse reprenait vie. Ces jeunes hommes s'avançaient d'un pas décidé, les poings serrés. L'excès d'alcool avait aggravé leurs regards et froncé leurs sourcils.

Quelques minutes plus tôt, ils fêtaient encore la victoire de leur équipe au comptoir d'un pub lorsqu'on leur avait rapporté la rumeur, qui s'était un peu transformée avec le temps. On leur avait raconté que le cadavre d'un enfant avait été découvert dans une fosse près de l'ancien stade de Manchester City, que le pauvre gamin portait encore le maillot des *Red Devils* sur son corps mutilé, déformé par les coups forcément portés par une meute de supporters adverses. On avait assuré que jamais, dans l'histoire de la rivalité entre les deux clubs, on n'avait été aussi loin dans la violence et dans l'horreur. On avait fait comprendre à ces supporters que l'acte odieux ne pouvait rester impuni.

Alors les jeunes soldats de la *Red Army* s'étaient mis en route pour traverser le quartier de Moss Side en direction du lieu de la découverte. Au moment de passer par Kippax Street, l'une des rues qui bordait autrefois le stade de City et avait donné son nom à la plus fervente de ses tribunes, ils eurent l'idée absurde d'exhumer le chant le plus agressif de leur répertoire, celui qu'ils n'avaient plus chanté depuis des lustres :

If I die in the Kippax Street, woh-oh woh-oh,
If I die in the Kippax Street,
there'll be ten blue bastards at my feet.
Burn, destroy, wreck and kill, woh-oh, woh-oh,

Burn, destroy, wreck and kill,
United fans fucking will![8]

Sans surprise, le chant valut déclaration de guerre.

Une autre rumeur se propagea, à la vitesse des réseaux sociaux : celle-ci décrivit l'invasion, la provocation des Rouges qui n'avaient rien à faire dans le coin, et elle suffit à mettre les Bleus en ordre de bataille. Les portes des petites maisons s'ouvrirent et c'est une autre armée de pacotille qui se forma en l'espace de quelques minutes. On n'avait pas vu ça depuis des années dans le quartier. C'était l'image d'un autre temps, à l'époque où un stade imposant s'élevait le long de Maine Road.

Les supporters de United ne parvinrent jamais jusqu'au Blue Moon Way. Ils se retrouvèrent nez à nez avec les bagarreurs de City alors qu'ils s'approchaient de Claremont Road. Au croisement, il n'y avait rien d'autre qu'une enfilade ininterrompue de petites maisons de briques, dont la monotonie était seulement brisée par le jardin bariolé d'une crèche minuscule.

Et c'est ici que les deux camps s'entrechoquèrent sans coup de semonce, sans même savoir ce qu'ils avaient réellement à se reprocher.

---

8. « Si je meurs sur Kippax Street, alors il y aura dix bâtards en bleu morts à mes pieds.

Brûler, détruire, saccager et tuer : putain, c'est ce que vont faire les fans de United ! »

Ils s'empoignèrent. Ils se donnèrent des coups de poing, des coups de pied, des coups de boule. Certains perdirent une dent, d'autres virent leur nez exploser, leur arcade sourcilière s'ouvrir en libérant une gerbe de sang. Ils hurlaient comme des barbares dans une lutte ancestrale, Saxons contre Vikings, Anglais contre Normands. Pourtant, ils étaient bien tous de la même engeance ; ils se ressemblaient tous, ce qui rendait la scène encore plus aberrante.

Au bout de quelques minutes, alors qu'il était impossible de déterminer s'il y aurait un vainqueur, la pluie se remit à tomber. Une pluie dantesque, plus lourde encore que celle qui s'était abattue sur le carnaval caribéen, une *heavy rain* dont le seul objectif était sans doute de nettoyer les trottoirs de la souillure de l'affrontement. Au bout du compte, elle fournit une excuse aux assaillants pour se retirer sans vraiment avoir à perdre la face. Bleus et Rouges ramassèrent leurs camarades tombés au combat, les aidèrent à se relever et repartirent piteusement, en claudiquant et promettant de se revoir, un jour.

La pluie s'intensifia encore. On ne voyait plus à deux mètres au croisement de Claremont et Kippax. On ne remarqua donc pas cette masse informe roulée en boule contre le grillage éventré de la garderie. Le carrefour se vida et plus personne n'osa s'aventurer sur ces trottoirs.

C'est bien plus tard, alors que la nuit commençait à tomber, qu'une mère de famille découvrit le corps sans vie de l'un des supporters. Son crâne s'était ouvert sur le bitume, il s'était vidé de son sang, seul sous la pluie.

CHAPITRE 6
La Mort n'a pas choisi

Le *Chief Superintendent*[9] de la police du Grand Manchester n'était pas homme à se laisser impressionner. Darren Pallister était un personnage grisâtre, qui connaissait à peu près tout des travers de sa ville et n'avait aucune indulgence pour ses contemporains. Au crépuscule de sa carrière, il semblait impossible qu'il puisse s'émouvoir de quoi que ce soit dans l'exercice de ses fonctions. Pourtant, lorsque la capitaine Doherty entra dans le bureau de son supérieur hiérarchique, elle le trouva agité et soucieux. Elle avait déjà été surprise de le savoir à son poste un dimanche matin mais elle le fut plus encore de le découvrir debout, les bras croisés, à faire les cent pas devant la fenêtre.

Molly salua le chef Pallister comme il se devait, bientôt imitée par Fergus Pennycook, un poil en retard comme à l'habitude.

---

9. Superintendant principal, grade qui correspond à celui de commissaire divisionnaire.

– Doherty, vous avez avancé sur les cadavres de Moss Side ?

Le surintendant ne s'embarrassait jamais de formules de politesse et ne rendait jamais le salut qu'on lui adressait. Si l'on ajoutait l'innocente formule « Comment allez-vous ? », il répondait invariablement : « Pourquoi ? Vous êtes médecin ? » Il allait droit au but, sans s'embarrasser de circonvolutions. Molly fut donc prise de court : comment aurait-elle pu avancer sur une enquête démarrée la veille, qui s'annonçait longue et compliquée, avec des cadavres oubliés et une absence totale d'indices ?

– On attend les conclusions du légiste, chef. Il nous faut une datation un peu plus précise avant de nous plonger dans les archives des personnes disparues. Hier après-midi, on a lancé une enquête de voisinage pour voir si la découverte rappelait de vieux souvenirs aux habitants du quartier.

– Vous n'étiez que deux pour une enquête de quartier ? C'est peu. Et ça a donné quoi ?

– Pour l'instant, rien. Selon les premières conclusions, les gamins ont été enterrés il y a vingt ou vingt-cinq ans. À l'époque, il y avait un stade de football, là-bas. Aujourd'hui, autour du lieu de la découverte, il n'y a que des maisons relativement récentes. Leurs habitants sont arrivés il y a trop peu de temps pour avoir des souvenirs aussi lointains. Il faudrait élargir le périmètre.

– Ne vous occupez pas de ça, je vais envoyer des hommes pour aller taper aux portes et voir si ça réveille de vieux fantômes. Vous êtes certains que c'étaient des gamins, au fond du trou ?

– De jeunes adolescents, plutôt. L'enquêteur scientifique avait l'air assez sûr de lui, au moins sur ce point.

Le surintendant grogna en se tournant vers la fenêtre. Puis il reprit sur un ton tout aussi directif :

– Ne perdez pas de temps avant de commencer à éplucher les archives. Vous auriez déjà dû commencer. Si ces mômes ont disparu dans le quartier, ou dans un quartier voisin, il y a forcément eu une déposition, un avis de recherche, une trace quelconque. J'ai besoin d'une identification, d'une explication. J'ai besoin de résultats, vite. Vous comprenez, Doherty ?

Molly fronça les sourcils, attendit une seconde avant de répondre.

– Je comprends le besoin, dit-elle finalement. Mais je n'en comprends pas l'urgence.

Pallister se retourna avec un regard mauvais. Il venait de donner un ordre, clair et net. Et voilà que la petite effrontée lui demandait de se justifier.

– Vous n'allez pas me faire regretter de vous avoir nommée *Detective Chief Inspector*, Doherty ?

– Je ferai tout pour que vous n'ayez pas à le regretter, chef. Mais il me faut les éléments de contexte. Pourquoi y aurait-il soudain une urgence alors que c'est une affaire vieille de près d'un quart de siècle ?

Planté derrière Molly, Fergus Pennycook commençait à avoir des sueurs froides. Il comprenait les interrogations de sa partenaire, mais il craignait qu'elle ne se brûle les ailes alors qu'elle étrennait à peine ses nouveaux galons. Visiblement, elle avait un caractère de chien et une conception très personnelle du respect dû à la hiérarchie.

Il y eut un nouveau silence. Pallister se rassit à son bureau et consentit tout de même à donner quelques explications.

– Vous savez ce qui s'est passé hier soir dans le quartier de Moss Side, après votre départ ? demanda-t-il sans desserrer les dents.

– Une bagarre entre supporters, répondit Fergus avec empressement, sans laisser à Molly le temps d'intervenir. C'était au croisement de Claremont et Kippax Street. Ils étaient une quarantaine et il y a eu un mort, hélas. L'enquête est en cours, c'est Stuart Summerbee qui est dessus.

– C'est ça, Pennycook. Une bagarre de supporters. Exactement ce qu'on ne voulait plus voir dans cette ville depuis vingt ans ; et qu'on ne voyait plus, d'ailleurs. On avait réglé ce problème, soi-disant pour de bon. Officiellement, il n'y avait plus de hooligans à Manchester, pas vrai ? Mais ces connards ont réapparu hier soir pour se foutre sur la gueule. Pour être très franc avec vous, ça faisait déjà un petit moment qu'on les tenait à l'œil et on se doutait que ça finirait par exploser. Avec les confinements, ils ont été privés de stade pendant un an et demi ;

ils ruminaient chez eux à regarder leur équipe à la télé sans pouvoir chanter, hurler leur joie ou cracher sur l'adversaire. Et depuis qu'ils sont de retour, ils font n'importe quoi, comme s'ils ne parvenaient pas à compenser le manque d'adrénaline. On arrive à les contenir tant qu'ils sont parqués dans leurs tribunes, mais dès qu'ils en descendent, ça devient ingérable. Il y a déjà eu des accrochages avec les supporters de Leeds, de Liverpool ou de je ne sais quelle équipe européenne ; mais ce qui s'est passé hier soir, ça va encore plus loin. Là, ce sont des Mancuniens de chaque côté et c'est absolument intolérable.

– On sait pourquoi ils se sont opposés les uns aux autres ? demanda Molly. On m'a dit qu'il n'y avait a priori aucun contentieux réel entre les supporters de City et ceux de United.

– Je vous le donne en mille, Doherty. Le prétexte, c'est la découverte des deux cadavres dans cette putain de fosse ! Si j'ai bien compris ce qu'on m'a rapporté, les Rouges ont cru que l'un des leurs était dans ce trou, qu'il avait été tué par un Bleu ; et de leur côté les Bleus n'ont pas supporté que les Rouges aient voulu les faire payer pour un acte dont ils ne s'estimaient pas responsables. Résultat : une bagarre rangée, un abruti qui fait une mauvaise chute, et on se retrouve avec un drame sur les bras.

– Mais c'est absurde, on ne connaît pas encore la cause du décès de ces adolescents… et puis surtout ils étaient deux : un Rouge et un Bleu. La Mort n'a pas choisi sa couleur !

– Je le sais, Doherty. Je le sais, que c'est absurde. Je vais devoir faire un communiqué officiel, voire convoquer les médias et je déteste ça. Mais on aura beau tenter de rétablir la vérité, la *fake news* s'est propagée à toute vitesse sur les réseaux sociaux et vous savez comme moi qu'il est presque impossible de faire machine arrière. Plus on insistera, plus ils penseront qu'on leur ment pour protéger je ne sais quoi ou je ne sais qui. Et puis, il ne faut pas oublier que le contexte sportif ne va pas nous faciliter la tâche. Bien au contraire. C'est même à cause de ce contexte que cette histoire prend de telles proportions.

Molly se retourna vers Fergus, interrogative. Le lieutenant comprit alors qu'elle le considérait comme le référent ultime en matière d'actualité footballistique. Alors, avec l'assentiment du chef Pallister, il vint compléter l'explication.

– Dimanche prochain, c'est le grand derby de la ville : à Old Trafford, United reçoit City. Traditionnellement, les jours précédant un derby sont les plus anxiogènes de l'année. Mais là, ça promet d'être pire encore. Ce sera le dernier match de la saison et il est fort probable qu'il soit décisif pour le titre de champion. Enfin, à la condition que chacune des deux équipes évite le moindre faux pas d'ici là. Si c'est le cas, celui qui gagnera le derby sera couronné roi d'Angleterre. Et forcément, ce contexte déchaîne les passions et renforce la rivalité entre les deux parties opposées de la ville, entre les deux groupes de supporters.

– Ça veut dire qu'on va vivre une semaine en enfer si on ne règle pas cette sombre histoire dans les meilleurs délais, intervint Pallister.

Puis il ajouta, en fixant la capitaine Doherty du regard : « Vous comprenez l'urgence, maintenant. »

Molly hocha la tête avec gravité, accablée par ce qu'elle venait d'entendre et par la bêtise insondable de la situation. Le *Chief Superintendent* reprit la parole.

– Et pour être très complet, sachez que j'ai reçu des consignes du *Chief Constable*[10]. On n'a pas vraiment le droit de se rater, si vous voyez ce que je veux dire. Moi le premier. Alors je sécurise tous les périmètres et je renforce les équipes. Vous, par exemple, vous prenez Stuart à vos côtés, vous m'identifiez qui sont les deux gamins qu'on a découverts dans ce trou et vous me trouvez ce qui leur est arrivé avant que tout ça ne dégénère un peu plus. Allez, au boulot !

***

Le lieutenant Stuart Summerbee ouvrit de grands yeux en voyant arriver Fergus Pennycook à son bureau. D'ordinaire, lorsque le bonhomme s'approchait, il

10. Grand patron de la police d'un comté (celui du *Greater Manchester* en l'occurrence).

souriait de toutes ses dents et son humeur caustique annonçait une rafale de blagues d'un goût douteux, la plupart du temps pour se moquer des joueurs de Manchester City. Stuart le Bleu et Fergus le Rouge affichaient une rivalité qui n'avait rien à voir avec celle qui avait conduit à l'affrontement de Kippax Street ; la leur était badine et joyeuse, sans réelle méchanceté. Il n'y avait aucune violence dans leurs joutes verbales, même si leur récurrence commençait à agacer la plupart de leurs collègues.

Cette fois, pourtant, Stuart comprit tout de suite que Fergus n'aurait pas de blague à lui envoyer. Lui-même n'aurait pas osé s'aventurer sur ce terrain-là. Car ce qu'il s'était passé la veille avait terni son humeur pour un bon moment : on avait retrouvé le corps sans vie du supporter à quelques mètres seulement de la petite maison de ses parents, cette bicoque insalubre qui les avait accueillis lorsqu'ils étaient arrivés de Kingston, en Jamaïque. Stuart était né dans le quartier il y avait plus de quarante ans, et la bicoque en question avait été son seul horizon pendant des années. C'est là-bas qu'il avait grandi, qu'il s'était construit, qu'il avait compris que sa peau noire ne serait pas le passeport idéal pour accéder aux plus hautes fonctions et qu'il lui faudrait s'accrocher pour s'en sortir. C'est là-bas aussi qu'il s'était pris de passion pour le stade de Maine Road et son équipe en bleu.

– Stuart, faut qu'on parle, dit Fergus sans préambule. Tu connais la capitaine Doherty ? Elle vient du poste de Salford.

– Oui, je suis au courant. Bonjour, capitaine, répondit Stuart en tendant la main à Molly.

– Bonjour, lieutenant Summerbee. Nous allons devoir travailler ensemble, ordre du chef Pallister. Notre mission est d'élucider le mystère des deux cadavres retrouvés dans le quartier de Moss Side, de procéder à leur identification et de déterminer les circonstances des décès.

– Euh… D'accord, mais vous savez que je suis déjà sur une autre affaire…

– Et vous savez certainement que les deux sont liées. Alors commencez justement par nous raconter ce que vous avez appris sur cette bagarre générale.

Stuart Summerbee resta interloqué pendant un court instant. Ce petit bout de femme aux cheveux cuivrés, aux yeux vert pâle et aux traits délicats venait de lui parler avec une autorité, une dureté insoupçonnées. Il se tourna vers Fergus, qui se contenta de hocher la tête en signe d'approbation. Stuart se racla la gorge et débuta son récit.

– Hier vers vingt heures, on a été appelés au croisement de Claremont et Kippax Street, dans le quartier de Moss Side. Une mère de famille venait de découvrir le corps d'un type qui s'était fracassé le crâne sur le trottoir, sans doute après une chute. Il avait fini sa course dans un grillage, celui du petit jardin d'une crèche. Il portait plusieurs ecchymoses sur le corps et il avait reçu deux ou trois coups sur le visage, mais c'est bien la chute qui lui a été fatale : on a retrouvé du sang et quelques cheveux sur l'angle du trottoir et son crâne était enfoncé. Il n'avait pas de papiers sur lui, mais son téléphone portable a sonné quand on l'a retrouvé, ce qui nous a permis de l'identifier. C'était sa sœur qui appelait pour savoir s'il viendrait déjeuner chez elle ce dimanche ; et c'est moi qui ai dû lui annoncer la mauvaise nouvelle…

– De qui s'agissait-il ? demanda Molly.

– Le type ? Un certain Peter Sharpe, vingt-six ans, sans emploi. Il a déjà eu affaire à nos services pour deux ou trois délits mineurs, en lien avec la vente et l'usage de cannabis. Mais pas de quoi le faire entrer dans le grand banditisme. Il était allé au match de United et il s'est ensuite retrouvé au pub qui fait l'angle avec la rue du stade.

– Le Trafford, précisa Fergus, en connaisseur.

– C'est ça. C'est de là qu'il est parti avec les autres vers Moss Side, aux alentours de 18 heures 30.

– Et peu de temps après, ils se sont retrouvés nez à nez avec des supporters de l'autre camp, si je comprends bien ?

– Oui, capitaine. Pour une bataille rangée qui a opposé une quarantaine d'hommes, vingt de chaque côté, environ. Ce sont ceux qui venaient d'Old Trafford qui ont cherché la bagarre : on leur avait rapporté la découverte des cadavres de Moss Side, et comme ils étaient déjà passablement échauffés par l'alcool, leur sang n'a fait qu'un tour. Ils ont décidé d'aller venger l'une des victimes.

– Qu'est-ce qu'on leur a raconté de cette découverte ? De quelle information disposaient-ils ? demanda Molly.

– On a pu recouper ça sur les réseaux sociaux : on est tombés sur un post qui a été partagé des centaines de fois sur Facebook et Twitter. En deux mots, ça disait qu'il y avait dans ce trou un jeune supporter de United, sauvagement assassiné par un fan de City. Il y avait une photo qui accompagnait le texte.

Stuart sortit alors une feuille de son dossier. Il avait agrandi et imprimé l'image qui avait mis le feu aux poudres. Molly se pencha sur le document. C'était un cliché de mauvaise qualité, pris sans doute à la va-vite et à l'insu des ouvriers sur le chantier. Sur cette image à la définition médiocre, on ne distinguait que l'un des squelettes, celui qui portait encore le maillot rouge avec le numéro 7. La position du corps, le cri d'effroi que semblait pousser le crâne à la mâchoire grande ouverte, les os brisés, tout laissait à penser que l'auteur du message disait vrai : il s'agissait là d'un odieux assassinat. Mais l'image était partielle.

– On ne voit rien de l'autre corps, celui qui avait le maillot bleu, constata Molly.

– Sais-tu qui a envoyé le message et la photo ? demanda Fergus à Stuart.

– C'est un compte qui apparaît sous le nom de *FredTheRed55*. Ça te dit quelque chose ?

– Oh oui, répondit le lieutenant Pennycook. Il fait partie des personnages les plus influents dans la communauté des supporters de United. Il a repris le nom de la mascotte du club, *Fred The Red*, et son numéro, le 55. Ce qu'il balance sur les réseaux sociaux est souvent considéré comme parole d'évangile pour tous ceux qui le suivent.

– C'est bien lui. Freddie Bruce pour les intimes. Un ouvrier de la brasserie, qui a répondu gentiment à notre invitation. Il est à côté, dans une salle d'interrogatoire. Vous voulez lui dire deux mots ?

CHAPITRE 7
L'important monsieur Wellington

Le journaliste laissa tomber sa valise sans ménagement. Il observa la chambre, renifla l'étrange odeur, sonda l'épaisseur du matelas, tira les rideaux d'un geste large. Puis il s'empara du téléphone et composa le numéro de l'accueil.

– Cette chambre est une merde, dit-il sans même se présenter. Elle est minuscule, elle sent le moisi depuis la moquette jusqu'au papier peint immonde sur les murs et la vue sur les rails du tramway est à gerber.

Au bout du fil, l'hôtesse fut prise de court, bredouilla quelques excuses, dit qu'elle n'y pouvait rien, que l'hôtel était complet.

– Quel est votre prénom, mademoiselle ? demanda brutalement le journaliste.

– Euh… Je suis Rebecca, monsieur. À votre service.

– Très bien, Rebecca. Et moi, vous savez qui je suis ? Est-ce que vous savez au moins qui je suis ? Et qui m'envoie ?

L'hôtesse demanda le numéro de la chambre et consulta le registre. Elle ne retrouvait pas le nom et bredouilla de plus belle.

– Je suis Ben Wellington, Rebecca. Et c'est le *Sun* qui m'envoie. Oui, le *Sun*. Je pourrais ruiner l'honorable réputation de l'hôtel Midland sur trois colonnes, avec photo à l'appui, si toutefois vous ne compreniez pas que je suis terriblement déçu par la chambre que vous venez de me donner.

Le journaliste entendit quelques bruits étouffés dans le combiné. Puis c'est une voix masculine qui reprit la conversation. L'homme était le supérieur de la pauvre hôtesse. Il s'excusa pour le malentendu et assura que l'établissement allait tout mettre en œuvre pour remédier à la situation.

Un quart d'heure plus tard, Ben Wellington posa sa valise en poussant un soupir d'aise. La chambre était vaste, le lit était ferme, la fenêtre offrait une vue agréable sur Oxford Street et la *Manchester Central Library*, la bibliothèque historique de la ville. Certes, il y avait la même petite odeur d'humidité qui régnait dans la pièce, mais c'était finalement toujours ainsi dans ces bâtiments hérités de l'époque édouardienne ; le prestige était intact mais la décoration surannée avait perdu sa fraîcheur depuis des lustres. Wellington s'en contenterait. Mieux valait le Midland plutôt qu'un quelconque Hilton près de l'aéroport. Il voulait être au cœur de la ville pour sentir battre son pouls et renifler ses rumeurs nauséabondes.

Ben Wellington était l'une des grandes plumes du *Sun*, ce tabloïd à la réputation sulfureuse, ce journal à scandales qui s'évertuait à proposer les unes les plus sensationnalistes, les titres les plus racoleurs. Il était même LA plume du *Sun*, reconnu comme tel depuis qu'il avait mis la monarchie britannique dans l'embarras après avoir révélé une vieille histoire d'adultère au sein de la famille royale ; peu après, il s'en était pris aux mœurs un tantinet dissolues d'un membre du Parlement britannique, obligé de démissionner avec fracas pour échapper au scandale qui s'annonçait. Grâce à ces deux affaires, les papiers de Wellington avaient alimenté les unes du *Sun* pendant des semaines et son auteur avait acquis une notoriété considérable, après qu'il eut été invité sur les plateaux de télévision pour raconter ses histoires inavouables.

Grand, fin et élégant, Ben Wellington était un bel homme à la mèche brune très étudiée, aux chemises impeccablement repassées. Séducteur sans scrupule, il usait de son charme pour obtenir des informations qui n'étaient pas censées sortir au grand jour. Mieux encore : désormais, on le contactait directement pour lui révéler certaines indiscrétions qu'il triait sur le volet.

C'est ainsi qu'il avait reçu, la veille au soir, un message émanant de l'un de ses correspondants informels à Manchester. Celui-ci avait repéré une étrange photographie sur les réseaux sociaux ; il avait ensuite consulté les centaines de commentaires que le cliché avait générés. Puis il avait estimé bon d'en informer monsieur Wellington en lui envoyant un message dont la conclusion était : « À une semaine du derby, voilà de quoi mettre le feu à la ville. » Il n'en avait pas fallu beaucoup plus au journaliste du *Sun*. Il réserva aussitôt quelques nuitées au *Midland Hotel* et prit le premier avion pour le nord-ouest de l'Angleterre.

***

Freddie Bruce n'avait pas tout à fait le profil du *geek* accro aux réseaux sociaux et dont l'activité serait susceptible de menacer la sécurité nationale. C'était un quadragénaire ventripotent qui passait son temps à se caresser le crâne, pour constater jour après jour que sa tonsure disgracieuse s'étendait inexorablement. Voilà près de quinze ans qu'il travaillait à la brasserie royale, affecté au *quality control* du houblon nécessaire à la fabrication d'une bière qu'il trouvait sans caractère. Seul le football en général et Manchester United en particulier l'aidaient à supporter l'affligeante banalité de son quotidien.

Sa position sociale était bien trop modeste à son goût, alors il s'était inventé un nouveau rôle à la mesure de son ambition : grâce aux réseaux sociaux et sous le pseudo *FredTheRed55*, Freddie Bruce était presque devenu un média à lui tout seul. Il avait compris que l'époque était à l'outrance et que son « public » ne se satisferait pas du robinet d'eau tiède des analyses traditionnelles. Il avait donc choisi d'afficher des opinions tranchées, de révéler des informations plus ou moins vérifiées, le tout à un rythme qui aurait fait pâlir d'envie la plus efficace des agences de presse. Ça ne lui rapportait rien, sinon une formidable reconnaissance qui faisait de lui un personnage important, enfin. Le rêve d'une vie.

Mais il n'avait peut-être pas prévu que son activité parallèle le conduirait dans une salle d'interrogatoire de la police du Grand Manchester.

Le commun des mortels aurait pu s'en inquiéter, redouter de devoir répondre aux questions des enquêteurs. Freddie, lui, s'était dit au contraire qu'il pourrait tirer avantage de cette situation inconfortable en tenant informés ses *followers*. Il lui suffirait de se positionner en victime de la bien-pensance et de l'abus d'autorité pour mobiliser sa communauté et accroître sa popularité virtuelle. De fait, sur les réseaux, tout le monde était déjà au courant que Fred The Red venait d'être interrogé par un petit bonhomme à la peau noire nommé Summerbee. Autant dire que le pauvre Stuart était devenu pour certains le symbole ultime de l'abus d'autorité.

Freddie Bruce se réjouissait donc de l'élan populaire qu'il avait suscité. Pourtant, son sourire narquois s'effaça lorsqu'il vit arriver deux nouveaux enquêteurs dans la salle d'interrogatoire. L'un était un gaillard imposant qui ne semblait pas très futé ;

mais l'autre était une femme frêle et nerveuse, au regard dur, aux gestes secs et précis. Dans la dramaturgie qu'il s'était inventée en arrivant au poste, Freddie n'avait pas imaginé se retrouver face à un tel personnage, à l'opposé du flic habituel, masculin et prévisible. Cette femme officier de police ne collait pas avec son histoire et il s'en trouva décontenancé.

– Capitaine Doherty, dit Molly pour se présenter. J'ai quelques questions à vous poser.

– J'ai déjà dit tout ce que je savais au lieutenant Summerbee…

– Eh bien vous allez sans doute vous répéter, mais vous n'allez pas en mourir. On s'intéressera plus tard aux conséquences du message que vous avez posté hier soir, qu'on pourrait facilement caractériser comme une incitation au trouble de l'ordre public. Mais pour l'instant, moi, ce que je veux savoir, c'est comment vous avez eu la photo du cadavre dans le trou. C'est vous qui l'avez prise ?

– Non, bien sûr que non ! J'étais au boulot, je n'ai pas pu me faire remplacer, vous pourrez vérifier. Je n'ai même pas pu aller au stade pour voir United jouer, alors je ne vois pas pourquoi je me serais retrouvé sur le Blue Moon Way à regarder des ouvriers faire des trous dans Moss Side !

– Donc on vous l'a envoyée, cette photo ? insista Molly.

– Je ne révèle pas mes sources, capitaine.

– D'ordinaire, cet argument est utilisé par les journalistes. Ce que vous n'êtes pas, monsieur

Bruce, si mes informations sont correctes. Alors je vous conseille de me répondre, ou on revient ensemble sur cette incitation au trouble de l'ordre public, assortie de circonstances aggravantes.

– Quelles circonstances aggravantes ?

– La mort d'un homme. Peter Sharpe, vingt-six ans. L'un de vos camarades supporters.

Freddie Bruce blêmit. Il savait qu'un des membres de la *Red Army* était resté sur le carreau, mais il ne savait pas dans quel état. Il était loin d'imaginer que son message de la veille ait pu avoir de telles conséquences ; pourtant, il ne se sentait pas vraiment responsable. Ça n'était pas lui qui avait porté le coup fatal, pas vrai ?

– Il a été assassiné ? demanda-t-il d'une voix blanche.

– Ça ressemble plutôt à un bête accident, consécutif à une bagarre absurde, causée par la diffusion d'un message stupide et inconséquent. Vous le voyez, c'est une succession d'aberrations imbéciles qui ont causé la mort d'un homme. Et vous en êtes le point de départ, monsieur Bruce.

– Je n'ai fait que relayer une photo…

– Une photo partielle, où l'on ne voit que l'un des deux corps. L'autre a un maillot bleu, si vous voulez tout savoir. L'interprétation que vous avez faite de cette image était donc fausse, tragiquement fausse.

Freddie resta muet. Le lieutenant Pennycook en profita pour poser à nouveau la question de Molly, sur un ton beaucoup plus agressif.

– Qui t'a envoyé la photo ?

En faisant grincer les pieds de sa chaise, Freddie Bruce eut un mouvement de recul qui trahissait son malaise. Le duo *bad cop / bad cop* qu'on lui proposait n'était pas du tout à son goût.

– Je... je ne sais pas, bredouilla-t-il. Cette photo a circulé un peu partout dans la communauté avant de me parvenir. Je l'ai reçue une dizaine de fois dans ma messagerie, de la part de gens qui l'avaient eux-mêmes reçue d'une autre personne et ainsi de suite. Je serais bien incapable de remonter à la source. Dans cette histoire, je ne suis qu'un amplificateur, un haut-parleur...

Molly Doherty se leva, comprenant qu'elle ne tirerait rien de plus de ce triste personnage. Elle le mit en garde, lui fit comprendre qu'il serait bon à l'avenir d'éviter les appels à la haine, et ne put faire autrement que de lui indiquer la porte de sortie.

Une fois dehors, Freddie Bruce respira un grand coup, encore un peu secoué par ce qu'il venait de vivre au poste de police du centre-ville. Il se caressa le sommet du crâne puis se dirigea vers Portland Street pour prendre le bus 103 et rentrer chez lui.

En chemin, il envoya un dernier message à sa communauté de *followers*. En quelques mots, *FredTheRed55* conviait tout le monde à une cérémonie d'hommage en la mémoire de Peter Sharpe, vingt-six ans, valeureux soldat de la *Red Army* tombé sous les coups des bâtards en bleu. Pour ne pas s'attirer les foudres de la capitaine Doherty, Freddie Bruce n'appelait pas directement à venger la mort du supporter. Mais c'était tout comme.

CHAPITRE 8
Le disgracieux Desmond Paisley

Les supporters en bleu s'étaient réunis à proximité de leur stade, comme s'ils avaient voulu se rapprocher de leur équipe, malgré tout. En ce dimanche après-midi, les *Sky Blues* de Manchester City étaient pourtant en déplacement de l'autre côté du pays, à Londres. Voilà plus d'une heure qu'ils jouaient sur le terrain de Chelsea, une autre équipe en bleu qui leur posait de sérieux problèmes. L'équation était simple : puisque les voisins de United s'étaient imposés la veille, alors les joueurs de City devaient eux aussi battre leur adversaire du jour, pour ne pas se faire distancer au classement.

Voilà pourquoi la tension était palpable, dans ce pub étrange situé en face du stade, de l'autre côté de l'Ashton New Road. C'était une petite maison solitaire, faite de briques rouges, avec des toits pointus. Au cœur de la campagne anglaise, elle aurait semblé tout à fait charmante ; mais au bord de cette route, en face d'un stade ultramoderne, elle apparaissait pathétique et déplacée. C'était le repaire habituel des supporters de Manchester City, ceux qu'on appelait les *Cityzens*.

Bien qu'il soit proche de l'*Etihad Stadium*[11], le nom du pub faisait référence à l'ancienne enceinte du club. « The Maine Road Café » était inscrit sur une large banderole apposée sur la devanture, avec cette subtilité typographique : on avait placé une frite à la place du « i » de *Maine*. Il faut dire que sept jours sur sept, l'établissement proposait toute une variation autour du traditionnel *fish & chips*, avec des frites à la sauce, au curry chinois ou anglais, des frites avec des petits pois, des haricots ou du fromage fondu. On pouvait y ajouter des *meat pies*, des tourtes à la viande, aux rognons ou aux oignons. C'était le summum de l'art culinaire britannique. De quoi faire le plein de calories pour la semaine. Ou le mois.

En ce dimanche après-midi, la température était clémente et les nuages élevés ne parvenaient pas à masquer le bleu du ciel. À l'extérieur du Maine Road Café, il y avait une dizaine de tables de camping, idéales pour déguster un *cornish pasty* en profitant des quelques rayons du soleil. Mais ces tables resteraient vides pendant encore une bonne demi-heure car il y avait une télévision à l'intérieur de l'établissement ; c'est là que tous les consommateurs s'étaient massés. Ils étaient au moins une

---

11. Nom du stade de Manchester City, choisi par les propriétaires émiratis en reprenant celui de leur compagnie aérienne.

cinquantaine, assis ou debout, une bière à la main. Aimantés, passionnés, ils ne quittaient pas l'écran des yeux. Branché sur Sky Sports, on y voyait le fameux rectangle vert, sur lequel bataillaient des footballeurs en maillot bleu marine et d'autres en maillot bleu ciel. Les *Blues* face aux *Sky Blues*, joli camaïeu pour une opposition sportive.

Le match était tendu, peu spectaculaire. Les joueurs de Chelsea, qui n'avaient plus grand-chose à jouer en cette fin de saison, ne songeaient qu'à protéger leur honneur et donc leur but. En face, les joueurs de Manchester City savaient qu'ils ne pourraient se contenter d'un match nul, alors ils attaquaient à tout-va, de manière souvent désordonnée, avec une efficacité très limitée.

Dans le pub des *Cityzens*, on se rongeait les ongles, on braillait de vains encouragements, on poussait la chansonnette pour se rassurer. L'air qui revenait le plus souvent était un chant à la gloire de la star de l'équipe : Desmond Paisley, le rugueux capitaine des *Sky Blues*, infatigable bagarreur, meneur d'hommes charismatique et buteur à la frappe lourde. Paisley n'était pas un tendre. Il jouait pour une équipe de Manchester mais il venait du nord-est de l'Angleterre, de Newcastle. C'est là-bas que l'on trouvait les *Geordies*, ces hommes et ces femmes issus de la classe populaire, au caractère aussi rude que leur accent était incompréhensible. Desmond Paisley était un bon *Geordie*, fêtard et braillard, qui ne faisait jamais dans la finesse, sur le terrain comme dans la vie.

Pourtant, cet après-midi sur le terrain de Chelsea, Paisley était impuissant. Il multipliait les courses et les appels de balle, il haranguait ses coéquipiers et provoquait ses adversaires mais rien n'y faisait. Manchester City était totalement inoffensif. Alors les supporters se désespéraient dans le Maine Road Café.

C'était décidément une mauvaise journée pour ces Mancuniens, une journée qui avait débuté avec une bien triste nouvelle. Deux heures avant le match, le superintendant principal de la police de Manchester avait tenu une conférence de presse, reprise par les médias locaux et nationaux. Tout le monde était déjà plus ou moins au courant, mais l'officier de police avait tenu à clarifier la situation devant les micros : il avait confirmé la découverte des cadavres de Moss Side avant de préciser qu'il s'agissait bien de deux jeunes individus et non d'un seul. Les victimes avaient entre dix et quinze ans, l'un portait un maillot bleu de City, l'autre un maillot rouge de United. Le superintendant avait admis qu'on ne savait encore rien de leur identité ni des causes de leur décès ; il avait invité tous ceux qui pourraient donner des informations à se manifester. Enfin, il avait conclu son intervention en lançant un appel au calme et en dénonçant les événements qui s'étaient produits la veille, ces affrontements qui avaient conduit à la mort d'un homme.

Cette intervention officielle avait apporté plus d'inquiétude et de tristesse qu'elle n'avait rassuré ceux qui l'avaient écoutée. Dans le Maine Road Café, les fans de Manchester City avaient donc réalisé que l'une des deux victimes de Moss Side était un gamin qui, un jour, il y a longtemps sans doute, avait fait partie de leur communauté de supporters. Et cette nouvelle leur avait brisé le cœur. Elle avait monopolisé les conversations avant que tout le monde ne finisse par se reconcentrer sur l'unique prétexte de leur réunion dominicale : le match à venir, cette opposition si importante face aux *Blues* de Chelsea.

Là-bas, dans l'autre capitale du pays, la vraie, l'arrogante, les *Sky Blues* de Manchester City n'étaient pas loin de se résigner. C'était certain, ils ne parviendraient pas à s'imposer sur la pelouse de Stamford Bridge et perdraient des points précieux dans la course au titre, dans ce duel à distance qui les opposait aux voisins de United.

Il ne restait plus qu'une minute à jouer, il n'y avait plus grand-chose à espérer.

Et puis ce diable de Desmond Paisley, ce centaure en chaussures à crampons, aux oreilles rondes et décollées, à l'énergie inépuisable, se mit à perforer la défense des *Blues*. D'un coup d'épaule à la limite de la régularité, il dégagea un adversaire, puis slaloma entre deux autres avant de se présenter à l'entrée de la surface. Sans chercher à trouver une trajectoire particulière, il frappa le ballon avec une force phénoménale. Le gardien eut le réflexe de tendre la main, mais son poignet céda sous la puissance de l'impact. La balle, à peine déviée, finit sa course au fond des filets.

C'est ainsi que les *Sky Blues* s'imposèrent sur la plus petite des marges.

C'est ainsi que le suspense fut relancé. Au sommet du classement, Manchester United et Manchester City étaient à nouveau au coude à coude. Il leur resterait un match à jouer en milieu de semaine avant de se retrouver le dimanche suivant.

La promesse d'une finale du championnat à l'occasion du derby de la ville était toujours d'actualité. L'inquiétude aussi.

		Matches joués	*Points*
1	*Manchester City*	*36*	*80*
–	*Manchester United*	*36*	*80*

***

Au bar de l'hôtel Midland, Ben Wellington ne put réprimer un grognement contrarié. Il ne vouait pourtant pas une immense passion au football, auquel il préférait le cricket, plus noble à ses yeux.

Mais s'il y avait bien une équipe qu'il suivait de temps en temps, c'était Chelsea. À l'origine, ç'avait été pour lui une manière de faire enrager son père, ce magistrat imbu de lui-même et supporter officiel des *Cottagers* de Fulham. Le petit Ben avait détesté le paternel ; un jour, il était donc rentré chez lui avec un maillot des *Blues* sur le dos, ce qui n'avait pas manqué de jeter un froid dans la maison cossue de South Kensington.

Voilà pourquoi, lorsque le disgracieux Desmond Paisley envoya balader la moitié de la défense adverse pour inscrire le seul et unique but de la victoire de City, Ben Wellington grogna. Chelsea s'inclinait à nouveau et finirait la saison sans gloire. *Such a shame.*

Le journaliste du *Sun* se consola en sirotant son gin *Old Tom*. Puis il étudia avec attention les deux clichés qu'on lui avait envoyés sur son ordinateur portable. Le premier était une nouvelle représentation des cadavres de Moss Side ; le second était une photo d'un objet étrange, une sorte de médaillon dont il ne connaissait pas l'origine. Il lui faudrait donc effectuer quelques recherches pour savoir s'il y aurait de quoi construire une histoire un peu piquante avec ce truc-là.

En plissant les yeux, Ben Wellington scruta les crânes des jeunes victimes, ces orbites pleines de terre, ces mâchoires ouvertes et partiellement édentées qui criaient dans l'au-delà. Il se demanda à quoi ils avaient pu ressembler, ces pauvres gamins.

Il se demanda s'ils avaient souffert au moment de mourir. Il se demanda s'ils avaient été heureux, un jour.

***

Dans le Maine Road Café, on éteignit les téléviseurs.

Quelques minutes plus tôt, une formidable clameur avait résonné dans ce temple du *fish & chips* lorsque Desmond Paisley avait inscrit le but de la victoire pour Manchester City. Tout le monde avait levé les bras au ciel en une joie rageuse qui avait projeté des litres de bière et une brassée de frites épaisses sur le plafond et sur les murs. Les plus alertes avaient fait des bonds de cabri, les autres s'étaient enlacés en se brisant mutuellement les tympans, certains étaient restés bouche bée pendant de longues secondes. La formidable exclamation avait été à la hauteur du soulagement éprouvé par tous ces supporters des *Sky Blues* qui n'en pouvaient plus d'attendre que leur équipe marque enfin un but, un seul petit but.

Avec cette victoire laborieuse, les Bleu ciel étaient toujours dans la course pour le titre de champion et c'était bien là l'essentiel. On éteignit donc les téléviseurs et on commença à reprendre une vie normale.

Quelques accords de guitare se firent alors entendre. Ils provenaient d'une petite estrade installée au fond de l'établissement, sur laquelle avait pris place un groupe de rock invité pour l'occasion. C'était une formation très minimaliste, avec un guitariste, un bassiste et un batteur qui n'utilisait qu'une caisse claire, une grosse caisse et une charleston. C'est le guitariste qui avait lancé la session en plaquant des accords de do, la mineur, fa et sol ; il s'approcha du micro et commença à fredonner : "*Blue Moon, you saw me standing alone...*" Il n'en fallut pas beaucoup plus pour inciter la cinquantaine de supporters à reprendre en chœur la suite de la chanson : "*... without a dream in my heart, without a love of my own...*"

Puis les musiciens changèrent de tempo. "*I say Blue Moon!*" brailla le chanteur de sa voix éraillée tandis que le batteur accélérait pour donner une couleur punk-rock à l'ensemble. L'assistance se mit au diapason et se mit à gigoter dans le Maine Road Café comme elle le faisait dans les stades, en un pogo endiablé qui dispersa un peu plus de bière sur le sol.

Trois minutes plus tard, le chanteur-guitariste saluait ce public qui acclamait chaleureusement la prestation. Porté par ce succès facile et prévisible, le musicien reprit le micro.

– Merci à tous pour cet accueil. On va maintenant vous jouer un morceau de notre composition, avec un texte de circonstance. Ça s'appelle « Ancoats Blues ».

Le batteur et le bassiste se regardèrent alors en fronçant les sourcils. Ils ne semblaient pas trouver l'enchaînement pertinent.

De fait, dès les premières notes, l'ambiance changea du tout au tout. Le guitariste proposa effectivement une grille de blues, mais jouée sur un tempo lugubre avec des dissonances très désagréables à l'oreille. Et ce fut pire encore lorsqu'il se mit à chanter son texte, qui se voulait inspiré mais qui n'était que morbide et malvenu. De sa voix toujours aussi éraillée, il évoquait le destin funeste de deux gamins qui avaient trouvé la mort dans des circonstances mystérieuses, comme une référence évidente à la découverte des cadavres de Moss Side.

On entendit quelques sifflets dans l'assistance. Du fond de la salle, un type gueula : « Hé, tu ferais mieux de nous jouer *Wonderwall*[12] à la place de cette merde ! » Le guitariste lui répondit d'un grinçant "*Fuck you, mate!*" sans pour autant s'interrompre. Alors les clients du Maine Road Café finirent leur bière d'une traite et sortirent du pub sans même attendre la fin du morceau. L'après-midi était belle, City avait gagné, il n'y avait donc aucune raison de se prendre la tête à écouter un pseudo-artiste qui voulait leur saper le moral.

Le chanteur s'interrompit enfin au beau milieu de sa prestation, constatant que la salle s'était vidée en un clin d'œil. L'humiliation était totale.

---

12. Ce tube incontournable des Mancuniens d'Oasis a été composé par Noel Gallagher, l'un des leaders du groupe avec son frère Liam, tous deux fervents supporters de Man City.

– Mais t'es malade ou quoi ? râla le bassiste. Pourquoi tu leur as joué ça ?

– Et pourquoi je ne le jouerais pas, ce morceau ? répondit le guitariste. C'est ce que j'ai composé de plus fort, de plus profond... C'est eux qui ne comprennent rien !

– Non, c'est toi qui piges que dalle. Tu te prends pour Noel Gallagher mais t'es qu'un gros naze et t'as aucun talent. C'est fini, mec. Je ne joue plus avec toi, tu peux te trouver un autre bassiste.

– Et un autre batteur, enchaîna l'homme aux baguettes. On n'arrivera jamais à rien avec ton répertoire. Je préfère accompagner une petite gonzesse qui fait des reprises d'Adèle, c'est moins risqué et ça paye mieux.

Les deux musiciens rangèrent leur matériel sans attendre et quittèrent à leur tour le Maine Road Café. Le guitariste se retrouva seul sur la petite scène, face au patron du pub qui le regardait d'un air courroucé.

Il lui fit alors un doigt d'honneur et quitta les lieux à son tour, en grognant : « Me faites pas chier, tous autant que vous êtes. Vous ne savez pas ce qu'elle raconte, cette chanson... »

DEUXIÈME PARTIE

CHAPITRE 9
La politique, non merci

Manchester, le 2 mai 1997.

Ce matin-là, l'Angleterre n'était plus vraiment la même.

En ce deuxième jour de mai, c'était officiel : le *New Labour*, le nouveau parti travailliste, venait de remporter les élections législatives, mettant ainsi fin à dix-huit années de pouvoir du parti conservateur. John Major irait bientôt présenter sa démission à la Reine, qui se devrait de nommer Tony Blair au poste de Premier ministre. Selon la coutume, Sa Majesté Elizabeth II se plierait de bonne grâce à l'exercice, sans doute heureuse de penser à autre chose qu'aux escapades amoureuses de la princesse de Galles, désormais divorcée de son fils aîné.

A New Life for Britain, « une nouvelle vie pour la Grande-Bretagne », claironnaient les vainqueurs des élections. Manchester, qui votait travailliste depuis plus de vingt ans, accueillit la promesse avec enthousiasme ; et pour chanter les louanges du *New Labour*, il y eut les ouvriers, dont la qualité de vie s'était considérablement dégradée depuis la période Thatcher, mais aussi les salariés du secteur tertiaire, devenus majoritaires depuis que la ville avait fait table rase de son passé marqué par la révolution industrielle. Bref, une grande majorité des Mancuniens se réjouissait de la nouvelle direction prise par le pays.

Mais pas très loin de Maine Road, sur le bitume crasseux de Henbury Street, les quatre jeunes Anglais qui jouaient au ballon s'en moquaient éperdument.

Il y avait là Duncan et Ryan, deux frères que tout opposait, et puis Jake et Billy, leurs camarades venus des maisons voisines. Quatre gosses entre douze et treize ans, bagarreurs, frondeurs, promis à un avenir aussi terne que le ciel de Manchester. En ce 2 mai 1997, ils n'avaient aucune envie de commenter ces élections et la victoire des travaillistes. Surtout Duncan et Ryan : leur père leur avait rebattu les oreilles avec la politique pendant des années et des années. Docker au canal maritime de Manchester, il avait été choisi comme délégué par ses camarades du *T&G*[13], ce syndicat qui défendait les intérêts des ouvriers de tous horizons. C'était ainsi, le paternel avait mis beaucoup plus d'ardeur à représenter ses collègues qu'à regarder ses fils

13. *Transport and General Workers' Union*, le syndicat des ouvriers du transport et autres travailleurs.

grandir. Jusqu'à ce qu'il finisse par perdre son emploi et disparaître sans laisser d'adresse. Honteux, sans doute. Amoureux d'une autre, peut-être.

Du jour au lendemain, les frangins s'étaient retrouvés seuls avec leur mère dépressive, au 10, Henbury Street, dans une maison délabrée qui prenait l'eau de toutes parts. Alors la politique, non merci. Ça remuait trop de mauvais souvenirs.

Ce 2 mai 1997, comme tous les autres jours, Duncan, Ryan, Jake et Billy n'avaient qu'un seul sujet de conversation. Ils parlaient football. Ils se passionnaient pour la fin de saison de la *Premier League*, la première division anglaise, qui s'apprêtait à sacrer Manchester United quelques jours plus tard. Mais trois de ces quatre gamins se passionnaient peut-être plus encore pour la deuxième division, là où Manchester City avait bataillé toute l'année pour ne pas sombrer à l'étage inférieur. C'était une époque où les *Sky Blues* n'existaient presque pas sur la scène anglaise, étouffés par l'implacable domination des *Red Devils* de United.

Pourtant, contre vents et marées, Ryan, Jake et Billy s'affichaient comme des supporters inconditionnels des Bleus, cette équipe moribonde qu'on évoquait à travers le pays avec un air condescendant et un haussement d'épaules. Seul Duncan était un fan des Rouges. Nul ne savait vraiment pourquoi ni comment il avait ainsi dérogé à la règle familiale. Un jour, il y a longtemps, il était arrivé à l'école, la *Claremont Primary School*, et il avait révélé sa passion secrète à ses camarades, médusés.

En toute logique, Duncan aurait dû être exclu du petit groupe de ses amis, rejeté comme un paria. Mais comme il était le frère de Ryan, les autres avaient toléré sa présence malgré l'infamie de son choix sportif. À la condition qu'il ne fanfaronne pas trop quand les Rouges seraient champions d'Angleterre.

Ces quatre-là n'étaient plus vraiment des gamins, ils n'étaient pas encore des hommes. Ils ne savaient pas trop où se situer dans cette société qui changeait de jour en jour, dans ce quartier de Moss Side où la violence s'était installée depuis des années, où les gangs faisaient régner la terreur à chaque carrefour.

Pourtant, Duncan, Ryan, Jake et Billy n'étaient pas malheureux. Pas vraiment. En tout cas, jamais quand ils jouaient au football. Jamais quand ils jouaient sur le bitume crasseux de Henbury Street, quand ils slalomaient entre les voitures garées de chaque côté, le long de ces maisons de briques collées les unes aux autres, chacune avec une porte et seulement deux fenêtres, l'une au rez-de-chaussée, l'autre à l'étage.

Au bout de la rue, il y avait Beveridge Street ; et au bout de Beveridge, il y avait le stade de Maine Road, le cœur battant du quartier.

CHAPITRE 10
Le sacrifice

Manchester, un quart de siècle plus tard.

Ce matin-là, l'Angleterre était vraiment toujours la même.

C'est ce que pensa Molly en se réveillant au son d'un énième débat sur les méfaits du Brexit, superbement ignorés par les uns, dénoncés avec force par les autres. Décidément, ce pays serait irréconciliable pendant encore longtemps, se dit la jeune femme.

Elle se souvint de ces semaines de panique aux allures de fin du monde. Plus d'essence dans les stations-service, plus de poulet dans les KFC ou les Nando's, des rayonnages vides dans les supermarchés, des milliers de camions garés sur les parkings faute de chauffeurs pour les conduire. Les plus xénophobes des partisans du Brexit s'étaient réjouis de voir le nombre d'étrangers diminuer sur le marché de l'emploi avant de réaliser que les Européens de l'Est, par exemple, avaient représenté une main-d'œuvre essentielle dans les services, le commerce, l'alimentation ou les transports.

Molly repensa à ces Anglais qui s'étaient précipités à la pompe pour vider leurs bouteilles d'eau minérale et les remplir avec du carburant, par peur du lendemain ; elle s'attrista des scènes de tensions et de bagarres qui s'étaient ensuivies. Le flegme britannique avait volé en éclats, la fracture était si profonde qu'elle semblait irréductible. Bientôt, on annoncerait que le bacon *so british* serait en rupture de stock, faute de bouchers qualifiés pour découper les trop nombreux porcs élevés dans le pays ; et si le bacon venait à manquer, alors ce serait vraiment la fin d'un monde.

C'est donc dans ce contexte qu'allait se jouer un match de football qui viendrait accentuer les divisions. Il faudrait redoubler de vigilance pour contenir toutes ces rancœurs et ces haines accumulées, pour que la ville ne se déchire pas plus encore.

La capitaine Doherty quitta son petit appartement de Dale Street, dans le quartier de Piccadilly, et se rendit à pied jusqu'au poste de police du centre-ville. Un quart d'heure de marche bien utile pour chasser les brumes matinales et faire une nouvelle fois le point sur cette ténébreuse affaire de corps retrouvés au fond d'un trou. Non, elle ne connaissait toujours pas l'identité des victimes ; non, elle ne savait toujours pas la cause de leur décès. Et ce seraient pourtant les premières questions que lui poserait le chef Pallister à son arrivée, sur un ton forcément désagréable.

Elle longea Portland Street et prit à droite sur Princess Street. Ce serait une nouvelle journée compliquée, devina-t-elle, anxieuse. Pendant des mois, elle avait rêvé de cette promotion au rang de *Detective Chief Inspector*, anticipant la formidable fierté des premiers jours, savourant à l'avance cette revanche sur la vie. Il y avait encore dix ans, il lui aurait été impensable de s'imaginer quitter son bout d'île pour rejoindre Manchester et finir par occuper un tel poste. Et pourtant elle l'avait fait. Elle y était parvenue. Sauf que la fierté attendue avait trop vite laissé la place à cette anxiété de tous les instants. Molly était une femme dans un milieu essentiellement masculin ; elle savait qu'il lui faudrait redoubler d'efforts pour être à la hauteur aux yeux de sa hiérarchie.

Perdue dans ses pensées, elle marchait le long de Princess Street d'un pas rapide, lorsqu'elle entendit des cris sur sa droite.

Au loin, derrière les poubelles rouges entassées dans une ruelle percée à l'arrière des immeubles, deux hommes se battaient en hurlant des insanités. Ou plutôt, deux hommes s'en prenaient violemment à un troisième, qui appelait à l'aide avec un fort accent étranger. Molly s'engagea dans l'étroite ruelle, pas vraiment persuadée que son initiative puisse être décisive, mais convaincue qu'elle se devait d'intervenir. Après avoir slalomé entre les poubelles rouges, elle réalisa qu'elle arrivait trop tard : la victime avait fini par prendre ses jambes à son cou, poursuivie par ses assaillants.

Le cœur encore battant, la capitaine Doherty scruta les lieux pour essayer de comprendre ce qui s'était passé. Mais sur le trottoir sale de la ruelle, il n'y avait rien qui puisse expliquer le pourquoi de la violente altercation. Elle se contenta d'observer une édition du *Sun* voleter sur le goudron détrempé ; les pages du journal se désolidarisaient les unes des autres, soufflées par les climatiseurs à l'arrière des restaurants.

Lorsque Molly finit par arriver au poste de police, elle tomba sur Fergus et Stuart en grande discussion. Elle les entendit se chamailler comme des gosses à propos du derby qui s'annonçait entre les Rouges et les Bleus. L'un vantait les mérites d'un certain William Jones, l'autre lui répondait qu'il n'arrivait pas à la cheville du dénommé Desmond Paisley. La jeune femme referma la porte pour leur signaler sa présence.

– Salut, chef, dit le lieutenant Pennycook en se redressant prestement.

– Bonjour, capitaine, dit Stuart Summerbee.

– Bonjour, messieurs. Désolée pour le retard, j'ai été obligée d'intervenir dans une bagarre à deux pas d'ici. Il a suffi que je m'interpose pour qu'ils détalent comme des lapins.

– Une bagarre ? Et vous…

– Je plaisantais, Fergus. Je serais bien incapable de faire détaler qui que ce soit. En fait, je suis arrivée juste après la bataille. Mais ça avait l'air assez sérieux, alors j'ai lancé un signalement auprès des agents en service dans le coin. J'ai l'impression que les gens sont sur les nerfs et que ça peut partir en vrille à tout moment.

– Vous avez raison, boss, et ça ne va pas s'arranger, ajouta Stuart. Regardez : la lecture du matin pourrait en exciter quelques-uns.

À ces mots, le lieutenant Summerbee tendit un journal à Molly ; c'était l'édition du jour du *Sun*. En une, on pouvait lire cet énorme titre en lettres capitales : *HORROR IN THE GRAVE*, « l'horreur dans la fosse », avec une photo des cadavres sur les deux tiers de la page et un médaillon représentant le portrait de Peter Sharpe, le supporter décédé pendant la bagarre générale qui s'était ensuivie.

Molly saisit le journal. C'était bien celui qu'elle avait vu éparpillé dans la ruelle, sans y prêter plus d'attention. Elle aurait pourtant dû reconnaître cette photo tragique, qu'elle connaissait désormais dans les moindres détails.

En bas de page, un encadré résumait en quelques lignes la teneur du papier, sous cette accroche : *Exclusive by Ben Wellington*, « une exclusivité signée Ben Wellington ». Bien sûr, la capitaine Doherty connaissait ce nom, comme tout le monde. Le plus sulfureux journaliste de la presse à scandales avait donc fait le voyage depuis Londres et ça n'était pas une bonne nouvelle. Molly feuilleta l'édition du *Sun*, tomba très vite sur la double page consacrée à l'affaire. Il y avait tout là-dedans : la découverte des ouvriers de Moss Side était racontée minute par minute ainsi que l'intervention de la police et des services scientifiques. Wellington avait l'air très bien renseigné mais il ne révélait aucune information sur l'identité des victimes et se contentait de relayer la théorie d'une rixe entre deux jeunes supporters qui aurait mal tourné. Il y avait également un large encadré où il racontait avec force détails la bataille rangée qui avait éclaté peu après la découverte et qui avait conduit au décès de Peter Sharpe.

Molly soupira. Il n'y avait rien de surprenant dans ce qu'elle lisait, et le traitement que Ben Wellington faisait de ces informations était dans le style habituel du *Sun* : sensationnaliste et racoleur depuis le choix des mots jusqu'à celui des illustrations ou de la typographie. Mais cette double page n'allait certainement pas lui simplifier la tâche. L'affaire était locale, elle devenait nationale. Et les passions qu'elle engendrait seraient démultipliées.

– N'oubliez pas de tourner la page, boss, dit Fergus.

La capitaine suivit le conseil et découvrit qu'il y avait en effet une troisième page consacrée aux événements de Manchester. C'était encore un texte signé Ben Wellington, avec une autre photo : celle d'un étrange médaillon, terni et rouillé, au bout d'une chaîne brisée. L'objet représentait un soleil stylisé, ou alors une roue quelconque.

Selon le journaliste du *Sun*, le pendentif aurait été retrouvé par les habitants du quartier entre les deux squelettes, au niveau des crânes. La trouvaille aurait été faite avant que la police n'arrive, cela allait sans dire. Aussitôt, Molly repensa à ces traces de pas observées au fond de la fosse, à ces empreintes imprimées dans la boue qui n'avaient rien à voir avec celles des ouvriers du chantier. Oui, quelqu'un était bien descendu dans le trou, en profitant sans doute de l'affolement général ; c'était peut-être le même qui avait pris la photo des cadavres avant d'enflammer la toile avec un cliché tronqué.

– Qu'est-ce que c'est que cette histoire ? murmura Molly. Pourquoi personne ne nous en a parlé quand on est arrivés sur place ? Et où se trouve ce médaillon, maintenant ?

Fergus et Stuart restèrent muets, sans réponse.

– Et c'est quoi, l'interprétation de ce journaliste ?

– Il s'interroge évidemment sur la présence du pendentif au côté des cadavres, répondit Fergus. Mais il ne donne aucune réponse dans son papier. En revanche, il estime qu'il s'agit là du symbole de la communauté des *Gipsys*. C'est une roue à seize rayons, une roue de charrette censée évoquer les roulottes des gens du voyage. Ce symbole est aussi présent sur le drapeau du peuple des roms, qui regroupe les gitans, les tsiganes, les manouches, les romanichels, les bohémiens, etc.

– Un symbole *gipsy* ? Voilà un nouvel éclairage à notre histoire. A priori sans aucun lien avec les clubs de foot…

– Euh… Si, il y a un lien, intervint Stuart. Lointain, mais il existe. C'est-à-dire qu'il faut connaître un peu l'histoire de Manchester City, capitaine.

Fergus le Rouge lâcha un petit rire sardonique et Molly soupira. On allait encore lui raconter une histoire de ballon dont elle aurait du mal à saisir la profondeur.

– Je vous écoute, lieutenant Summerbee.

Stuart le Bleu se racla la gorge, comme s'il allait prononcer une allocution sans savoir si le public allait le siffler ou l'acclamer.

– Alors voilà. Il y a une légende qui traîne autour du club de City depuis près d'un siècle. Une légende selon laquelle une malédiction aurait été prononcée contre le stade de Maine Road, dans les années 1920. À l'époque, il y avait une importante famille de *Gipsys* qui s'était durablement installée au sud de Manchester, dans ce qui n'était encore que des terrains vagues. Ces gitans, on les a délogés *manu militari* pour construire le stade. Alors ils se sont vengés en jetant un mauvais sort, qui a plongé le club de Manchester City dans le malheur pendant des années et des années. Bon, c'est une légende urbaine, évidemment. Mais elle était suffisamment tenace pour qu'on éprouve le besoin de faire appel aux descendants de cette famille pour lever la malédiction. On dit que ça se serait fait en 1998. Les *Gipsys* seraient arrivés sur la pelouse pour faire deux ou trois incantations et laisser sur place des fers à cheval peints en bleu qu'il fallait sortir les jours de match. À l'époque, ça ne s'est pas avéré très efficace, il faut bien le dire. L'équipe était toujours aussi catastrophique, même après l'intervention des gitans.

– C'est une blague ? s'étonna Molly.

– Je ne sais pas si c'est une blague, mais les gens y croyaient. Enfin, une bonne partie des supporters, en tout cas.

Fergus Pennycook écoutait son camarade en tentant de contenir le gloussement qui ne tarda pas à s'échapper. La capitaine Doherty le regarda, l'air perplexe, puis se tourna à nouveau vers Stuart.

– Et les gens y croient encore ? Ils ont l'impression qu'on est toujours au temps des *Peaky Blinders*[14] ?

– Non, je ne pense pas qu'ils y croient. Et puis on a changé de stade, alors tout le monde a fini par oublier cette histoire. Enfin, jusqu'à aujourd'hui. Parce que figurez-vous que la photo du *Sun* a été reprise un peu partout sur les réseaux sociaux, forcément. Depuis ce matin, il y en a quelques-uns qui s'en donnent à cœur joie pour ressortir les vieux souvenirs et les commenter à tort et à travers. Les théoriciens du complot sont de retour et ils ont

14. Série télévisée sur l'histoire d'un gang d'*Irish Travellers* (gitans irlandais) pendant l'entre-deux-guerres.

une imagination débordante : ils parlent de magie noire, ils évoquent une cérémonie où les deux gamins auraient été sacrifiés pour prononcer une nouvelle malédiction à l'encontre de Manchester City. Certains se disent persuadés qu'un nouveau sacrifice va être organisé pour que le derby tourne en faveur d'une équipe ou de l'autre, ils ne sont pas tous d'accord.

– Des sacrifices humains ? Mais c'est du délire ! s'emporta Molly. Là, on n'est plus chez les *Peaky Blinders*, mais chez les Aztèques au XVe siècle !

– Je sais, capitaine. Mais plus c'est gros, plus ça a de l'écho sur les réseaux sociaux.

– Qui a lancé cette rumeur imbécile ?

– Toujours le même, répondit Fergus. C'est ce connard de Freddie Bruce, alias *FredTheRed55*. Dès qu'il peut mettre de l'huile sur le feu, celui-là, il ne se gêne pas. J'ai un peu enquêté sur lui : il fait partie de la *Football Lads Alliance*[15], un mouvement associé aux activistes de l'extrême droite, raciste et xénophobe. Ces types sont hyper violents, on les a vus notamment se défouler sur des manifestants anti-Brexit, il y a quelque temps.

– Vous comprenez donc pourquoi Freddie Bruce a sauté sur cette histoire, reprit Stuart. Les gitans, c'est le bouc émissaire parfait quand on ne sait plus trop qui accuser. Et depuis quelque temps, tous ceux qui sont originaires de l'Europe de l'Est ne sont pas

---

15. « L'Alliance des gars du football », fondée en 2017.

forcément bien vus, si vous voyez ce que je veux dire. Ça vaut pour les chauffeurs routiers polonais comme pour les roms en général. Je ne serais pas surpris qu'on s'en prenne bientôt aux migrants venus d'Afrique ou d'Afghanistan en traversant la Manche sur des embarcations de fortune. C'est la suite logique.

Molly contourna son bureau et s'y assit. Elle jeta un dernier coup d'œil à la photo du pendentif.

– Je ne crois pas du tout à cette piste. On va la creuser, évidemment. Mais pas question de se laisser dicter notre enquête par un scribouillard du *Sun*.

La capitaine Doherty tentait de se contenir, mais elle était furieuse. Elle avait horreur de ces histoires de malédictions, d'esprits maléfiques, de forces spirituelles.

Elle ne croyait plus à toutes ces fadaises depuis qu'une âme malintentionnée avait tenté de la terroriser, autrefois, en lui faisant écouter les gémissements des fantômes de la prison de Crumlin Road. Elle n'était à l'époque qu'une enfant qui traînait innocemment dans les rues de Belfast ; elle n'en avait pas dormi pendant des nuits. Et puis elle s'était raisonnée. La petite fille avait grandi d'un coup et s'en était allée défier le silence du pénitencier.

Alors aujourd'hui, Molly ne voulait plus accorder de crédit à ce genre d'histoire.

Elle était juste furieuse que le *Sun* en ait profité pour vendre du papier.

CHAPITRE 11
La forteresse de Carrington

Au sud-ouest de Manchester, sur la petite commune de Carrington, se trouvait le centre d'entraînement des Diables Rouges. Un *training complex* impressionnant, ultra-moderne, niché au cœur d'un domaine de quarante-quatre hectares, ceinturé par de hauts grillages et protégé des regards indiscrets par les trente mille arbres plantés pour l'occasion. Peu après son inauguration, le centre avait été surnommé *The Carrington Fortress*, la forteresse de Carrington, car il s'avérait impossible d'accéder à proximité sans montrer patte blanche.

En ce lundi matin, les footballeurs de l'équipe première se retrouvaient pour un entraînement léger. Le match suivant arriverait vite, il était donc inutile de tirer sur les organismes à l'avant-veille d'une opposition capitale. Dans quarante-huit heures, les *Red Devils* rejoindraient Birmingham pour y être opposés aux *Villans* d'Aston Villa. Sur le papier, les Mancuniens étaient supérieurs, mais il faudrait à tout prix éviter le moindre faux pas, ne pas perdre de points sur la pelouse de Villa Park. Car le même jour, les voisins de Manchester City joueraient à domicile contre la modeste équipe de Wolverhampton et il y avait fort à parier qu'ils n'en feraient qu'une bouchée.

Ce serait l'avant-dernier rendez-vous de la saison.

Le dernier, ce serait le derby, à Old Trafford. Autant y arriver dans les meilleures dispositions.

William Jones était bien conscient de la difficulté de la tâche. En tant que capitaine des Diables Rouges, il se devait de montrer l'exemple à chaque instant, en match comme à l'entraînement. Lors de cette séance matinale, il fut le premier au footing d'échauffement, le plus rapide sur les exercices proposés par l'entraîneur adjoint, le plus concentré sur l'opposition tactique mise en place par le coach, le plus précis sur la série de frappes qui vint conclure la séance.

Une fois de retour à l'intérieur du *training complex*, il passa du temps avec le kiné sur la table de massage avant de suivre un traitement à base d'hydrothérapie pour se débarrasser d'une petite gêne musculaire à l'aine.

Il ne voulait rien laisser au hasard.

Car c'était peut-être pour lui la dernière occasion d'être enfin couronné. William Jones était reconnu par tous comme l'un des footballeurs les plus élégants de sa génération, talentueux et intelligent, sur le terrain comme en dehors. Ces qualités avaient fait de lui un capitaine respecté en club mais également en sélection : il portait le brassard à chaque fois qu'il était aligné avec les *Three Lions*, l'équipe d'Angleterre.

Mais voilà, tout au long des vingt années de sa longue carrière chez les professionnels, les événements n'avaient jamais tourné en sa faveur. Il ne s'était jamais retrouvé en position de remporter le titre suprême. Il avait appris son métier au centre de formation de Manchester United, mais il n'avait pas été conservé par le club car il était trop frêle et encore loin du footballeur accompli qu'il deviendrait par la suite. Il avait donc poursuivi sa carrière dans des équipes moins prestigieuses, à Bolton ou à Brighton. C'est avec les *Saints* de Southampton qu'il s'était finalement révélé ; c'est également à cette époque que le sélectionneur anglais avait fait appel à lui pour la première fois. Courtisé par quelques clubs de renom, il avait fini par se décider à revenir au bercail, enfin : Manchester United avait cassé sa tirelire pour faire de lui le capitaine des Diables Rouges.

Mais le temps avait passé, et tout talentueux qu'il fût, William Jones n'était plus le jeune footballeur fringant qui pouvait enchaîner les performances sans sourciller. À bientôt trente-sept ans, il n'avait plus de temps à perdre. S'il devait être champion d'Angleterre, ce serait ce dimanche ou jamais. Alors il mit un soin tout particulier à se préparer, à mettre son corps en condition, à motiver ses jeunes coéquipiers.

Lorsque William Jones sortit du centre d'entraînement, il était près de quatorze heures. Il s'installa à bord de sa puissante BMW et emprunta l'allée goudronnée qui lui permettrait de rejoindre l'autoroute jusqu'à son domicile de Prestbury, ce village au sud de Manchester où se trouvait Withinlee Road, la rue la plus chère de la région, celle où bon nombre de footballeurs avaient élu domicile.

La grille du *training complex* s'ouvrit lentement et Jones s'engagea sur l'allée bordée d'arbres, quittant ainsi la forteresse de Carrington. Il régla la radio sur Capital FM Manchester, espérant y trouver une programmation musicale qui pourrait l'accompagner tout au long de son trajet. Hélas, il tomba sur un débat enflammé opposant deux supporters de football passablement énervés, dont les propos étaient modérés à grand-peine par l'animateur de radio. On y parlait du derby, bien sûr, mais avec une fureur et une violence inédites. On y revenait également sur l'affrontement entre supporters qui avait coûté la vie à Peter Sharpe, deux jours plus tôt, ou encore sur la découverte des corps de Moss Side. À ce propos, chacun se renvoyait la responsabilité du drame sans avoir la moindre idée de son origine ; c'était un débat totalement lunaire.

William Jones soupira. Ses concitoyens étaient parfois désespérants, se dit-il. Il changea de station et trouva un réconfort certain sur Smooth Radio North West, qui proposait une énième programmation du *Wonderwall* d'Oasis.

> "*Today is gonna be the day*
> *That they're gonna throw it back to you*[16]…"

C'est alors que son pare-brise sembla exploser.

Une matière translucide et jaune vint obstruer son champ de vision, avant qu'un autre projectile gluant ne vienne s'écraser sur sa vitre latérale. Des œufs. On était en train de lancer des œufs sur sa voiture. Et puis ce furent des pierres de toutes tailles. Le pare-brise se fissura, la tôle de la BMW fut impactée. De chaque côté de la route, des hommes surgissaient de derrière les arbres et le bombardaient sans répit. Jones comprit aussitôt qu'il s'agissait de fans de Manchester City en pleine entreprise de déstabilisation. Depuis qu'il était devenu capitaine des Diables Rouges, il avait souvent eu affaire à eux la semaine précédant le derby, mais jamais de cette manière. Les mots, les sarcasmes, les insultes avaient donc laissé la place à cette forme d'agression, stupide et lâche.

William Jones accéléra et laissa derrière lui ce concentré de bêtise. Il savait qu'il ne devait pas se laisser perturber par ces types car ils n'attendaient

16. « Aujourd'hui sera le jour / Où ils rejetteront la faute sur toi. »

que ça ; mais ça n'était pas aussi simple. Le capitaine des Diables Rouges en conclut que la semaine serait longue, très longue, d'ici à dimanche prochain.

***

Molly était arrivée avec Fergus à l'Institut médico-légal de Manchester, laissant Stuart se débrouiller seul avec le fichier des personnes disparues.

Lorsqu'ils pénétrèrent dans le labo, ils marquèrent une pause en redécouvrant sur les tables ce qu'il restait des corps découverts dans la boue. Fergus détourna le regard discrètement devant cette scène pathétique ; Molly, elle, ne cilla pas. Face à eux, soigneusement nettoyés par les assistants du médecin légiste, débarrassés de leurs oripeaux, les os des squelettes avaient retrouvé leur blancheur et reposaient là, dépouillés, plus nus que jamais. On ne pouvait faire autrement que de les imaginer autrefois, pleins de chair, de sang et de vie. On ne pouvait que se désoler en pensant à leur jeunesse envolée, à leur avenir annihilé.

L'affaire ayant revêtu un caractère exceptionnel, les autorités judiciaires avaient demandé qu'on procède à une autopsie médico-légale au plus vite. En tant que *Senior Investigating Officer*, Molly se devait d'être présente au moment de l'examen externe. Mais c'est bien le Dr Phelan, le *medical examiner*, qui menait la danse. Ce personnage au teint grisâtre et au crâne dégarni ne prêtait guère attention aux deux enquêteurs et s'exprimait sur un ton très professoral, comme s'il donnait un cours magistral devant un amphithéâtre garni d'étudiants de première année.

– Commençons par évoquer l'environnement, dit le Dr Phelan pour débuter. Dans cet amas boueux, nous n'avons trouvé rien d'autre que les cadavres. Pas de traces de sang, cela va sans dire, pas d'armes, pas de balles, aucun objet qui puisse faciliter la compréhension de ce qui s'est passé.

– Il y a tout de même cette histoire de médaillon, précisa Fergus. Un drôle d'objet qui aurait été retrouvé avant que nous arrivions…

– Ça ne fait pas partie du matériel mis à notre disposition par la police technique et scientifique, répliqua sèchement le Dr Phelan. Je ne l'ai pas vu, lieutenant, je ne sais rien sur cet objet, je ne peux pas le prendre en compte. Bref, poursuivons. Rien sur l'environnement, donc. Passons à l'examen des corps. Capitaine Doherty, vous me confirmez qu'ils ont été vraisemblablement bousculés par les ouvriers sur le chantier ?

– C'est une évidence, répondit Molly. Ils étaient en train de creuser avec une pelleteuse, pas avec un cure-dents. Et encore, on peut s'estimer heureux que la machine n'ait pas fait plus de dégâts.

– C'est exact. Il nous a été possible de reconstituer les squelettes en entier, ce qui est une prouesse vu les circonstances de l'excavation. On dénombre une dizaine de lésions sur chacun des corps, et elles ne sont pas récentes ; ce n'est donc pas la méthode d'extraction qui est en cause. Les lésions touchent essentiellement les membres inférieurs, fémurs, tibias, chevilles, mais aussi le poignet et l'épaule pour l'un, tandis que le bassin de l'autre est brisé. Les deux crânes sont également fracturés, et s'il faut déterminer la cause des décès, c'est de ce côté qu'il faut chercher.

– Ils ont été battus à mort ? demanda Molly.

– C'est une première hypothèse, oui. On peut également penser à une chute fatale. Dans tous les cas, il s'agit d'une mort violente, capitaine.

– Que pouvez-vous me dire à propos de l'identification des corps ?

Le Dr Phelan prit son temps pour répondre, conscient de l'importance de chacun de ses mots.

– Les deux sujets sont jeunes. Leur stature, mais aussi l'étude des diaphyses fémorales, tibiales et péronières m'indiquent qu'ils avaient entre dix et quinze ans. Je ne peux pas être beaucoup plus précis.

– Garçons ou filles ?

– Le sexe osseux est une question complexe, capitaine. Surtout à cet âge-là. En examinant la forme des bassins, la taille des os longs, la hauteur de la symphyse mandibulaire…

– La quoi ? demanda Fergus, perdu.

– La hauteur du menton, lieutenant. Avec ces analyses, je crois pouvoir dire sans trop de risque d'erreur qu'il s'agit de deux individus de type masculin. Nous avons également relevé le dosage des acides aminés pour tenter d'obtenir une datation des os, et donc des décès. Mais je suis désolé, là encore il m'est impossible d'être très précis. Je dirais entre vingt et trente ans, pour confirmer la première analyse de la police scientifique.

– Nous, on a un moyen pour être un peu plus précis, dit Fergus, bravache.

Sous le regard intrigué du Dr Phelan, le lieutenant Pennycook se dirigea vers les fragments de vêtements récupérés sur les dépouilles et soigneusement mis de côté.

– Vous voyez ce maillot de Manchester United ? Il n'a été porté que deux saisons par les Diables Rouges. En 1994-95 et 1995-1996. Pour augmenter les recettes tirées du merchandising, le club a changé le look de ses maillots en août 1996, puis à nouveau deux ans plus tard, et ainsi de suite. Vous me direz, rien n'interdit à un fan de garder un ancien maillot et de continuer à le porter pour aller au match. Vu le prix, tout le monde n'a pas les moyens de s'acheter la nouvelle édition chaque saison. Mais celui-ci n'existait pas avant 1994, c'est aussi simple que ça.

Le Dr Phelan écoutait Fergus en hochant la tête ; il validait l'analyse. C'est la capitaine Doherty qui reprit la parole.

– Si je résume, on peut donc dire qu'il s'agit de deux jeunes garçons âgés de dix à quinze ans, décédés de mort violente quelque part entre 1994 et le début des années 2000. Bref, on n’en sait pas beaucoup plus, mais on est à peu près sûr de ce que l’on sait.

CHAPITRE 12
Le long du canal

Iosif ne savait pas comment il s'était retrouvé sur le *towpath*, le chemin de halage du canal de Bridgewater.

Il ne savait plus pourquoi tout avait dérapé aussi vite, sans qu'il ait eu le temps de comprendre quoi que ce soit.

Il y avait encore vingt minutes, il était au pub avec Mirko, à parler de tout et de rien. Au comptoir de la *Bridgewater Tavern*, ils avaient évoqué la puissance de Tyson Fury, le *Gipsy King*, ce boxeur poids lourd au physique improbable qui faisait la fierté de Manchester. Bien sûr, Fury n'était pas un membre de la communauté des roms ; il faisait partie des *Irish Travellers*, ces gens du voyage venus d'Irlande il y a plus d'un siècle. Mais tout de même, le géant des rings mettait un point d'honneur à vivre dans une caravane ; c'était comme s'il faisait un peu partie de la famille.

Et puis les deux amis avaient parlé du derby, comme tout le monde. Marko espérait que les Diables Rouges seraient enfin sacrés champions, au nez et à la barbe des *Sky Blues*. Iosif, lui, avait répété qu'il ne voulait pas avoir à choisir une équipe plutôt qu'une autre, pour des raisons strictement professionnelles : les jours de match, il allait indifféremment aux abords du stade de City ou de celui de United. Il arrivait deux heures avant le coup d'envoi, il garait sa camionnette toujours au même endroit, il ouvrait l'auvent puis il allumait les brûleurs de la plancha et branchait la friteuse. Alors il commencerait à préparer les hot-dogs ou les steaks hachés à l'oignon pour tous les supporters du pays, qu'ils soient bleus, rouges, ou roses avec des pois verts si ça leur chantait. C'était ça, le commerce, assurait Iosif. C'était ce que son père avait fait avant lui. Alors il ne fallait pas lui demander de choisir une couleur.

Puis Mirko et Iosif avaient reparlé de cette histoire de médaillon, qu'ils avaient lue comme tout le monde dans le *Sun*. Bien sûr, ils avaient reconnu l'emblème de leur communauté ; ils la connaissaient par cœur, cette roue à seize rayons qu'on retrouvait sur le drapeau des roms. C'était le chakra qui représentait la tradition itinérante du peuple rom et qui rendait également hommage au drapeau de l'Inde. Mais la présence de ce pendentif auprès des cadavres de Moss Side restait pour le moins mystérieuse…

Ils en étaient encore à s'interroger lorsque trois individus avaient fait irruption dans leur discussion. Ces types étaient saouls comme des Anglais, ils puaient le houblon à dix mètres. Il y avait un petit teigneux, un grand échalas aux oreilles décollées et un troisième larron qui avait renoncé depuis longtemps à dissimuler sa bedaine disgracieuse. Leur discours était assez décousu, mais on comprenait que leur sang n'avait fait qu'un tour lorsqu'ils avaient entendu Iosif et Mirko parler du médaillon. « Vous êtes des *gipsys*, des gitans, hein ? avait braillé le grand échalas. Il était à vous, ce truc qu'on a retrouvé entre les gamins ? Paraît que vous vouliez jeter un sort sur les clubs de foot de la ville ? Y en a même qui disent que les gamins, vous les avez sacrifiés pour accomplir la malédiction ? »

« Non, non, c'est faux, c'est complètement faux », avait répondu Iosif, abasourdi par la violence et la stupidité de l'attaque.

« Je te reconnais, toi », avait dit le petit teigneux, ajoutant qu'il avait repéré son trafic de vendeur de hot-dogs autour des stades et que c'était forcément « un boulot de sale gitan ».

Et c'est là que ça avait dérapé. Iosif s'était fait traiter de voleur, évidemment, et pourquoi pas de violeur ou d'assassin ; on lui avait conseillé de quitter Manchester pour éviter d'avoir des ennuis, de quitter l'Angleterre et de retourner quelque part en Europe avec sa caravane au cul, qu'on n'avait rien à faire des migrants de son espèce et que si les

Anglais s'étaient prononcés en faveur du Brexit, c'était bien pour ne plus avoir à croiser leurs sales gueules de métèques. Mirko avait tenté de s'interposer, pour demander au petit teigneux de parler un peu mieux à son camarade. En guise de réponse, le type à la bedaine proéminente lui avait fracassé une bouteille sur le crâne.

Mirko s'était retrouvé par terre, dans la crasse du pub, ce mélange de bière et de sciure de bois ; il avait le cuir chevelu qui pissait le sang et se tenait la tête à deux mains en gémissant. Iosif avait voulu lui porter secours, mais il était terrorisé par ces Anglais de souche qui voulaient s'offrir le scalp d'un métèque.

Alors Iosif était sorti de la *Bridgewater Tavern* en courant, sans trop savoir où aller.

Il avait couru à perdre haleine le long des bâtiments désaffectés d'Ellesmere Street, qui seraient bientôt transformés en lofts hors de prix. Il avait pris à droite sur Hulme Hall en pensant échapper à ses poursuivants, qui n'étaient plus trois, mais six ou sept ; c'est en tout cas l'impression qu'il avait eue la seule fois où il avait osé se retourner.

Il sembla à Iosif qu'il n'y avait personne dans ce quartier, personne qui puisse lui venir en aide. La nuit était tombée depuis longtemps et les murs s'étaient refermés sur toute forme de vie. Il courait sur le bitume défoncé, puis sur les pavés inégaux. Il manqua deux fois de se tordre la cheville et de tomber lourdement, ce qui aurait pu signer son arrêt de mort, pensa-t-il. La pluie recommença à tomber, rendant les pavés encore plus glissants. Il eut alors l'idée de se faufiler dans un petit passage qui apparut entre un parking et une porte grillagée. L'ouverture était si étroite qu'elle n'autorisait qu'une seule personne à la fois. Elle conduisait à une pente douce qui plongeait dans la nuit mancunienne.

Iosif hésita un quart de seconde et finit par se dire qu'il n'avait pas le choix. Il descendit la pente et se retrouva sur le *towpath*, le chemin de halage du canal de Bridgewater, celui qui reliait le centre-ville de Manchester aux mines de charbon de Worsley à l'époque de la première révolution industrielle. Coincé entre les murs tagués et l'eau du canal, le chemin pavé n'était que partiellement éclairé par des lampadaires fatigués. Iosif continua de courir, d'un halo à l'autre, en essayant de ne pas déraper sur les pavés ; il ne manquerait plus qu'il tombe à l'eau, se dit-il.

Il entendit derrière lui les cris des soûlards qui le poursuivaient. Ils ne voulaient pas lâcher l'affaire et ils empruntèrent à leur tour le chemin de halage. Ils n'avaient certainement pas l'intention de laisser filer leur proie même s'ils ne se souvenaient déjà plus pourquoi ils étaient à ses trousses.

C'était le petit teigneux qui était le plus rapide et qui menait la horde. Il courait vite, le salopard. Il se rapprochait inexorablement. Iosif sentait presque son souffle sur son épaule. Alors il prit de plus en plus de risques sur le *towpath*. Il passa sous un pont de chemin de fer et eut l'impression de sortir de la ville. Le canal s'était élargi et la berge d'en face n'était plus qu'un terrain vague. Sur sa rive, Iosif courait le long d'un muret surmonté de plaques de tôle défoncées et taguées. Les pavés disparurent, remplacés par un goudron mouillé qui paraissait tout de même moins glissant.

Le petit teigneux était toujours derrière. Il s'essoufflait mais il ne perdait pas beaucoup de terrain ; Iosif tenta d'accélérer mais il n'en avait plus vraiment la force.

Cette fois c'était sûr, ils avaient quitté la ville. L'éclairage public avait disparu, plongeant le décor dans les ténèbres. Il aurait fallu retrouver la surface et les rues de Manchester, mais il n'y avait aucun moyen de remonter. Pas le moindre escalier qui permette de quitter le chemin de halage. Iosif passa sous un pont beaucoup plus bas que les précédents : un panonceau conseillait aux cyclistes de descendre de leur monture. Il inclina la tête pour ne pas se heurter au tablier de pierre et pénétra sous le pont. L'espace était si réduit qu'il dut ralentir sa course pour ne pas basculer dans le canal.

Une fois de l'autre côté, il aperçut une issue, enfin. C'était un petit escalier en béton sale, une vingtaine de marches au pied d'un mur graffé de couleurs vives. Il les grimpa quatre à quatre, pour se retrouver au-dessus du pont.

Mais ce qu'il vit ne le rassura guère. À droite, il trouva un portail métallique qui donnait sur une rue lugubre avec des réverbères ; à gauche, un *no man's land* faiblement éclairé par la lune. Il choisit de se faufiler derrière le portail, fit quelques pas dans la rue et eut l'idée saugrenue de s'engager à l'intérieur d'une grande cour ouverte, pensant qu'il pourrait s'y cacher.

Mais c'était un cul-de-sac. De chaque côté s'élevaient des monceaux de métaux attendant d'être recyclés ; au fond se dressait un hangar dont les portes étaient fermées par un énorme cadenas.

C'est là, devant les portes en tôle du hangar, que Iosif se fit rattraper par le petit teigneux, puis par tous les autres soûlards lancés à sa poursuite.

C'est là qu'ils le tabassèrent avec une violence folle, motivée par une haine dont ils avaient oublié la cause.

C'est ici que Iosif s'écroula, lui qui préparait des hamburgers pour les Bleus et pour les Rouges.

C'est ici qu'il perdit la vie, sans raison véritable.

CHAPITRE 13
Joue-la comme Rösler

Manchester, le 3 mai 1997.

Ils quittèrent le stade de Maine Road avec le sourire, tout de même.

Ryan, Jake et Billy n'avaient pourtant pas assisté à un spectacle de grande qualité ; ce dernier match de la saison les avait fait passer par toutes les émotions, de la détresse la plus profonde à la joie la plus extatique. L'équipe de Manchester City s'était montrée égale à elle-même, c'est-à-dire franchement pas terrible, capable du meilleur comme du pire.

L'adversaire du jour, c'était la modeste équipe de Reading, cette petite ville à l'ouest de Londres. Pompeusement surnommés *The Royals*, les joueurs de Reading n'avaient jamais rien gagné, à part quelques titres en troisième et quatrième divisions. Ils s'étaient présentés sur la pelouse de Maine Road sans prétention, sans espérer grand-chose, presque sans envie. En face, les *Sky Blues* de Manchester n'étaient pas non plus arrivés gonflés d'orgueil :

leur confiance avait été sérieusement entamée après une *annus horribilis* qui les avait vus se traîner au fond du classement pendant des mois. Cette saison 1996-1997, ils l'avaient démarrée du mauvais pied, avec une série de résultats négatifs qui les avait conduits à changer d'entraîneur et de philosophie de jeu. Mais très vite, trop vite, ils avaient abandonné tout espoir de remonter parmi l'élite du football anglais.

Cela dit, les joueurs de City étaient quand même censés être supérieurs à ces *Royals* qui n'avaient rien d'une équipe souveraine. Pourtant, c'était bien Reading qui avait inscrit un premier but, puis un deuxième. Debout dans leur tribune, Ryan, Jake et Billy s'étaient pris la tête entre les mains, désespérés, dégoûtés. Leur équipe était vraiment pitoyable. Ils auraient pu la laisser tomber, fouler aux pieds l'écharpe bleu ciel et quitter le stade en jurant de ne plus jamais revenir. Mais c'était leur équipe. Certes, ils avaient choisi la mauvaise couleur ; l'avaient-ils choisie, réellement ? Quoi qu'il arrivât, ils se devaient de la soutenir. C'était ainsi qu'on vivait la passion du foot en Angleterre. On vibrait, on s'enthousiasmait, on souffrait avec son club et il était hors de question d'en changer pour un autre.

Heureusement, peu après le deuxième but de Reading, Dickov l'Écossais avait marqué pour Manchester. En seconde période, l'Allemand Rösler et l'Anglais Heaney étaient parvenus à arracher la victoire pour les Bleus, dans la douleur et sans aucune gloire. Maine Road avait fêté cet ultime succès comme une libération, en espérant des lendemains plus joyeux. C'en était donc fini de cette pénible saison. Manchester City finissait à la quatorzième place de la deuxième division anglaise et il faudrait s'en contenter.

Voilà pourquoi les trois gamins de Moss Side étaient descendus de leur tribune en souriant, tout de même. Les beaux jours commençaient à revenir, le *summer term*[17] allait se terminer dans un mois, ce seraient bientôt les grandes vacances ; les plus chanceux iraient alors voir la mer du côté de Blackpool, les autres resteraient dans le quartier. Et puis le championnat de football reprendrait ses droits au mois d'août, et la vraie vie avec lui. On se prendrait à rêver d'une équipe enfin compétitive, avec des joueurs de grande classe qui redoreraient le blason des *Sky Blues* ; on serait à nouveau déçus mais ça ne serait pas si grave, finalement. Pour Ryan, Jake et Billy, plus rien d'autre n'aurait vraiment d'importance que ces week-ends où le club de City ferait battre leur cœur.

En reprenant l'air de *Blue Moon*, les trois garçons quittèrent le stade pour retourner chez eux sans se presser. Ryan était le plus remuant, comme d'habitude.

17. La « session d'été », d'avril à juillet, est le troisième trimestre dans le calendrier scolaire britannique.

Ce petit bonhomme avait une énergie de tous les instants et un débit de parole effrayant. Quand il s'adressait à ses amis, les mots se bousculaient au portillon, sortaient en cavalcade et souvent dans le désordre. Les seuls moments où il faisait une pause, c'était quand il soufflait sur la mèche brune qui tombait immanquablement sur son œil droit ; il détestait quand sa mère lui coupait les cheveux, alors ça faisait bientôt deux mois que la mèche était trop longue. Ryan était drôle, chambreur, grande gueule et se moquait de toute forme d'autorité. Il était le plus jeune de la bande, mais il n'avait pas son pareil pour mener son petit monde par le bout du nez.

Sur le chemin du retour, Ryan se mit à raconter le match en mimant les buts inscrits par les joueurs de City. En arrivant sur Henbury Street, il s'installa au beau milieu de la rue et se prit pour Uwe Rösler, cet attaquant rugueux venu d'Allemagne de l'Est, le deuxième buteur du jour pour les *Sky Blues*. Ryan imita à la perfection le geste du footballeur et sa célébration rageuse en finissant sa course sur le capot d'une voiture. Jake et Billy étaient hilares. Ça n'était pas la première fois que Ryan se donnait ainsi en spectacle, mais ils étaient toujours aussi surpris par la puissance comique de son jeu d'acteur.

Ils entendirent alors quelques applaudissements venus du trottoir d'en face. C'était Duncan, le grand frère de Ryan et le quatrième membre de la petite bande, qui s'approchait en souriant. Duncan, celui qui avait eu un jour la curieuse idée de supporter Manchester United et qui ne pouvait donc se permettre d'aller encourager City à Maine Road pour le dernier match de la saison.

Duncan n'avait qu'un an de plus que Ryan mais il le dépassait déjà d'une bonne tête. Lui aussi avait une mèche un peu trop longue qui lui retombait sur le coin de l'œil ; c'était bien le seul point commun qu'il partageait avec son petit frère. Duncan était posé, calme, il parlait peu. Il avait un humour grinçant qui n'avait rien à voir avec la gouaille inextinguible de Ryan. Et puis surtout, Duncan était fan des Rouges. Et en ce mois de mai 1997, il avait un peu plus de raisons de se réjouir que ses camarades : dans le championnat de première division, la fameuse *Premier League*, les *Red Devils* étaient en tête au classement et devraient logiquement être sacrés champions d'Angleterre dans les jours à venir. Les applaudissements de Duncan étaient donc sarcastiques ; car lui, il avait choisi la bonne couleur.

– Bravo les gars, lança-t-il depuis son trottoir. Les Bleus ont enfin réussi à gagner un match, si je comprends bien ?

– Eh ouais, fanfaronna Ryan. Et quelle victoire : un *come-back* incroyable ! On était menés 2-0 et on a finalement gagné 3-2 !

– C'était qui votre adversaire du jour, déjà ? Liverpool ? Newcastle ? Arsenal ? Ah ben non, pardon : j'avais oublié que vous étiez en deuxième division… Vous avez battu qui, alors ? Reading, c'est bien ça ? Cette équipe qui n'a jamais rien gagné et qui finit la saison au fond du classement ? Ben bravo, les mecs…

Ryan fronça les sourcils et serra les poings. Son grand frère venait lui gâcher son plaisir à rappeler ainsi la triste condition de son équipe favorite.

C'est Jake qui reprit la parole pour défendre les *Sky Blues*.

– Tes Diables Rouges vont peut-être finir champions d'Angleterre, mais notre équipe à nous, c'est la vraie équipe de Manchester, celle des vraies gens qui vivent ici. Ton club de United, c'est l'équipe des bourgeois de Londres et de tout le reste du pays, mais pas des gens d'ici. Et dans ton stade, il y a une ambiance de mort !

– Une ambiance de mort ? répliqua Duncan. Ben viens avec moi à Old Trafford, juste une fois. Tu verras l'ambiance de la Stretford End[18] !

– Jamais ! La prochaine fois que j'irai dans ton stade, ce sera dans le parcage réservé aux supporters de l'équipe adverse !

Duncan eut alors un sourire ironique. Puis il assena le coup de grâce.

– Pour ça, les amis, faudrait qu'on joue dans la même division. Et c'est pas demain la veille, j'ai l'impression…

18. La tribune ouest du stade de Manchester United, où l'on trouve les supporters les plus passionnés.

Exaspéré, Ryan se jeta sur son frère, le fit trébucher sur le trottoir et commença à le frapper comme il le pouvait. Duncan parait les coups de ses avant-bras, en se protégeant le visage. Puis il tenta de se relever en agrippant Ryan et tous deux roulèrent sur le bitume, jusqu'à se retrouver au milieu de la rue. Ils hurlaient l'un et l'autre, non pas de douleur, mais de fureur. Jake et Billy les regardaient s'écharper, mi-amusés, mi-blasés. Ça n'était pas la première fois que les frangins se bagarraient et ça ne serait pas la dernière ; leurs disputes faisaient partie de leur quotidien.

Sur Henbury Street, il y avait donc deux garçons qui se battaient comme des chiffonniers et deux autres qui comptaient les coups ; Billy tenta tout de même de séparer les bagarreurs. Mais aucun d'eux ne vit arriver la voiture qui remontait la rue. Fort heureusement, elle roulait au pas. Elle finit même par s'arrêter à quelques mètres du petit groupe. Un homme en descendit, un appareil photo à la main. Il resta quelques secondes à observer la scène, puis il s'avança. Lorsqu'il estima qu'il était à une distance suffisante, il fit une première photo, puis une deuxième. Il s'accroupit et enchaîna les clichés.

C'est alors que Jake se retourna et surprit le photographe en pleine action. Le sale gosse lui balança un "*Fuck off*" sans équivoque et tendit bien haut son majeur. L'homme fit une dernière photo et s'en retourna vers sa voiture en trottinant.

CHAPITRE 14
C.T.I.D.

Manchester, une éternité plus tard.

La capitaine Doherty et le lieutenant Pennycook eurent un peu de mal à se rendre à l'adresse indiquée. Ça n'était pas si loin du centre, mais c'était tout de même dans une zone assez peu fréquentée : au sud-ouest de la ville, le long du canal de Bridgewater, là où personne n'osait vraiment s'aventurer à moins d'avoir une très bonne raison.

Dans la Vauxhall rouge de Fergus, ils avaient roulé quelques minutes sur la quatre-voies qui quittait Manchester avant de se rendre compte qu'ils avaient raté la sortie. Il faut dire que le lieutenant n'avait pas vraiment la tête à la mission du matin. Il venait de lire la nouvelle production de Ben Wellington à la une du *Sun*, et son humeur s'était passablement assombrie.

– Non mais vous vous rendez compte, capitaine ? Ils gâchent tout, ces connards. Le foot, ça devrait être une fête pour tout le monde ; ce derby, ça devrait être une formidable opportunité de célébrer la grandeur de Manchester. *Bloody hell*, on a quand même les deux équipes de la ville au sommet du foot anglais, c'est pas rien !

Molly s'était retournée vers son adjoint, les sourcils froncés.

– Expliquez-moi, lieutenant.

– Vous n'avez pas lu le *Sun*, ce matin ?

– Ça n'est pas dans mes habitudes. Mais j'ai bien l'impression qu'il va falloir que je m'y mette, pour le bien de cette enquête.

– Bah, ça n'a pas de lien direct avec l'enquête, hein. C'est juste que la voiture de William Jones, le capitaine des Diables Rouges, a été attaquée hier après-midi. Des hooligans en bleu ont caillassé son pare-brise au moment où il quittait le centre d'entraînement.

Molly avait froncé les sourcils et saisi l'édition du *Sun* que lui tendait Fergus. En une, on pouvait lire en lettres capitales : *BLUE THUGS*, « des voyous en bleu », au-dessus d'une photo de la BMW de William Jones avec le pare-brise fissuré et de multiples traces d'impact sur la carrosserie. En quelques mots bien choisis, la légende de la photo racontait l'attaque perpétrée par une vingtaine d'individus ; le texte allait jusqu'à évoquer la thèse d'un véritable attentat ou d'une déclaration de guerre, rien que ça. En médaillon, un portrait de Jones la tête baissée venait illustrer un autre titre racoleur qui disait peu ou prou que la star de United était dévastée par ce qui s'était passé et que son moral était gravement atteint. Enfin, probablement.

Molly comprit qu'il lui faudrait faire le tri entre la pure information et le commentaire sensationnaliste.

– Il a été blessé ? avait-elle demandé. Le club a porté plainte ?

– Non, il s'en est tiré sans une égratignure. Mais sa voiture est bien amochée, comme vous le voyez. Pour un multimillionnaire comme lui, ça n'est pas très important, on est d'accord. Reste qu'il a été victime d'une agression et que oui, le club de United a porté plainte, pour la forme.

– Ça s'est déjà produit, ce genre d'incident ?

– Pas à ma connaissance. On vit une drôle d'époque, capitaine.

– Et ça n'est sans doute pas fini, lieutenant, vous vous en doutez. Par contre, si je puis me permettre, il me semble que vous avez raté la sortie…

Demi-tour, grognement vexé de Fergus, et ils s'engagèrent sur la Combrook Road qui finissait en cul-de-sac au niveau du canal de Bridgewater. Ils passèrent sous le pont de la voie ferrée pour enfin tomber sur le portail ouvert des Bennett Brothers, spécialistes en recyclage des *scrap metals*, ferraille en tout genre.

Ils descendirent de la voiture et traversèrent un capharnaüm métallique qui n'avait rien d'accueillant. Au fond de cet espace, un hangar. Sur le sol humide, un corps recouvert d'un drap blanc, entouré de quelques hommes : il y avait là les frères Bennett, qui avaient découvert le cadavre sur leur propriété, et les *policemen* qu'ils avaient aussitôt appelés en composant le 999.

La capitaine Doherty franchit le ruban protégeant la scène de crime et se présenta. Aussitôt, l'un des agents lui fit un premier rapport.

– La victime se nomme Daniel Iosif Bahica, c'est ce qui est inscrit sur son permis de conduire. Il fait partie de la communauté des *gipsys* qui est installée sur le camp de Dantzic Street, au nord de la ville. Il a visiblement été agressé par plusieurs individus qui se sont acharnés sur lui : son crâne est enfoncé, son visage est tuméfié, à peine reconnaissable si l'on en juge par la photo de son permis, ses côtes sont brisées et son épaule droite est disloquée. Il a des hématomes sur tout le corps et il y a fort à parier qu'il a subi d'autres lésions.

– Ce pauvre type s'est fait lyncher, conclut Fergus. Le coup fatal, c'est avec ce parpaing, sans doute ?

– Oui, probablement. Il lui a écrasé une partie du crâne.

– Vous en savez plus sur les circonstances du lynchage ? demanda Molly.

– Pour l'instant, non. Mais il y a une signature, comme vous pouvez le voir sur la porte du hangar.

Les deux enquêteurs s'approchèrent et découvrirent une roue grossièrement peinte sur la tôle à l'aide d'un pinceau trempé dans un vieux pot de peinture antirouille. Le symbole ressemblait vaguement à celui de la communauté rom, c'était une évidence. Au-dessous, on pouvait déchiffrer quatre lettres mystérieuses : C.T.I.D.

Fergus grogna. Molly l'interrogea du regard.

– C.T.I.D., ça pourrait être *City Till I Die*, précisa le lieutenant. « Supporter de City jusqu'à ma mort », c'est aussi le titre d'une chanson du club. Ça veut dire que les Bleus sont responsables de ce massacre, forcément !

– Ou bien ça veut dire qu'on accuse la victime de faire partie des Bleus, ajouta Molly. Ou bien encore : c'est une manœuvre grossière pour nous amener à penser que les Bleus sont derrière tout ça. Bref, ça ne veut rien dire du tout, à l'heure où l'on parle.

Fergus sembla désarçonné par l'analyse de la capitaine Doherty, qui ajouta :

– La seule chose dont on soit sûrs, pour reprendre vos propos, c'est qu'on vit une drôle d'époque, lieutenant. Et qu'il y a un journaliste qui s'en donne à cœur joie pour offrir une caisse de résonance aux pires déviances…

***

En face du stade de Manchester City, de l'autre côté du croisement entre l'Ashton New Road et l'Alan Turing Way, se trouvait le centre d'entraînement des *Sky Blues*. Bâti à grands renforts de pétrodollars, cet *Etihad Campus* regroupait des installations ultra-modernes qui faisaient pâlir d'envie les clubs du monde entier. Ce centre était peut-être plus impressionnant encore que la forteresse de Carrington, l'antre des Rouges qui s'étendait fièrement de l'autre côté de la ville.

Un homme régnait en maître au cœur de ce *Campus*. C'était Desmond Paisley, le capitaine des Bleu ciel, qui souhaitait avoir un contrôle total sur son environnement et ses coéquipiers. Il était un chef de bande, le mâle alpha de la meute de loups. L'entraîneur n'avait que très peu d'influence sur lui et Paisley était réputé pour avoir son mot à dire sur la tactique et les compositions d'équipe.

En ce mardi matin, l'entraînement allait bientôt débuter. Là encore, pas question de s'épuiser à la tâche ; il fallait préserver l'énergie nécessaire au match du lendemain, à domicile face à Wolverhampton. Debout dans le vestiaire, face à ses camarades qui se préparaient sans réel entrain, Desmond Paisley haussa la voix : il fallait se méfier de la faiblesse supposée de cette opposition, brailla-t-il, car le moindre relâchement pourrait être fatal. Demain, il fallait revenir du stade avec la victoire et rien d'autre. Car les Rouges de United ne lâcheraient rien, eux, dans la course au titre ; ils en avaient la force morale.

Une petite voix s'éleva au fond du vestiaire.

– Hé, Desmond, il y en a quand même un qui a pris un petit coup au moral ces dernières vingt-quatre heures, si j'en crois le journal de ce matin !

– Le journal ? Quel journal ? répondit Paisley, agacé et intrigué.

L'un des joueurs lui tendit l'édition du *Sun*, et le capitaine des *Sky Blues* découvrit en une l'infortune de son homologue des *Red Devils*.

Desmond Paisley avait toujours profondément détesté William Jones. Parce que le joueur de United était son exact opposé, parce qu'il attirait bien mieux la lumière des projecteurs. L'un était petit, puissant, au physique ingrat ; l'autre était grand, élégant, et son regard ténébreux faisait des ravages. Desmond aurait adoré posséder cette aura magnétique, ce charme discret hérité de la noblesse britannique, sans aucun doute. William Jones était un *lord* des gazons, un aristocrate du ballon ; Paisley n'était qu'un mineur de fond remontant du puits, les yeux hagards, la gueule poussiéreuse. Jones était le capitaine de la sélection anglaise ; Desmond n'avait jamais été convié à porter le maillot des *Three Lions*, barré par des joueurs peut-être plus talentueux, mais avec assurément moins de caractère.

Voilà pourquoi le capitaine des Bleus haïssait celui des Rouges. Voilà pourquoi ses coéquipiers se délectaient à l'avance en le voyant lire l'encadré du *Sun* qui évoquait la détresse supposée de William Jones. Mais Paisley n'eut pas la réaction attendue.

– Deux choses, les mecs : la première, c'est qu'il est hors de question qu'on se réjouisse de ce qui s'est passé hier à Carrington. Les Rouges, on va les battre à la régulière, point final. Et ce qu'ont fait nos soi-disant supporters, c'est minable. La deuxième, c'est qu'il ne faut surtout pas croire ce que dit ce papier. William Jones n'est pas mon ami, vous le savez, j'ai jamais pu l'encadrer. Mais je sais qu'il ne va pas baisser les bras sous prétexte qu'on lui a fait une rayure sur sa BMW. Alors restez sur vos gardes, les gars.

Le vestiaire demeura silencieux, comme médusé par le monologue inattendu du capitaine. Desmond reprit la parole.

– Demain, on détruit Wolverhampton. On les écrabouille, vous m'entendez ? Et dimanche prochain, on finit le travail à Old Trafford. Et je me charge personnellement de William Jones ; j'ai besoin de personne et surtout pas des supporters. Il sortira pas indemne de son stade pourri, l'aristo de merde.

Aussitôt les regards s'éclairèrent. Le capitaine avait retrouvé son discours habituel.

CHAPITRE 15
Wellington vs Doherty : match nul

Ben Wellington n'était pas mécontent de son travail. Voilà deux jours qu'il était arrivé à Manchester et il avait déjà fait deux fois la une du *Sun*. Les petits jeunes aux dents longues qui grouillaient dans la rédaction du journal seraient bien obligés de lui prêter allégeance, ça ne serait pas demain la veille qu'on trouverait meilleur journaliste pour alimenter la machine à scandales. Le boss, c'était lui, *Mister* Ben Wellington, le superhéros des tabloïds, le Spiderman des people, celui qui pouvait prendre tout le monde dans ses filets. Avec cette nuance tout de même : son pouvoir à lui n'impliquait pas de grandes responsabilités. Si Manchester s'embrasait après la parution de l'un de ses papiers dévastateurs, eh bien tant pis. Ou plutôt tant mieux : ça ferait un scoop de plus.

Le journaliste du *Sun* savait néanmoins qu'il ne pouvait se reposer sur ses lauriers. Il lui fallait absolument battre le fer de cette rivalité retrouvée, celle qu'il avait su réveiller et qui coupait à nouveau la ville en deux. Un scoop par jour jusqu'au derby de dimanche, c'était ça l'objectif. Sinon, les collègues de Londres ne manqueraient pas l'occasion de lui voler sa place en première page avec, par exemple, le cliché volé d'une pseudo-célébrité surprise en train d'embrasser son partenaire pendant une émission de *Strictly Come Dancing*[19].

Et s'il lui fallait suivre une affaire plutôt qu'une autre, alors Wellington était bien décidé à creuser le sillon des cadavres de Moss Side. Il le sentait, c'était l'histoire qui réunissait tous les ingrédients d'un bon récit populaire : un mystère vieux de plusieurs années, des morts violentes et inexpliquées, du pathos, un contexte haineux, du sang et des larmes. Son instinct ne l'avait jamais trompé et ce drame oublié excitait son imagination au plus haut point. Il avait donc lancé ses informateurs sur cette piste dans le but de devancer les enquêteurs de la police de Manchester, pour être le premier à révéler l'identité des gamins retrouvés dans ce trou. Hélas, personne n'était encore revenu vers lui avec ne serait-ce qu'un fragment d'information. Les squelettes en rouge et bleu restaient inconnus et Ben Wellington enrageait.

Mais il reçut un appel qui lui redonna espoir : on lui annonçait que l'enquêteur principal sur cette affaire demandait à le voir. Alors il retrouva son sourire carnassier et se dit que, peut-être, il y aurait

19. La version anglaise de « Danse avec les stars ».

un moyen de soutirer des informations à ce policier mancunien qui ne devait pas être habitué à l'habileté retorse des journalistes londoniens. Il accepta donc de rencontrer le *Detective Chief Inspector* en question, un certain Doherty.

Wellington lui avait donné rendez-vous dans le patio du Midland. C'était un endroit assurément chic, situé dans l'immense hall d'entrée de l'hôtel, sous une verrière qui diffusait une agréable lumière du jour. Il fallait grimper quelques marches pour se retrouver sur un promontoire où l'on trouvait des tables disposées autour d'un bar circulaire, entre de faux oliviers qui donnaient un petit air italien à l'ensemble. L'ambiance musicale était assurée par une violoniste et une violoncelliste qui reprenaient des airs de la pop anglaise avec leurs instruments classiques. Sans surprise, elles débutèrent par une reprise de ce titre que tout musicien doit avoir dans son répertoire : *Wonderwall*…

Ben Wellington choisit une petite table ronde sous l'un des faux oliviers. Assis sur un fauteuil en osier, il croisa et décroisa les jambes, attendant l'enquêteur avec impatience.

Lorsque celui-ci se présenta enfin à lui, le journaliste ouvrit de grands yeux.

– Monsieur Ben Wellington ? Je suis la capitaine Doherty, c'est moi qui vous ai contacté.

– Euh… Bonjour, je ne pensais pas que… Prenez place, je vous en prie.

Wellington avait imaginé se retrouver face à un solide gaillard du nord de l'Angleterre, un quidam sans allure, au visage rond et rougi par la fraîcheur des températures locales. Mais c'était un petit bout de femme qui se tenait face à lui, l'air austère sous ses cheveux de cuivre. Pas la moindre trace de maquillage sur ce visage féminin, s'étonna-t-il. Mais en avait-elle besoin ? Un nez fin, une bouche très dessinée et des yeux verts toujours en mouvement, comme si la capitaine était en permanence aux aguets. Il fallut un petit moment au journaliste pour retrouver toute sa lucidité, le temps de reconfigurer son logiciel interne.

– Que puis-je pour vous, mademois… capitaine ?

– Vous l'avez compris, je suis chargée de l'enquête sur les cadavres retrouvés dans le quartier de Moss Side, au sud de la ville. L'enquête avance, mais j'aimerais…

– Ah oui, l'enquête avance ? Vous pouvez m'en dire un peu plus ? Soyez assurée de ma totale discrétion. Je ne révèle jamais mes sources.

Molly resta estomaquée par le culot du journaliste. Elle n'avait pas encore formulé sa requête qu'il lui demandait déjà de partager ses informations.

C'est hors de question, monsieur Wellington. On n'en est qu'au début du processus et ça n'est pas dans mes habitudes. Je préfère travailler dans la confidentialité.

– Au début du processus ? Très bien. Pardonnez-moi, mais j'en déduis que vous n'avez pas avancé d'un pouce. Je me trompe, capitaine ?

Un froid polaire s'installa dans le patio du Midland. L'ambiance feutrée devint pesante et le bruit d'une fourchette échappée au loin vint crisper la scène un peu plus.

– Je n'ai aucun commentaire à vous faire, monsieur Wellington. En revanche, j'ai deux ou trois questions à vous poser.

– Je vous écoute.

– C'est à propos de ce fameux médaillon, auquel vous avez consacré quelques lignes dans l'édition d'hier, agrémentées d'une photographie. Lorsque les services de la police scientifique ont étudié la scène de crime, ils n'ont trouvé aucune trace d'un tel objet, et personne sur place n'en a mentionné l'existence. Ma question est donc simple : d'où tenez-vous cette information ? Qui vous a transmis la photographie ?

– Ça fait deux questions, ça, capitaine. Et malheureusement, je ne pourrai répondre à aucune d'entre elles. Comme je vous le disais tout à l'heure, je ne révèle jamais mes sources. C'est ma déontologie professionnelle qui est en jeu.

– Votre déontologie ? Je m'étonne. À vous lire, je n'avais pas l'impression que ce mot faisait partie de votre vocabulaire.

Ce fut au tour de Ben Wellington de marquer un temps d'arrêt. La petite garce du Nord était en train de lui faire la leçon, à lui, le grand journaliste venu de Londres.

– Écoutez, mademoiselle. Si la discussion prend une telle tournure, on va s'arrêter tout de suite. Je n'ai pas envie de jouer à ce petit jeu.

– Ça n'est pas un jeu. C'est beaucoup plus sérieux, beaucoup plus grave que vous ne le pensez, hélas. Il y a quelques heures, un homme est probablement mort à cause de ce que vous avez écrit.

À nouveau, un silence s'installa sous le faux olivier du patio. Wellington déglutit et se redressa sur son fauteuil en osier.

– Comment ça ? En quoi l'un de mes papiers aurait-il pu causer la mort d'un homme ?

Molly sortit son portable et montra une photo au journaliste. C'était celle de la roue représentée sur l'une des portes du hangar, chez les ferrailleurs.

– Voilà ce qu'on a retrouvé sur la scène de crime, comme une sorte de message peint à l'attention de ceux qui découvriraient le corps. Vous reconnaissez le dessin de cette roue, celle dont vous avez écrit noir sur blanc qu'elle était le symbole de la communauté des *gipsys* ?

– Vaguement. Enfin, oui, c'est une roue mais elle n'est pas tout à fait similaire à celle qui a été retrouvée près des cadavres, il me semble.

– Elle n'a pas les seize rayons qu'on retrouve sur le drapeau des roms, on est d'accord. C'est ce qui me fait dire que celui qui a peint ça n'a sans doute rien à voir avec la communauté. En revanche, il y a de fortes chances qu'il fasse partie de ceux qui ont tabassé un pauvre type à mort simplement parce que le type en question était un gitan. En clair, je soupçonne le ou les agresseurs d'avoir lu le *Sun* le matin même. Vous voyez où je veux en venir, monsieur Wellington ?

– Résumons : je fais état dans le journal d'un médaillon retrouvé près des corps de Moss Side. Je ne fais que mon métier, je donne l'information et je la mets en perspective en précisant l'origine de l'objet. C'est alors que de dangereux imbéciles s'emparent de l'histoire pour trouver le coupable idéal et passer à tabac le premier gitan venu. Et selon vous, je serais indirectement responsable de ce drame. C'est bien ça, le fond de votre pensée ?

– Tout à fait. Voilà pourquoi je vous demande de m'en dire plus sur votre « trouvaille ».

Ben Wellington réfléchit un instant. L'affaire prenait des proportions inattendues, mais finalement assez réjouissantes, de son point de vue : la jeune femme venait de lui fournir le point de départ de son prochain papier. Il pourrait surfer sur le climat haineux qui régnait à Manchester depuis quelques jours, raconter le funeste destin de cet homme battu à mort et passionner les foules en estimant que la ville pourrait exploser d'ici à dimanche. L'angle était idéal mais il avait besoin d'en savoir un peu plus. Pour inciter la capitaine Doherty à lui donner quelques informations supplémentaires, il consentit à dévoiler une partie de ce qu'il savait.

– Je n'ai pas vu le médaillon personnellement. C'est une source anonyme qui m'a envoyé la photo sur ma boîte mail, avec un commentaire minimaliste composé de deux questions : « Qui ? » et « Pourquoi ? ». Je peux vous donner l'adresse de l'expéditeur mais je suis persuadé que ça ne vous mènera nulle part car elle a été relayée cent fois avant de me parvenir. À partir de là, j'ai fait ma petite enquête et j'ai identifié l'objet avant de poser à mon tour les bonnes questions, comme tout bon journaliste. Voilà, c'est aussi simple que ça.

– Vous avez pu vérifier cette information ? Interroger une autre personne qui aurait vu, elle aussi, ce pendentif entre les deux cadavres ?

– Euh… Non, je dois l'avouer. Je venais à peine d'arriver à Manchester et il m'était impossible de…

– Et vous me parliez de déontologie, monsieur Wellington ? Vous êtes conscient que votre empressement à balancer cette histoire a peut-être causé la mort d'un homme ?

– Écoutez, j'en suis tout à fait désolé, mais si on en est arrivé là, c'est peut-être qu'il y a un fond de vrai dans cette histoire, vous ne croyez pas ? Nos contemporains ne cesseront jamais de nous décevoir, capitaine, que vous le vouliez ou non.

Le regard de Molly s'assombrit un peu plus encore ; les yeux vert amande tournaient au vert bouteille à mesure qu'elle prenait conscience de l'immoralité et du cynisme de son interlocuteur. Le peu d'estime qu'elle portait à Ben Wellington venait de partir en fumée, et elle comprit que ce triste personnage ne lui serait d'aucune utilité.

Elle se décida à prendre congé en lui lançant un dernier avertissement.

– La prochaine fois que vous sortirez une pseudo-révélation à la une de votre torchon, veillez tout de même à prendre un peu plus de précautions avec « nos contemporains ». La situation est explosive à Manchester, vous le savez aussi bien que moi. S'il devait y avoir un nouveau drame à la suite de l'un de vos scoops, je vous en tiendrais personnellement responsable et je vous ferais mettre sous surveillance rapprochée.

Molly se leva et tourna les talons sans autre forme de procès.

Cloué à son fauteuil en osier, Ben Wellington resta muet pendant de longues secondes. La bouche ouverte sur une repartie évanouie, il se contenta de regarder la *Detective Chief Inspector* s'éloigner. Et s'étonna de lui trouver un certain charme.

CHAPITRE 16
Avant l'orage

Stuart Summerbee s'épongeait le front avec un mouchoir en tissu qu'il se passait ensuite sur la nuque. Ça n'était pas qu'il faisait si chaud dans les locaux de la police mancunienne ; c'était bien le stress qui avait fini par s'emparer du lieutenant. Voilà plus de vingt-quatre heures qu'on l'avait chargé d'éplucher le fichier des personnes disparues et il ne trouvait rien, pas la moindre concordance avec les cadavres de Moss Side.

Il faut dire que la capitaine Doherty lui avait confié une sacrée tâche. Ok, elle avait rétréci la fourchette en lui demandant de concentrer ses recherches entre les années 1994 et 2000. Mais tout de même, avait songé Stuart, ça restait un sacré paquet d'archives pour un seul homme ; d'autant qu'à la fin des années 1990, l'informatisation des services de la police locale était encore loin d'être optimale. Pour être sûr de ne rien manquer, il lui avait donc fallu se rabattre sur les bons vieux cartons dans lesquels étaient répertoriés les plaintes et les avis de recherche, mois après mois.

Progressivement, Stuart avait commencé à réduire le champ des possibles. Il avait étudié le contexte de l'époque, marqué notamment par les affrontements entre gangs rivaux, les exactions des bandes organisées venues du hooliganisme ou la constitution de réseaux pédophiles autour de Manchester. Pour chacun de ces sous-dossiers, il avait exploré les données recueillies sur les disparitions non élucidées, année après année. Mais jusqu'ici, il n'avait trouvé aucune occurrence concernant deux jeunes garçons âgés de dix à quinze ans dont on aurait perdu la trace.

En début d'après-midi, Fergus était enfin arrivé pour lui prêter main forte.

Après la découverte du corps chez les ferrailleurs, le lieutenant Pennycook avait conduit la capitaine Doherty à l'hôtel Midland. Puis il s'était rendu dans le camp des *Gipsys* sur Dantzic Street, accompagné de deux agents appelés en renfort. Là-bas, il avait fallu prévenir la famille éplorée et poser quelques questions sur le pauvre David Iosif Bahica, que tout le monde appelait simplement Iosif. Fergus avait demandé si quelqu'un savait où il s'était rendu la veille, s'il avait des ennemis, s'il avait fait de mauvaises rencontres ces derniers temps. Mais entre toutes ces caravanes alignées le long d'une petite rivière, Fergus et les autres s'étaient heurtés au mutisme d'une communauté meurtrie qui n'accordait plus la moindre confiance aux autorités de la ville et encore moins à ses services de police. Il leur avait donc été impossible d'en apprendre beaucoup plus sur Iosif, sinon qu'il était un brave type sans histoire, vendeur de sandwiches aux abords des stades, chez les Bleus comme chez les Rouges.

Un peu en retrait, Mirko avait dissimulé son visage sous une large casquette. Il n'avait pas souhaité montrer les stigmates de l'agression dont il avait été la victime, lui aussi, dans ce pub où il ne retournerait jamais pour prendre un verre. Car lui non plus ne voulait pas raconter son histoire à ces flics qui ressemblaient encore plus à des Anglais que les trois types de la veille. Il se souvenait avec effroi du petit teigneux, du grand aux oreilles décollées et du gros porc, ces trois salopards qui ne l'avaient lâché que pour se lancer à la poursuite de Iosif. Ils avaient été rapidement imités par d'autres salopards, jusqu'alors simples spectateurs, qui n'avaient pas résisté à l'idée de participer à la chasse au *Gipsy*. Tous des Anglais, des vrais. Comme ces flics. Alors pour Mirko, il était hors de question de leur raconter quoi que ce soit.

Cette histoire, elle se réglerait autrement, entre hommes. Et le pub partirait en fumée, Mirko l'avait juré.

En revenant au poste, Fergus avait la mine des mauvais jours. « Manchester file un mauvais coton », dit-il en entrant dans le bureau. Devant le regard interrogatif de son collègue, le lieutenant Pennycook prit le temps de le mettre au jus en lui racontant notamment les détails sanguinolents de l'agression. Il conclut son récit en décrivant cette signature étrange, cette reproduction du médaillon soulignée des quatre lettres C.T.I.D.

Stuart eut alors la même réaction que lui.

– *City Till I Die*… City jusqu'à la mort. Merde, Fergus, ne me dis pas que ce type a été tué pour une couleur de maillot !

– Doherty pense que ce n'est qu'un prétexte fumeux, voire une fausse piste. Elle dit que c'est un crime xénophobe, point barre. La période actuelle n'est pas à l'amour de son prochain, tu l'auras noté. Il a suffi qu'on accuse les gitans d'être plus ou moins à l'origine de la mort des garçons de Moss Side, et ça a dérapé.

– C'est le papier du *Sun*, alors, qui a mis le feu aux poudres ?

– Ce connard de Wellington a une responsabilité, c'est sûr. Et c'est pour ça que Doherty est passée le voir au Midland, pour qu'il arrête de jouer avec le feu. Mais lui, il n'en a rien à foutre, j'en suis certain. Et comme il a un sacré réseau d'informateurs, on a intérêt à faire avancer l'enquête rapidement.

À ces mots, Fergus s'installa aux côtés de Stuart et s'empara de l'un des cartons. Tous deux s'encouragèrent d'un signe de tête. Le supporter des Rouges et celui des Bleus firent équipe pour empêcher leur ville de se consumer.

***

Il n'y avait pas grand monde au Claremont. Il était un peu plus de dix-sept heures et les clients habituels de ce pub de Moss Side n'étaient pas encore arrivés ; on venait de passer le *tea time* mais ça n'était pas encore tout à fait le *beer time*. Il n'y avait personne autour de la table de snooker et la plupart des banquettes étaient vides sous l'immense croix de saint George[20] punaisée au mur, souvenir du dernier championnat d'Europe des nations. Le comptoir était encore immaculé, le serveur venait tout juste de prendre ses fonctions.

Au fond de l'établissement, une petite estrade en bois était réservée au musicien programmé pour la soirée. Le Claremont était fier de proposer à sa clientèle une session de *live music* deux à trois fois par semaine, pour mettre un peu d'ambiance dans le pub et pour donner leur chance aux musiciens du coin. La plupart étaient des petits groupes de jeunes rockeurs en herbe, qui marchaient tant bien que mal sur les pas de leurs glorieux aînés, de Joy Division à Oasis en passant par les Happy Mondays ou The Smiths. Un guitariste, un bassiste, un batteur, une

---

20. Une croix rouge sur fond blanc ; c'est le drapeau qui distingue l'Angleterre des autres pays du Royaume-Uni.

énergie de tous les instants suffisaient souvent à compenser le manque d'originalité.

Pour la soirée qui s'annonçait, le musicien qui prit place sur la petite estrade était seul. Deux jours plus tôt, le bassiste et le batteur qui l'accompagnaient avaient claqué la porte avec fracas et il avait dû rassurer le patron du pub : sa prestation serait un peu différente, plus intimiste, mais il n'y perdrait pas au change.

Ce guitariste n'avait pas le look du jeune rockeur à la mèche rebelle. Il avait bien plus de trente ans et ressemblait plutôt à un *songwriter* qui aurait roulé sa bosse pendant des années sans parvenir à convaincre le moindre petit label de musique indépendante. Mal rasé, des cernes violettes sous un regard sombre, des cheveux en bataille qui n'avaient pas dû voir un peigne depuis une semaine, le bonhomme avait l'air désabusé de celui qui s'apprêtait à jouer une musique forcément géniale devant un public qui n'y comprendrait rien. Mais ce serait pour plus tard : une première session de vingt heures à vingt et une heures, une seconde à partir de vingt-deux heures, à condition que l'excès d'alcool ne l'empêche pas d'enchaîner les accords de base.

Si le guitariste était déjà présent sur l'estrade, c'était pour faire la balance et régler les niveaux sonores afin que sa voix ne soit pas noyée sous les larsens de son instrument. Un employé du pub s'improvisait ingénieur du son, montait et descendait les potentiomètres de la console de mixage sans trop savoir ce qu'il faisait. Face à lui, le musicien s'impatientait, réclamait qu'on respecte le son unique de sa Fender, une *Black Stratocaster* dont il disait qu'elle avait appartenu à David Gilmour, rien que ça. Le seul souci, c'était que son jeu était bien loin de celui du génie de Pink Floyd ; ses barrés n'étaient pas tenus, ses basses étaient bouchées et ses *slides* n'arrivaient pas toujours à l'endroit voulu. Il n'était pourtant pas un mauvais guitariste mais il manquait de concentration et d'application.

Il avait la tête ailleurs, le musicien.

Ses doigts, ses oreilles tentaient d'équilibrer les sons crachés par son ampli, mais son esprit s'égarait vers une fosse ouverte à quelques rues d'ici.

CHAPITRE 17
Manchester en flammes

La nuit était tombée sur Manchester. Le petit groupe descendit des voitures garées près du canal d'Ashton, à l'est de la ville, puis longea les berges pendant quelques minutes. Vêtus de noir, ils étaient une dizaine à courir en baissant la tête et en remerciant le ciel que l'éclairage public fût défaillant sur une bonne partie de ce trajet, emprunté d'ordinaire par les joggeurs du coin. Après un quart d'heure de course, ils arrivèrent enfin au pied des marches qui remontaient jusqu'à cette large passerelle plongée dans l'obscurité. C'était l'accès principal qui menait les supporters de City jusqu'à leur stade, les jours de match.

Lorsque le petit groupe se retrouva sur cette passerelle, elle était déserte. Et pour cause : le match se jouerait le lendemain. Ce serait l'avant-dernier de la saison, celui qui opposerait les *Sky Blues* de City aux modestes *Wolves* de Wolverhampton. L'occasion rêvée de prendre le large en tête du championnat et de distancer les Rouges de United. Le coup d'envoi de la rencontre serait donné à dix-neuf heures, un peu tôt pour certains employés qui devraient sprinter afin de ne pas manquer le début du match ; un peu tard, sans doute, pour les plus jeunes de ces supporters qui perdraient quelques heures de sommeil dans l'histoire. Le réveil du lendemain serait assurément plus douloureux pour ces gamins en bleu ciel, mais ils retrouveraient bien vite le sourire en repensant au match de la veille, en caressant l'écharpe toute neuve ou la casquette aux couleurs de City offerte par le papa, la maman ou les grands-parents. Et leur journée serait réussie, quoi qu'il arrivât.

Oui mais voilà. Demain, pour le match, il n'y aurait pas d'écharpe neuve, pas de casquette ou de maillot hors de prix floqué au nom du petit dernier. C'est ce que s'était promis le groupuscule qui venait de mettre pied sur la passerelle.

Face à eux, la silhouette imposante de l'*Etihad Stadium* se dessinait dans la nuit. Et juste devant le stade, on distinguait le *City Store*, l'énorme magasin dédié au merchandising du club, passage obligé de tous les supporters avant de rejoindre les tribunes. Un véritable hypermarché du fan de foot, une machine à cash qui tournait à plein régime avant et après chaque rencontre à domicile.

Le *City Store* était la cible désignée des hommes en noir qui venaient de s'introduire sur l'esplanade du stade. L'un d'eux prit la parole, après avoir repris son souffle. Il faut dire que ce quadragénaire n'avait plus la forme physique de ses vingt ans. Freddie Bruce était là pour diriger le petit groupe et pour immortaliser la scène, point final. C'était la première fois que *FredTheRed55* était aux premières loges et il n'aurait manqué ça pour rien au monde. Il caressa son crâne désespérément chauve et prit une bombe de peinture dans son sac à dos. Puis il écrivit son message sur le parvis du stade : *For Peter Sharpe, For Captain Jones, For the Kid in the Red Shirt*, « pour Peter Sharpe, pour le capitaine Jones, pour le gamin au maillot rouge ».

– Tu parles du macchabée retrouvé dans le trou de Moss Side ? demanda l'un de ses acolytes. Mais il y avait aussi un gamin avec un maillot bleu, là-dedans…

– On s'en fout, répondit Freddie Bruce avec autorité. Tu comprends rien : c'est un prétexte, merde ! Je te rappelle que William Jones a été agressé hier. Il est hors de question que les Bleus déstabilisent les nôtres et qu'on les laisse faire sans réagir. Alors faites-moi plaisir, les mecs : demain, pour leur match, je veux qu'ils n'aient plus rien à s'offrir. Je veux qu'ils fassent tous la gueule en passant devant leur magasin de merde et qu'ils mettent une ambiance de mort dans leur stade. *Go !*

Aussitôt, le petit groupe se mit en action. Barres de fer, pavés projetés contre les vitrines, cocktails Molotov. En moins de cinq minutes, le *City Store* s'enflamma. Adieu écharpes, casquettes et maillots hors de prix. Le lendemain, il ne resterait plus rien de ce temple du merchandising.

***

Au Claremont, dans ce pub de Moss Side où les clients avaient fini par se masser, le guitariste reprit sa guitare pour finir la seconde session. Il était plus de minuit, il avait un peu de retard sur le programme annoncé. Il ne tenait plus vraiment debout, la faute aux pintes de *lager* agrémentées de shots de whisky un peu trop nombreux. Mais il avait l'habitude. Ça n'était pas la première fois qu'il finissait son set avec quelques grammes en trop. Il avait appris à jouer en pilotage automatique, en se concentrant sur les reprises qu'il pouvait exécuter les yeux fermés. Sa corde de sol avait lâché lors du morceau précédent, mais il pouvait également s'en passer ; de toute façon, il n'avait pas de jeu de rechange. Quant au « public », il ne lui accordait que très peu d'attention, préférant déblatérer sur les matches du lendemain, celui de City contre Wolverhampton, celui de United sur la pelouse d'Aston Villa.

Le musicien ferma les yeux un instant, afin de s'accorder un minimum de concentration sous les vapeurs d'alcool. Il entendit sa Fender gémir sous ses caresses devenues maladroites, puis son esprit s'égara. Il vit la terre s'ouvrir, la boue s'écarter. Il distingua les fragments d'étoffe, rouge et bleu. Il vit les deux crânes qui l'appelaient à l'aide.

Il rouvrit les yeux, incapable de supporter cette vision, cette pensée. Il hésita à jouer à nouveau la composition dont il était le plus fier, cet « Ancoats Blues » dont le texte était si profond, à ses yeux. Mais il se ravisa, se souvenant de l'accueil déplorable qu'il avait reçu au Maine Road Café.

Alors il balança les premiers accords d'une chanson des Smiths : « Panic ». La plupart des clients du Claremont étaient trop jeunes pour connaître ce morceau, mais chacun se retourna vers l'estrade, tant l'énergie du musicien était surprenante à cette heure-ci. De sa voix éraillée, il reprit les paroles autrefois chantées par Morrissey :

"Burn down the disco,
Hang the blessed DJ,
Because the music that they constantly play
It says nothing to me about my life."[21]

À bout de forces, abruti par son taux d'alcool, bouleversé par ses tourments intérieurs, le guitariste finit par s'effondrer sur la scène.

Et pour la première fois de la soirée, il fut applaudi.

---

21. « Brûlez le night-club, pendez son DJ favori. Parce que la musique qu'on joue sans cesse là-bas ne dit rien de ma vie. » The Smiths, 1986.

***

Un peu plus tard dans la nuit, d'autres flammes s'élevèrent.

Elles provenaient cette fois du sud-ouest de Manchester. Le bâtiment était quasiment vide, les derniers clients étaient partis depuis longtemps, les patrons finissaient de ranger. Et puis une poignée d'hommes encagoulés firent irruption dans ce pub qui allait fermer ses portes. Ils ne dirent rien, ou presque. Juste ces quelques mots, crachés par l'un d'eux : « Vous vous souviendrez de Iosif ! » Armés de bidons d'essence, ils ne restèrent que quelques minutes.

Juste le temps de s'assurer que la *Bridgewater Tavern* partirait en fumée.

CHAPITRE 18
Les derniers jours de l'Haçienda

Manchester, le 8 mai 1997.

Ryan, Jake et Billy se tenaient au croisement de Whitworth Street et Medlock, pas très loin de Deansgate. Face à eux se dressait ce curieux bâtiment de couleur ocre, aux fenêtres colorées, dont la forme arrondie épousait le virage du carrefour. Depuis quinze ans, cet établissement était le lieu de perdition préféré des Mancuniens : un night-club dont le nom de code était « FAC 51 » mais que tout le monde appelait *The Haçienda*. Un véritable monument de la culture mancunienne, une institution qui avait accompagné les heures les plus riches de « Madchester », à l'époque où la *house music* prenait le pouvoir, où les pilules d'ecstasy s'éparpillaient sur les *dancefloors*.

Madchester, « Manchester la folle »... Les trois garçons de Moss Side auraient adoré connaître ces années un peu barrées, quand des groupes comme New Order, les Happy Mondays ou les Stone

Roses faisaient la fierté de la ville, puis quand les DJs s'installèrent aux platines pour ouvrir les vannes de l'*acid house*. Les gamins auraient rêvé se frayer un chemin parmi cette foule bigarrée qui peuplait le night-club, au cœur de cet espace rayé de lumières stroboscopiques, balisé par des piliers en acier dont les bandes jaunes et noires symbolisaient le choix radical d'une esthétique industrielle. Ils seraient restés une éternité à observer la transe des fameux *disc-jockeys* de l'Haçienda : Mike Pickering, Dave Haslam, ou encore ce jeune Français nommé Laurent Garnier, qui s'y était produit sous le nom de DJ Pedro…

Hélas. Désormais, c'était plutôt « Sadchester », Manchester la triste, qui s'élevait au carrefour de Whitworth Street. La boîte de nuit allait perdre l'autorisation de vendre de l'alcool et il se murmurait qu'elle serait bientôt cédée à des promoteurs immobiliers[22]. La faute à la gestion financière catastrophique d'un night-club endetté jusqu'au cou ; la faute à la réputation sulfureuse d'un établissement gangréné par les gangs des environs, des bandes de malfrats qui n'hésitaient pas à régler leurs comptes directement sur la piste de danse.

– Faudrait quand même qu'on arrive à rentrer là-dedans, dit Ryan. Juste une fois, une seule fois. Avant que ça ferme, merde.

---

22. *The Haçienda* fut définitivement fermée le 28 juin 1997.

– Ouais mais comment ? interrogea Billy. On n'a pas l'âge, tu le sais bien.

– Y a un moyen, intervint Jake. On va essayer de se faufiler par l'arrière…

Les trois garçons longèrent Whitworth Street jusqu'à trouver un passage incroyablement exigu entre deux bâtiments. Un mètre de large, pas plus, une odeur d'urine à vous retourner le cœur et pas le moindre éclairage jusqu'à l'autre bout. Ils respirèrent un grand coup et s'engagèrent en courant dans ce corridor angoissant. Une fois de l'autre côté, ils furent surpris de se retrouver au bord du canal de Rochdale, celui qui descendait du *Gay Village* pour rejoindre le canal de Bridgewater. Ici, il n'y avait pas beaucoup plus de lumière et le chemin pavé qui longeait la voie d'eau était étroit et glissant.

Et puis ils tombèrent nez à nez avec un ogre.

En tout cas, c'est ainsi qu'ils perçurent cette ombre qui s'agitait tout près d'eux. Le colosse avait la stature monumentale d'un pilier de rugby, le crâne chauve d'un Bouddha malfaisant, le souffle court d'un pervers.

C'était Johnny, l'un des frères Gleenan, le plus tordu des videurs de l'Haçienda. Les Gleenan étaient des durs venus du gang de Salford ; les patrons du night-club les avaient embauchés dans le but avoué de se mettre les caïds dans la poche, espérant régler une bonne fois pour toutes le problème endémique de la violence. L'idée n'était pas mauvaise mais le remède s'avérait parfois pire que le mal, car les méthodes de Johnny Gleenan étaient d'une brutalité extrême. Lorsque les garçons le découvrirent, le videur était en train de régler son compte à un client indésirable, coupable d'avoir balancé une droite à un danseur qui le collait d'un peu trop près. Johnny l'avait alors saisi par le col pour l'emmener vers une sortie à l'arrière du bâtiment et le pauvre type se retrouvait désormais suspendu au-dessus de l'eau sombre du canal. Il avait beau brailler qu'on ne l'y reprendrait plus, Gleenan finit par le lâcher.

Plouf, fit le pauvre type qui cessa de brailler.

Ryan, Jake et Billy restèrent médusés en observant cette scène surréaliste. Le type sembla refaire surface un peu plus loin, mais il était difficile de le distinguer sous l'ombre du pont.

– Vous voulez quoi, sales mômes ? Barrez-vous de là !

Le videur avait hurlé ces mots si fort que les trois garçons restèrent pétrifiés.

– Barrez-vous, je vous dis ! répéta l'ogre.

Ils détalèrent dans le corridor sans demander leur reste et ne s'arrêtèrent qu'après avoir traversé Whitworth Street.

Il leur fallut quelques minutes pour se remettre de cette terrible rencontre. Jake fut le premier à reprendre la parole.

– Bon ben tant pis, les mecs, c'est pas ce coup-ci qu'on y entrera, dans cette boîte.

– On ferait mieux de retourner à Moss Side, il est super tard, ajouta Billy. On s'est pas fait balancer dans le canal, mais on va se faire botter le cul à la maison, si on traîne trop.

– T'as peur de tes parents, hein ? grinça Ryan. Nous, notre mère, elle nous dit jamais rien. Avec Duncan, on peut faire ce qu'on veut, rentrer quand on veut. De toute façon, quand on se pointe à la maison, elle est déjà complètement bourrée, elle arrive plus à lire l'heure.

– Et il est où, d'ailleurs, ton frère ? demanda Jake. J'ai l'impression que Duncan, on ne le voit plus. Il nous fait la gueule ou quoi ?

Ryan baissa la tête. C'était pourtant vrai que Duncan s'absentait de plus en plus souvent. Comme s'il avait honte de fréquenter le petit groupe.

– Je sais pas où il est, souffla Ryan. Tu connais mon frère, il en fait qu'à sa tête. Tu sais bien qu'il est le seul dans le quartier à soutenir les Rouges, par exemple. Eh ben voilà, il est comme ça : il fait ce qu'il veut, point barre. Le reste, il s'en fiche. Et là, c'est pareil. Enfin, je crois.

Ryan essaya de ne pas trop le montrer, mais il était terriblement inquiet. Il avait bien remarqué qu'il avait changé, le frangin : lorsqu'il revenait dans le quartier, il restait silencieux, ne racontait rien de ses journées. Son attitude aussi avait changé :

il se montrait plus arrogant, voire méprisant. Certes, à bientôt quatorze ans, Duncan était le plus âgé des quatre garçons, mais il se comportait comme s'il était devenu adulte trop vite.

CHAPITRE 19
Duel à distance

Manchester, bien après la disparition de l'Haçienda.

Molly n'avait presque pas dormi de la nuit. Elle ne les sentait que trop, les vibrations néfastes que renvoyait Manchester. Des secousses urbaines qu'elle avait déjà perçues de l'autre côté de la mer d'Irlande, même si leur magnitude était incomparable. C'étaient celles d'une ville qui tremblait sur ses bases et menaçait de s'effondrer.

Autrefois, Manchester était célébrée pour sa diversité, pour son acceptation joyeuse de toutes les communautés qui la constituaient. Autrefois, les Bleus et les Rouges s'aiguillonnaient, se charriaient, s'opposaient dans les tribunes et finissaient, parfois, par se réconcilier autour d'une pinte de *lager*. Mais toutes ces années à se déchirer quotidiennement sur l'idée d'un divorce avec l'Europe avaient fragilisé l'édifice. Il avait suffi d'une étincelle, la découverte de ces corps d'enfants, pour que les rivalités s'exacerbent sans raison et se cristallisent autour d'un simple match de football.

La veille, le *superstore* du club de Manchester City était parti en fumée, à l'est de la ville ; et puis c'est un pub qui s'était enflammé, à l'ouest. Molly se doutait bien que les deux incendies n'étaient pas liés mais elle savait que l'un et l'autre avaient un dénominateur commun : l'intolérance. On l'avait tenue informée de l'évolution de la situation et des premiers retours des équipes de collègues envoyées sur place. Alors elle avait passé la nuit à réfléchir, à essayer de comprendre pourquoi et comment la situation avait ainsi dégénéré.

Voilà pourquoi Molly n'avait presque pas dormi. Il était six heures du matin et elle errait dans son appartement de Dale Street, dans cet espace à la décoration minimaliste qu'elle n'avait jamais vraiment songé à mettre en valeur. Depuis qu'elle était arrivée à Manchester, elle avait consacré tout son temps et toute son énergie à son activité professionnelle, à son envie de réussir dans un environnement farouchement masculin. Alors quand elle rentrait chez elle, Molly n'avait ni la force ni l'envie d'aménager son intérieur.

Son deux-pièces était donc réduit à sa plus simple expression, avec un canapé sans charme, une table basse sur laquelle traînaient deux romans policiers et une tasse de thé froid, un fauteuil club en cuir élimé, une télévision qui restait éteinte la plupart du temps. Et puis il y avait une bibliothèque sur le mur du fond, dans laquelle on pouvait tout de même percevoir des fragments de l'histoire personnelle de la jeune femme, égarés parmi d'autres polars et des ouvrages de droit pénal. On y trouvait par exemple un poisson en céramique bleue et blanche, réplique en miniature du « Big Fish » de Belfast ; le blason de la Queen's University, où elle avait obtenu son diplôme de droit de la *School of Law* ; et puis quelques photos, disposées dans des petits cadres dissemblables. Ces clichés étaient le témoignage d'une vie passée, celle d'avant la grande traversée qui l'avait menée de Belfast à Liverpool. On y voyait les visages réjouis de ses parents, les rires de ses amies d'enfance lors d'un voyage scolaire, ou encore le portrait de ce jeune homme au regard fier et au sourire ravageur.

En s'arrêtant devant cette dernière photographie, Molly eut envie d'appeler celui qui, autrefois, avait toujours été là pour elle, pour la réconforter, pour lui donner les bons conseils et lui permettre d'avancer. Mais c'était autrefois, hélas ; c'était désormais impossible. Cette simple pensée rouvrit une plaie béante dans sa poitrine. Une plaie qui ne cicatriserait sans doute jamais. Elle rangea son téléphone et versa une larme, puis deux.

Pour se changer les idées, Molly se replongea dans le travail, comme d'habitude. Elle reprit le dossier des cadavres de Moss Side en espérant y trouver de quoi réconcilier le peuple mancunien… et calmer la fureur du chef Pallister, qui ne manquerait pas de s'abattre sur elle : Molly savait que son supérieur hiérarchique serait aujourd'hui sur le qui-vive, car tout était réuni pour que la situation se dégrade un peu plus encore.

Aujourd'hui, les deux équipes de la ville seraient sur les terrains, l'une à domicile, l'autre à l'extérieur. Ce serait la dernière étape avant le derby de Manchester, dans quatre jours. Le compte à rebours était lancé.

***

En silence, les supporters s'étaient réunis autour des décombres fumantes du *City Store*. Les murs étaient encore debout mais les vitres avaient volé en éclats et tout l'intérieur était calciné ; il ne restait plus rien des centaines de maillots, écharpes, casquettes, mugs, pins et autres babioles à l'effigie du club. L'inscription sur le sol, elle, avait été recouverte à la hâte d'une peinture bleu ciel. Derrière le cordon de sécurité, la fureur des fans était palpable. Ils ne comprenaient pas pourquoi on s'était attaqué à l'un des symboles de la réussite du club. Les hommes serraient les poings, les enfants se décomposaient comme si on venait de leur apprendre que, malgré tout ce qu'on leur avait raconté, le père Noël n'existait pas.

Et puis la police montée s'interposa pour élargir encore le périmètre autour du sinistre. Cette apparition équestre pouvait sembler surannée, elle n'en restait pas moins intimidante : les canassons en question étaient de sacrés bestiaux et personne n'avait vraiment envie de faire quoi que ce soit qui puisse contrarier leurs cavaliers en uniforme. C'était un jour de match et les autorités ne plaisantaient jamais en pareille circonstance, surtout si l'objectif était de préserver la sécurité du public qui commençait à se masser autour de l'Etihad Stadium. Alors les fans reculèrent, lentement, sans quitter des yeux le triste spectacle qui s'offrait à eux depuis la passerelle d'accès au stade. Puis ils se retournèrent et prirent la direction de leur tribune, en contournant l'enceinte pour trouver la rampe en colimaçon qui les conduirait à leur siège numéroté.

Il fallait oublier cette agression nocturne et se concentrer sur le défi qui attendait l'équipe en cette fin d'après-midi. Manchester City jouait donc l'avant-dernier match de sa saison et n'avait pas le droit à l'erreur. Face aux *Sky Blues*, les *Wolves* de Wolverhampton apparaissaient comme des victimes expiatoires : relégués dans les profondeurs du classement, ils n'avaient certainement pas les moyens de rivaliser avec l'armada menée par Desmond Paisley. D'ailleurs, le capitaine des Bleu ciel ne manqua pas l'occasion de leur faire comprendre qu'ils n'avaient rien à espérer dans ce coin de l'Angleterre. Au bout de deux minutes, il se défit de son adversaire direct d'un coup d'épaule à peine réglementaire, puis il fila vers le but des *Wolves* dans son style si caractéristique : droit devant, tête baissée et poings serrés. C'était inélégant au possible, mais diablement efficace. Au bout de la course, Paisley envoya un boulet de canon qui ne laissa aucune chance au gardien adverse. Frappée sans le moindre effet, la balle suivit une trajectoire rectiligne et s'enfonça profondément dans les filets. Le match venait à peine de débuter et Manchester City menait déjà au score.

Quatre-vingt-dix minutes et au moins autant de courses effrénées de Paisley plus tard, les *Sky Blues* s'imposaient sur le score sans appel de cinq buts à zéro. Ils reprenaient ainsi la tête au classement en attendant le match des voisins de United, qui avaient donc la quasi-obligation de se montrer tout aussi convaincants.

		Matches joués	*Points*
1	*Manchester City*	*37*	*83*
2	*Manchester United*	*36*	*80*

En conférence de presse, Desmond Paisley se chargea de mettre la pression sur les Rouges.

– On va voir maintenant quelle est la véritable équipe de cette ville, dit-il en empoignant le micro. On va voir si William Jones et ses petits copains ont suffisamment de couilles pour supporter la pression qu'on est en train de leur mettre. Si vous voulez mon avis, je ne suis pas sûr que le « prince William » ait envie de mettre les mains dans le cambouis. Il fait joli sur les posters mais il n'a pas le mental d'un vainqueur et il ne l'aura jamais. Son palmarès est vierge et le restera.

À ces mots, Desmond Paisley se leva et s'apprêta à quitter la *press room*. Mais il se ravisa et agrippa le micro une dernière fois.

– Si vous me le permettez, je voudrais dire quelque chose aux petits malins qui ont foutu le feu au *City Store* la nuit dernière : vous êtes des criminels et vous n'allez pas nous intimider. Vous ne pouvez pas. Parce qu'on est plus forts que vous. Parce qu'on est la seule et véritable équipe du peuple de Manchester.

***

– Doherty, bon sang. J'ai toute la ville sur le dos, vous comprenez ? On me demande pourquoi mes équipes n'arrivent à rien, pourquoi ça traîne et je n'ai aucune réponse à apporter. J'ai l'air d'un con et je peux vous assurer que je déteste ça !

Le *Chief Superintendent* Pallister, comme prévu, était d'une humeur massacrante. Il avait fait le compte des avancées de l'enquête de sa nouvelle *Detective Chief Inspector* et il restait sur sa faim, pour le moins. Voilà quatre jours que ces deux corps inconnus avaient été retrouvés dans la boue de Moss Side et la DCI Doherty était seulement parvenue à lui annoncer qu'il s'agissait sans doute de deux jeunes garçons âgés d'une dizaine d'années, probablement disparus à la fin des années 1990. Pour le reste, rien. Pas un nom, pas un indice. Dans le même temps, un journaliste du *Sun* était parvenu à faire publier une photo des squelettes, puis une autre d'un médaillon qu'aucun policier n'avait remarqué sur le site de leur découverte. Enfin, c'est toute la ville qui était devenue folle : un homme battu à mort, un pub et le mégastore de Manchester City incendiés la veille…

– Vous comprenez que la balance est largement déficitaire, Doherty ? D'un côté, vous n'avez presque pas avancé et de l'autre, la situation n'a fait qu'empirer.

Molly aurait voulu confronter son supérieur, lui montrer qu'elle était combative. Mais hélas, elle se retrouvait dans une situation plus que délicate, alors qu'elle débutait tout juste dans ses nouvelles fonctions. Elle tenta de trouver les mots justes.

– Je sais, chef. Je ne le sais que trop bien. Mais on va trouver, c'est sûr. Les lieutenants Summerbee et Pennycook sont sur les archives, on va forcément finir par tomber sur une déclaration de disparition qui nous donnera l'origine des deux garçons, et alors on pourra avancer beaucoup plus vite.

– Et cette histoire de médaillon, c'est quoi, bordel ?

– Les enquêteurs de la scientifique vous le confirmeront, il n'était plus là lorsque nous sommes arrivés à Moss Side. La question est même de savoir s'il a jamais été dans ce trou, ce médaillon ; c'est peut-être juste un petit malin qui s'amuse à mettre le feu aux poudres. Le problème, c'est que ça a causé la mort du type qu'on a retrouvé près du Bridgewater Canal.

– Il n'avait pas un lien avec tout ça, ce *Gipsy* ? Vous êtes sûre ? demanda le chef Pallister sur un ton suspicieux.

– Je suis persuadée que non. C'est juste une manifestation de la haine ordinaire. Il a été accusé à tort d'être mêlé à tout ça.

Darren Pallister grogna, pas vraiment satisfait des réponses apportées par la capitaine Doherty.

– Et cette histoire de malédiction, hein ? Qu'est-ce que vous en faites ? Tout le monde m'en parle, même le *Chief Constable*. On aurait sacrifié des mômes en maillot pour porter le mauvais œil aux clubs de la ville. Ça vous parle, à vous ?

– Pas du tout, et je m'étonne que cette théorie puisse vous interpeller. Ce sont des esprits tordus qui ont balancé ça sur les réseaux sociaux pour gagner des *followers* ou je ne sais quoi. Mais franchement, ça ne tient pas la route, avouez-le.

– Mmh. Faites gaffe quand même à ne pas laisser une piste de côté, hein. Vous n'en avez pas tant que ça, des pistes ! Et quoi qu'il arrive, je vous conseille d'accélérer dans vos recherches parce que je serai bientôt obligé de mettre quelqu'un d'autre sur ce putain de dossier !

***

Les propos de Desmond Paisley furent rapportés à William Jones peu de temps avant le coup d'envoi du match des Diables Rouges. Celui qui avait été surnommé avec dédain « prince William » ne broncha pas et garda les yeux rivés sur le bout du tunnel qui menait à la pelouse.

Il ne voulait pas se laisser divertir par les insanités proférées par son homologue, tout comme il avait fait abstraction de la frayeur passagère causée par l'agression des supporters de City. Le match du jour était bien trop important. Ce serait là-bas, au bout de ce tunnel, que se déciderait en partie l'issue d'une saison anglaise indécise depuis le premier jour. Là-bas, sur la pelouse de Villa Park, dans ce stade de Birmingham aux couleurs bordeaux et bleu, *claret and blue*, dévolu à l'équipe d'Aston Villa depuis plus d'un siècle.

Déterminé, William Jones s'élança en courant sur le gazon impeccable, suivi par les dix coéquipiers qui débuteraient le match à ses côtés. Cela faisait plus d'une demi-heure que City l'avait emporté face à Wolverhampton, de l'autre côté du pays. Les hommes de United savaient donc ce qu'il leur restait à faire, mais leur tâche était plus ardue car l'équipe d'Aston Villa était d'une toute autre valeur que celle des *Wolves* ; et puis elle évoluait à domicile, avec le soutien inconditionnel de ses quarante mille supporters.

Les premières minutes du match furent tendues, laborieuses, et le spectacle proposé n'avait rien d'exaltant. Prudente, l'équipe de Manchester United refusait de s'exposer. Elle laissait la possession du ballon à son adversaire en espérant profiter d'une contre-attaque. Mais les *Villans* ne se jetaient pas non plus à l'assaut ; ils contournaient la défense adverse en attendant d'y trouver une faille hypothétique. On aurait ainsi pu jouer des heures sans qu'aucun but ne fût marqué. Mais comme souvent dans pareille situation, il suffit d'une simple erreur pour que le plus hermétique des schémas tactiques s'en trouvât bouleversé. Trois fois rien, en vérité : une glissade anodine d'un défenseur latéral, une balle délaissée près de la ligne de touche, un adversaire qui s'en empare sans avoir à lutter. C'est ainsi qu'un joueur d'Aston Villa pénétra la défense de United avant d'adresser une passe à un coéquipier qui avait suivi le mouvement.

Après une demi-heure de jeu, les *Villans* menaient donc par un but à zéro.

Fatalement, la rencontre changea alors de physionomie : pendant l'heure restante, ce furent les Diables Rouges qui attaquèrent sans répit, tandis que leurs adversaires s'étaient regroupés en défense pour protéger leur avantage au score. Ils le firent tant et si bien que l'on s'approcha de la fin du match sans que le score eût évolué. Dans le stade, devant leur télévision, les supporters de United en eurent le cœur brisé, après avoir espéré maintes et maintes fois que leurs joueurs inverseraient la tendance. Mais il semblait qu'une terrible fatalité s'abattait sur l'équipe ; c'était une évidence, le titre de champion s'éloignait inexorablement.

Un coup d'œil au chronomètre. Il ne restait qu'une poignée de secondes à jouer. L'arbitre approchait déjà le sifflet de ses lèvres.

C'est alors que William Jones récupéra le ballon au milieu du terrain. Il leva la tête, ne vit aucun de ses coéquipiers en bonne position mais constata que le gardien d'Aston Villa était un peu avancé dans sa surface. Il tenta alors ce coup de génie qu'on aurait tôt fait de qualifier de coup de folie, en cas d'échec. Depuis le rond central, à la manière de David Beckham, il frappa la balle avec force et précision. Elle parcourut plus de cinquante mètres dans le ciel de Birmingham. Sur le terrain, dans les tribunes, chacun se retrouva le nez en l'air à suivre la trajectoire du projectile, comme au ralenti.

Trois interminables secondes plus tard, le ballon frôla la barre transversale et finit sa course au fond des filets. Le pauvre gardien d'Aston Villa, médusé, l'avait regardé passer au-dessus de sa tête avant de commencer à sprinter vers son but, mais il était bien trop tard pour espérer en dévier la trajectoire. Le but fut validé ; aussitôt après, l'arbitre s'époumona dans un ultime coup de sifflet. Un partout, score final.

William Jones leva les bras en fermant les yeux. Il n'était qu'à moitié soulagé. C'était bien un coup de génie qu'il venait de réussir mais son équipe laissait échapper des points dans la course au titre : trois pour la victoire, un seul pour le match nul, l'équation était toute simple. Désormais, c'était Manchester City qui possédait un avantage comptable et psychologique avant ce dernier match de la saison, qui apparaissait plus que jamais comme une finale du championnat.

Dimanche, au moment du derby de la ville, les *Sky Blues* auraient leur destin entre leurs mains. Pas les *Red Devils*.

		Matches joués	*Points*
1	*Manchester City*	*37*	*83*
2	*Manchester United*	*37*	*81*

***

Ben Wellington entendit le cri de joie qui s'échappa des fenêtres environnantes. Un footballeur venait sans doute de marquer un but pour l'une des équipes de la ville, se dit-il, pas vraiment informé des rendez-vous sportifs du jour. Il faut dire que le journaliste avait autre chose en tête. On lui avait donné rendez-vous dans une petite rue du centre-ville, à dix minutes à pied de son hôtel. Ça n'était pas vraiment une rue, s'étonna-t-il. D'ailleurs elle n'en portait pas le nom : ce « Black Pool Fold » était un boyau sinueux, sombre et étroit qui permettait de rejoindre Cross Street en passant par l'arrière des bâtiments de brique. Il fallait s'y frayer un chemin entre les poubelles et longer les murs dont la partie basse était peinte en noir, où des portes d'une tôle tout aussi noire devaient mener à des caves obscures. Bref, l'endroit était lugubre.

S'il se trouvait ici, s'il avait quitté le confort douillet du Midland, c'est parce qu'il avait reçu l'appel d'un informateur aussi désagréable qu'intriguant. D'une voix éraillée, il avait indiqué au téléphone avoir en sa possession un document inestimable concernant l'affaire des cadavres de Moss Side. Après réflexion, Wellington avait accepté de rencontrer le mystérieux individu et lui avait donné rendez-vous sous le faux olivier dans le lobby de son hôtel, comme il en avait l'habitude. Mais son interlocuteur avait imposé un endroit bien plus discret, sous l'escalier métallique du Black Pool Fold. Craignant le coup fourré, le journaliste avait failli refuser, puis s'était ravisé. Si l'informateur prenait tant de précautions, c'était sans doute qu'il avait de la valeur, espéra-t-il.

Comme convenu, Ben Wellington se tenait donc sous l'escalier métallique, devant une porte close qui portait la seule inscription : *Fire exit, keep clear*. Voilà près de dix minutes qu'il attendait, à la fois excité et vaguement inquiet.

Et puis un homme finit par apparaître depuis l'un des recoins du boyau sinueux. Il était vêtu d'un manteau avec une large capuche qui recouvrait l'essentiel de son visage. Tout juste pouvait-on percevoir un menton mal rasé et une mèche de cheveux rebelles qui s'échappait de la capuche élimée.

L'informateur ne s'encombra pas d'une quelconque salutation. D'une main nerveuse, il tendit une enveloppe à Wellington, en murmurant : « Les deux qui sont morts sont sur cette photo. »

Le journaliste hésita avant de prendre ce qu'on lui offrait.

– Je peux d'abord savoir qui vous êtes ? demanda-t-il.

L'homme à la capuche resta silencieux un instant. Il semblait réfléchir à l'information qu'il pouvait se permettre de lâcher. « Je suis l'un des deux autres », dit-il. Puis il laissa tomber l'enveloppe sur le pavé sale. Par réflexe, Wellington se pencha pour la ramasser, afin que le document ne soit pas souillé.

Mais en se relevant, il constata avec stupéfaction que son interlocuteur avait déjà disparu dans la pénombre du Black Pool Fold.

CHAPITRE 20
Les sales gosses

En ce jeudi matin, Fergus et Stuart s'étaient salués d'un geste discret, preuve qu'une gêne palpable s'était installée entre eux. D'ordinaire, le colosse à la peau laiteuse et le petit bonhomme d'origine jamaïcaine se seraient donné une poignée de mains solide, avant de se lancer dans une savoureuse joute verbale à propos des résultats de la veille. L'un aurait souligné la faiblesse abyssale des adversaires des Bleu ciel, l'autre aurait raillé la tragique impuissance des Rouges, incapables de s'imposer la veille.

Mais cette fois, ni l'un ni l'autre n'avait osé évoquer l'antagonisme sportif, même si le leur était amical et inoffensif. De toute évidence, ils s'autocensuraient ; au regard des derniers événements, il était devenu inopportun et déplacé d'étaler cette passion pour leurs couleurs respectives.

Alors Fergus et Stuart s'évitaient un peu, se regardaient du coin de l'œil, évoquaient la météo changeante ou l'embarras du gouvernement, accusé d'avoir organisé des fêtes au 10, Downing Street en plein confinement. Bref, les deux lieutenants brassaient de l'air en s'installant devant les dossiers en cours.

Et puis, n'y tenant plus, Stuart lâcha tout de même une petite pique.

– Ça va, sinon ? Pas trop déçu d'avoir presque perdu le titre, hier ? C'est dommage, vous étiez si proches d'ajouter enfin une nouvelle ligne à votre palmarès…

Fergus sourit en regardant son collègue. C'était lui qui avait craqué le premier, il pouvait donc lui répondre sans se sentir coupable.

– Je ne vois pas de quoi tu parles, dit-il. On joue le dernier match de la saison à domicile, contre une petite équipe en bleu ciel qui n'a rien de très impressionnant et dont le palmarès est misérable par rapport au nôtre. Je suis persuadé qu'on va la battre ce dimanche, ce qui nous permettra d'ajouter un trophée à notre collection déjà très impressionnante.

– Ah oui, vous allez remporter le derby ? Ce n'est pas ce que je me suis dit en vous voyant galérer contre Aston Villa, mon cher Fergus. Et puis je ne pense pas que votre « prince William » pourra vous sauver éternellement…

– Ah, parce que toi, mon cher Stuart, tu as vraiment confiance en cet horrible Desmond Paisley, le sosie officiel de Shrek ? Il est aussi laid qu'il est piètre footballeur. Avec ses pieds carrés, il n'a jamais été capable de réussir le moindre contrôle de balle ; c'en est presque gênant, pour être honnête.

– Oh, il n'aura pas besoin de le contrôler, ce ballon. Il lui suffira de le pousser droit devant lui, de courir vers votre défense et de s'y enfoncer comme un couteau chaud dans une motte de beurre…

– Tu sais ce qu'elle te dit, la motte de beurre ?

Le ton était gentiment monté entre Fergus Pennycook et Stuart Summerbee. Mais tous deux s'interrompirent très vite en voyant arriver la capitaine Doherty.

Molly avait le visage des mauvais jours et semblait perdue dans ses pensées. Elle tenait à la main l'exemplaire du *Sun* qu'elle venait d'acheter. En croisant le regard de ses collègues, elle leva le tabloïd et demanda :

– J'imagine que vous avez déjà lu ça ?

Fergus et Stuart se regardèrent, penauds. Sans se concerter, ils avaient tous les deux fait l'impasse sur le *Sun*, préférant se concentrer sur les pages sport du *Telegraph* et du *Guardian*. L'analyse sportive méritait tout de même un peu de sérieux.

La capitaine Doherty vit leur embarras et leur tendit l'édition du jour. Une photo barrait toute la une du *Sun*, avec un titre en lettres capitales vantant l'exclusivité d'un cliché censé représenter les garçons retrouvés dans le trou de Moss Side : « *EXCLUSIVE DEAD BOYS PIC* », hurlait la titraille.

– Il faut croire que Ben Wellington est enfin parvenu à publier un scoop digne de ce nom, commenta Molly. Je ne sais pas comment il a fait, mais il a exhumé une vieille photo parue il y a plus de vingt ans dans le *Manchester Evening News* ; elle venait illustrer un reportage sur les quartiers défavorisés de la ville. Je vous laisse la découvrir…

Fergus chaussa les lunettes qu'il ne mettait presque jamais et observa attentivement la une du *Sun*.

Le cliché était de mauvaise qualité. Ça n'était pas la photo originale qui était reproduite en première page, mais plutôt celle de l'article du *Manchester Evening News*. L'agrandissement laissait apparaître tout le grain de la pellicule ; les couleurs et les contrastes s'étaient affadis. Malgré tout, on distinguait l'essentiel de cette scène prise sur le vif, il y a plus de vingt ans.

Au premier plan, on voyait un sale gosse faire un doigt d'honneur devant l'objectif, furieux de voir le photographe les observer ; derrière lui, deux autres gamins étaient en train de se bagarrer, retenus à grand-peine par un camarade. Le décor était celui d'une rue modeste, de celles qu'on croisait si souvent dans les quartiers les plus pauvres de Manchester. Des petites maisons de brique rouge toutes identiques, un ruban de bitume défoncé par endroits, quelques mauvaises herbes sur les trottoirs, un ciel gris et bas.

Fergus donna un coup de coude à Stuart et lui montra du doigt le fond de l'image. On y voyait un bâtiment imposant au bout de la rue : c'était une façade en tôle ondulée bleue percée d'ouvertures rectangulaires et surmontée d'une succession de dômes au niveau de la toiture. En arrière-plan, il y avait un échafaudage garni de projecteurs.

– Tu as vu ça, Stuart ? demanda-t-il.

– Bon sang, Fergus. C'est Maine Road. C'est mon vieux stade…

– Vous êtes sûr de vous, Summerbee ? demanda Molly.

– C'est un peu comme si vous me demandiez de reconnaître la maison où j'ai passé toute mon enfance, capitaine. Cette façade qu'on aperçoit, je la connais par cœur.

– Même moi, je la connais bien, reprit Fergus. Et pourtant je n'y allais pas si souvent…

– Et puis regardez, ici et là : ce sont des groupes de supporters qui quittent le stade, ajouta Stuart. Cette photo a été prise un jour de match à Maine Road, je suis formel.

Molly hocha la tête en silence, avant de reprendre.

– Le lien avec les cadavres de Moss Side est donc évident, dit-elle. Dans son texte, Wellington va encore plus loin et se dit formel : d'après les informations qu'on lui a fournies, gratuitement ou non, les deux garçons dont on a retrouvé les corps feraient partie de ce turbulent quatuor.

Fergus et Stuart se regardèrent, troublés. Ils sentaient bien que la capitaine Doherty bouillait à l'intérieur. Certes, cette photo constituait une avancée majeure dans l'enquête s'il était avéré que les victimes de Moss Side étaient bien présentes sur le cliché. Mais cette avancée ne venait pas des services de police et c'était un nouveau camouflet qu'on leur infligeait par voie de presse.

Laissant de côté ces considérations, ils se penchèrent un peu plus sur la une du *Sun* en s'attardant sur chacun des visages.

Il y avait celui qui semblait s'adresser directement au photographe en lui balançant un geste obscène qu'il devait sans doute assortir d'une insulte en quatre lettres. Il avait une sacrée bouille, avec des cheveux en pétard et des sourcils qui se rejoignaient au-dessus d'un regard sombre et sans joie.

Les autres garçons étaient plus difficiles à décrire. Il y avait les deux qui s'empoignaient sur le bitume, le visage déformé par la rage et l'intensité de leur affrontement. À vue de nez, l'un était plus grand que l'autre ; mais ça n'était pas forcément lui qui avait le dessus. Le plus petit des bagarreurs était en train de grimper sur son adversaire, qui pourtant lui tenait les bras. Tous deux avaient une longue mèche de cheveux qui leur tombait sur le visage.

Enfin, le quatrième était celui qui tentait de séparer les belligérants. On ne le voyait que de dos, bras écartés. Il portait un blouson un peu trop grand, avec une écharpe bleue qui lui descendait jusqu'aux genoux. Il n'était d'ailleurs pas le seul à porter du bleu : le garçon au premier plan avait revêtu un maillot de Manchester City, tout comme le petit bagarreur qui arborait le numéro 28.

– C'était le numéro de Uwe Rösler, je m'en souviens, précisa Stuart. Un attaquant allemand qui ne faisait pas vraiment dans la finesse…

– Tu veux dire, comme Desmond Paisley ? railla Fergus sans que la capitaine Doherty ne s'en aperçoive.

– Je vous laisse lire le papier, mais vous n'y apprendrez pas grand-chose, reprit Molly. Ben Wellington a obtenu ce cliché sans beaucoup plus d'explications, visiblement. On n'y apprend ni les noms, ni les prénoms de ces quatre gamins ; on ne sait pas pourquoi ils se battent ; on n'a aucune preuve formelle que les deux victimes sont sur cette photo.

– Comment Wellington peut-il être aussi sûr de lui, alors ? demanda Stuart.

– Parce que celui qui lui a donné le document dit faire partie de ces gamins, lui aussi. Mais ça ne constitue pas une preuve en soi, on est d'accord. On ne sait même pas lequel de ces quatre garçons pourrait être l'informateur… Wellington lui-même n'a pas l'air très à l'aise avec cette histoire : il fait le beau parce qu'il a décroché un scoop, mais il n'y a absolument rien dans son papier. Il n'y a qu'une seule info qui soit vraiment précieuse : l'édition du *Manchester Evening News* où est parue la photo est datée du 4 mai 1997. Ça ne nous dit pas quand sont morts les gamins, mais ça réduit encore le champ de nos recherches.

Stuart se fendit d'un sourire un peu crispé. Tout le travail qu'il avait abattu jusqu'ici, en concentrant ses recherches sur les deux premières années, à partir de 1994, était donc à mettre à la poubelle.

Molly Doherty posa l'édition du *Sun* sur son bureau et donna ses consignes. Il était temps de reprendre la main sur cette affaire.

– Lieutenant Summerbee, je compte sur vous pour reprendre les archives à partir du mois de mai 1997. Je sais que c'est la partie la plus fastidieuse de notre enquête, mais elle est essentielle. Lieutenant Pennycook, je vous laisse tirer tout ce que vous pouvez de cette une du *Sun*. Identifiez tout ce qui peut l'être : j'aimerais par exemple savoir où cette photographie a été prise, exactement. Et il faudrait retrouver le photographe.

– Ok, boss. J'ai un contact au *Manchester Evening News*, il devrait pouvoir m'aiguiller.

– Très bien. Et moi, je vais retourner voir mon nouvel ami.

***

Depuis ses bureaux londoniens, Gary Higgins, le patron de la *Premier League*, ne cessait de s'inquiéter. Le championnat de football qu'il organisait était certes le plus réputé au monde, celui dont les équipes faisaient rêver les supporters aux quatre coins de la planète, mais il avait connu de sérieux soubresauts ces derniers mois. Il avait fallu faire face à la fronde des patrons de club qui avaient vu d'un mauvais œil la cession d'un de leurs concurrents à la toute-puissance économique d'un État émirati ; il avait fallu endiguer le regain de violence qui était apparu aux abords des stades ; il avait fallu renégocier le juteux contrat des droits télévisés en se tournant vers les plateformes numériques sans pour autant froisser les diffuseurs historiques.

Bref, cette saison anglaise n'avait rien eu d'un long fleuve tranquille et Gary Higgins avait été sérieusement chahuté au point de voir son poste menacé par la fronde des clubs de l'élite. Alors il tenait absolument à ce que cette saison se termine bien, en apothéose si possible, afin de redorer son bilan. Les hasards du calendrier lui offraient une sorte de finale passionnante, puisque les deux équipes qui pourraient emporter le titre se retrouvaient face à face pour le dernier match de la saison. C'était une véritable aubaine : l'audience de ce fameux derby de Manchester promettait d'être historique et se compterait en dizaines de millions de téléspectateurs.

Mais le souci du patron de la *Premier League*, c'était que ce match se tiendrait à Manchester, dans une ville chauffée à blanc, dans une atmosphère délétère qui aurait tôt fait de transformer l'ultime rendez-vous en un fiasco retentissant. C'était en tout cas ce qu'on lui avait rapporté depuis le début de la semaine, à grands renforts de briefings des responsables de la sécurité. Les nuits de Gary

Higgins se peuplèrent alors de sombres cauchemars où les supporters de City et United s'étripaient en mondovision, ruinant tous ses efforts de pacification et saccageant durablement sa réputation. Il fallait absolument que tout se passe bien dimanche, répétait-il à longueur de réunions enfiévrées. Il ne fallait surtout pas donner de crédit aux oiseaux de mauvais augure qui annonçaient le retour de cette époque maudite du football anglais, celle qui avait vu les hordes de hooligans pourrir le *beautiful game*.

Alors, dans un communiqué alambiqué où aucune décision ferme ne semblait avoir été vraiment prise, l'institution proposa de disputer ce dernier match dans le stade de Wembley, à Londres. Après tout, puisqu'il s'agissait d'une véritable finale du championnat, autant la jouer dans cette enceinte mythique, celle des grands matches de l'équipe nationale ou des finales de la FA Cup[23].

La proposition était radicale, inédite ; et forcément irrecevable.

Plusieurs voix s'élevèrent contre cette délocalisation envisagée. La plus forte fut celle de William Jones, le capitaine des Diables Rouges. Il s'exprima sans attendre sur les réseaux sociaux pour rappeler que le match à venir était un derby de la ville de

23. La Coupe d'Angleterre, compétition organisée par la fédération anglaise (FA).

Manchester et qu'il était hors de question qu'il se dispute ailleurs qu'à Old Trafford.

Même s'il ne l'évoquait pas ouvertement, Jones savait que si son équipe ne jouait pas dans son stade, devant ses supporters, elle perdrait un avantage considérable dans le duel qui l'opposerait aux voisins de City. Et il fallait que les Rouges mettent toutes les chances de leur côté pour retrouver enfin leur grandeur passée, celle des années 1990 et 2000, une époque où les Bleu ciel de Manchester n'existaient pas vraiment sur la scène anglaise.

Sans surprise, Desmond Paisley ne manqua pas de répondre à William Jones, également sur les réseaux sociaux. Avec sa finesse habituelle, il le traita de « pleureuse » et l'accusa de se trouver des excuses avant même de jouer le match. Pour finir, il se dit persuadé que United se ferait corriger par City, à Old Trafford ou ailleurs.

La bataille des capitaines était lancée. Elle n'aiderait pas à pacifier la ville.

CHAPITRE 21
10, Henbury Street

Lorsque Molly arriva au Midland, elle trouva Ben Wellington courbé au-dessus du comptoir de l'accueil, en grande discussion avec une hôtesse. Le large sourire du bellâtre londonien ne laissait que peu de doute sur la nature de son échange avec la demoiselle ; le pauvre devait se sentir un peu seul dans le grand Nord, songea Molly.

– Monsieur Wellington ? Désolée de vous déranger en pleine investigation. J'aimerais vous parler en privé.

– Capitaine Doherty, quel plaisir ! s'exclama le journaliste en se retournant. J'imagine que vous allez me féliciter pour le scoop formidable de ce matin, qui ne manquera pas de faire progresser votre enquête.

– Si ce que vous racontez dans vos colonnes est avéré, cette photo constitue une véritable avancée, je ne peux pas le nier. Maintenant, j'ai besoin d'aller plus loin. Et pour ce faire…

– Vous souhaitez que je vous dise tout de ma source, à nouveau. Et encore une fois, je vais être obligé de vous opposer un refus définitif. Je ne divulgue pas mes sources. Même si j'avais cette faiblesse, je serais bien incapable de vous dire quoi que ce soit : cet homme, je ne l'ai vu que trente secondes dans une ruelle obscure du centre-ville. Ni bonjour, ni au revoir, il m'a donné l'enveloppe contenant l'article du *Manchester Evening News* et puis il s'est volatilisé.

– Vous ne pouvez pas me le décrire ?

– Je peux vous décrire sa capuche, et encore. C'était une capuche, quoi. Large, profonde, de celles qui peuvent cacher intégralement le visage d'un homme.

– Vous êtes sûr que c'était un homme ?

– Certain. Les poils au bout de son menton étaient une bonne indication.

– Vous n'avez donc pas vu qu'une simple capuche ?

– Une capuche et un bout de menton, point final. C'était un homme. De taille normale, genre un mètre soixante-quinze, pas très costaud. Une voix rauque, éraillée. Je dirais un gros fumeur. Ou un buveur de whisky. Ou les deux.

– Vous voyez que vous pouvez vous montrer coopératif, quand vous le voulez ! Et comment elle vous a contacté, la capuche ?

– La capuche a appelé la réception de l'hôtel, qui m'a passé l'appel. Un numéro non identifié, j'ai vérifié. Là encore, ça a duré moins d'une minute au téléphone. Ni bonjour, ni au revoir ; le type disait avoir en sa possession un document inestimable concernant les cadavres de Moss Side. J'ai dit ok, rendez-vous à l'hôtel. Il m'a dit non, pas assez discret. Et je me suis retrouvé dans cette ruelle sordide une heure plus tard. Black Pool Fold, c'était le nom de la rue.

– Et une fois face à vous, qu'est-ce qu'il vous a dit ?

– « Les deux qui sont morts sont sur cette photo. » C'est ce qu'il a murmuré avec une voix d'outre-tombe. C'était un peu inquiétant, je dois l'avouer.

– C'est tout ce qu'il vous a dit ?

– Au début, oui. Je lui ai demandé qui il était. Il m'a répondu : « Je suis l'un des deux autres. » Et il s'est envolé.

Wellington et Molly restèrent songeurs un instant, avant que le journaliste ne finisse par se ressaisir.

– Dites-moi… je suis en train de me rendre compte que je vous ai dit absolument tout ce que je savais de mon informateur. Ça n'est pas dans mes habitudes et ça me chagrine.

– Vous vous en remettrez. Et puis au bout du compte, il faut bien avouer que vous ne savez pas grand-chose à propos de cette « source ». J'en déduis que votre honneur et votre respect légendaire de la déontologie journalistique sont sains et saufs. Enfin, si vous ne m'avez rien caché, évidemment.

– Je vous en fais la promesse. D'ailleurs, pour tout ce que je viens de vous dire, il me semble que vous me devez bien une soirée, capitaine Doherty.

– Pardon ?

– Un dîner. C'est moi qui invite, dans l'un des meilleurs restaurants de Manchester, cela va sans dire. Il paraît que dans cet hôtel, le « French » est une table remarquable, ça vous irait ? Histoire de parler d'autre chose que de cette affaire et de faire plus ample connaissance. Qu'en dites-vous ?

– J'en dis qu'on va s'en tenir là, monsieur Wellington. Tentez plutôt votre chance du côté de l'accueil. Bonne journée.

Pour la deuxième fois en trois jours, Molly tourna les talons et s'éclipsa, laissant le *gentleman* plumitif ruminer l'affront fait à son auguste personne.

***

Comme convenu, Fergus Pennycook avait appelé son contact au sein de la rédaction du *Manchester Evening News*. Après une rapide recherche, celui-ci était parvenu à lui fournir les coordonnées du photographe qui avait immortalisé les quatre gamins. Le photoreporter en question se nommait Geoffrey Kinnock et voilà cinq ans qu'il coulait une paisible retraite sous le pâle soleil de Brighton.

Joint par téléphone, Kinnock commença par râler : il voulait que le *Sun* lui paie des droits d'auteur puisque c'est son travail qui avait été publié à la une de ce quotidien à grand tirage. Fergus avoua son impuissance en la matière et lui conseilla d'appeler un avocat. Puis il lui demanda s'il se souvenait de cet instant où il avait appuyé sur le déclencheur de son appareil photo, il y a un quart de siècle.

– Aussi curieux que ça puisse paraître, oui, je m'en souviens très bien, répondit Geoffrey Kinnock. Parce qu'ils m'avaient fichu une sacrée frousse, ces mômes qui n'étaient déjà plus des gamins, à vrai dire. Quand je les ai visés avec mon appareil photo, celui qui fait un doigt d'honneur devant l'objectif a commencé à m'insulter. Puis il est venu vers moi et m'a balancé un coup de pied dans l'entrejambe ; ça m'a fait un mal de chien, vous l'imaginez. Je me suis plié en deux et je suis retourné comme j'ai pu à ma voiture en protégeant mon Leica, pendant que le sale gosse me poursuivait.

– Et il a continué à vous frapper ? demanda Fergus.

– Il a essayé, mais l'un de ses camarades l'en a empêché. Et c'est à ce moment que les deux autres ont arrêté de se battre. Moi je me suis réfugié dans ma voiture et j'ai verrouillé les portières. Le plus teigneux a balancé un coup de pied dans la carrosserie et son pote l'a tiré par la manche pour qu'il arrête ses conneries. Finalement, ils sont tous rentrés chez eux. Enfin, j'imagine que c'était chez eux.

– C'était où ? Vous vous souvenez du nom de la rue ?

– Non. Là, vous m'en demandez trop. Mais c'était à peu près là où je les ai trouvés, dans cette rue où je n'avais aucunement envie de m'éterniser. J'ai fini par démarrer ma bagnole et j'ai filé sans demander mon reste. Quand je suis rentré au journal, j'ai développé la photo et je me suis dit qu'elle était particulièrement réussie, alors je l'ai donnée au rédacteur en chef. Je ne pensais pas que je la reverrais des années plus tard à la une du *Sun*…

Fergus remercia le photoreporter et appela la capitaine Doherty pour l'informer de son intention d'aller voir ce qu'était devenu le coin de rue où les gamins avaient été photographiés. Molly le rejoignit aussitôt après avoir pris congé de Ben Wellington et ils prirent la direction de Moss Side.

Vingt minutes plus tard, le lieutenant Pennycook garait la Vauxhall rouge sur le trottoir de Maine Road, le long de ce qui était autrefois le stade de Manchester City. L'enceinte sportive avait depuis longtemps laissé place à un lotissement de petites maisons blanches qui, il y a près de vingt ans, avaient dû apparaître modernes et accueillantes. Perpendiculairement à Maine Road, quatre rues étaient susceptibles d'avoir servi de décor à la photo affichée à la une du *Sun* : Beveridge Street, Wansford Street, Wykeham Street et Lowthorpe Street. Il y avait déjà bien longtemps, ces quatre artères avaient eu pour seul horizon ce stade de football imposant, ce géant endormi qui se réveillait avec bruit et fureur une fois toutes les deux semaines.

Molly et Fergus passèrent devant chacune de ces rues en essayant de reconnaître celle de la photo. Mais c'était beaucoup plus compliqué qu'il y paraissait : elles se ressemblaient toutes. Elles n'étaient qu'une succession de petites maisons collées les unes aux autres, construites sur le même modèle, sans aucune rupture, sans aucune variation. De chaque côté du ruban de bitume, il y avait comme deux remparts de brique rouge avec des portes et des fenêtres tous les deux mètres, le tout recouvert d'une toiture commune à toutes ces habitations.

Le lieutenant Pennycook s'abîmait les yeux sur la photo du *Sun*, relevait la tête pour observer le décor, faisait trois pas en avant, deux en arrière, se retournait. La capitaine Doherty eut l'idée de chercher sur son téléphone une représentation de la façade du stade, pour y trouver des points de repère. Mais l'enceinte de Maine Road était elle-même très uniforme ; Molly parvint tout juste à déduire que la rue qu'ils cherchaient n'était pas celle qui débouchait sur l'entrée principale du stade ; celle-ci disposait d'un auvent qui n'apparaissait pas sur le cliché. Elle élimina donc Wykeham Street qui partait du centre de Maine Road. Mais pour le reste, les enquêteurs manquaient d'indices.

Fergus s'avança sur Wansford Street, l'édition du *Sun* entre les mains, le nez en l'air, visiblement perdu. C'est alors qu'un petit bonhomme un peu rabougri s'approcha de lui.

– Je vous reconnais, dit-il. Vous êtes l'officier qui est venu enquêter sur le trou où on a retrouvé les deux gamins, c'est ça ?

Le lieutenant se retourna, interloqué. Il dévisagea son interlocuteur aux cheveux blancs qui souriait de toutes ses rides d'expression.

– Je m'appelle Gary Oldham, continua le petit bonhomme. Comme je vous le disais l'autre jour, ça fait cinquante ans que j'habite dans le quartier et ça fait au moins autant de temps que je suis un supporter de Manchester City. On s'est croisés samedi dernier, quand vous êtes venus dans le coin, avec votre collègue.

Molly s'invita dans la conversation.

– Oui, je me souviens de vous, dit-elle. Bonjour, monsieur, je suis la capitaine Doherty et voici le lieutenant Pennycook. On peut vous être utile à quelque chose ?

– J'ai plutôt l'impression que c'est moi qui pourrais vous être utile. Vous m'avez l'air un peu perdus dans le quartier.

– Pas faux. J'ai jamais vraiment eu ni le temps ni l'envie de traîner dans le coin, dit Fergus. On cherche une rue qui donnait sur l'ancien stade.

– Elle donnaient presque toutes sur Maine Road, lieutenant. C'était le cœur battant du quartier, autrefois. Comme une cathédrale païenne.

Fergus tendit alors la une du *Sun* à Gary Oldham. « C'est celle-ci que nous cherchons », dit-il. Le vieil homme plissa les yeux et le nez, chaussa ses lunettes.

– En effet, vous n'êtes pas au bon endroit… Les gamins qui se bagarrent sur la photo, c'est ceux dont on a retrouvé les corps ?

– Vous n'êtes pas au courant ? demanda Molly. C'est à la une du *Sun*, et je pensais que toute la ville ne parlerait plus que de ça. Il se pourrait en effet qu'il s'agisse de deux de ces jeunes garçons, mais ça mérite vérification, pour le moins. Voilà pourquoi on essaie d'identifier l'endroit où cette photo a été prise. Malheureusement, j'ai l'impression qu'ici toutes les rues se ressemblent…

– Pas quand on vit dans le coin depuis des années, croyez-moi. Sur cette image, on voit bien qu'il s'agit de Beveridge Street, au fond. C'est celle qui menait au stade. Mais les gamins se bagarrent de l'autre côté du carrefour, sur Henbury Street. Je reconnais la maison qui fait l'angle, avec la porte rouge. C'est celle de Maggie Duckworth. Elle habite dans le quartier depuis aussi longtemps que moi, depuis qu'un bateau l'a déposée sur nos côtes en provenance de Trinité-et-Tobago.

Gary Oldham invita les enquêteurs à le suivre. Ils marchèrent quelques instants au rythme de sénateur du petit bonhomme ; puis ils se postèrent au carrefour, là où Beveridge Street devenait Henbury. Gary fit encore quelques pas, puis se retourna.

– Voilà. C'est ici qu'elle a été prise, votre photo.

Le lieutenant Pennycook compara avec le cliché du *Sun* : la perspective était bien la même, l'ordonnancement des maisonnettes n'avait pas changé depuis près d'un quart de siècle. Seul le stade avait disparu.

– D'après celui qui a pris la photo, les gamins habitaient quelque part dans cette rue. Ça vous dit quelque chose ?

– Ça, je peux pas vous dire. Des sales gosses comme ça, j'en ai vu défiler des centaines, dans le quartier… Mais Maggie, elle, elle doit savoir.

Gary alla sonner au numéro 1 de la rue. C'était une maisonnette qui semblait un peu mieux entretenue que les autres, avec des briques fraîchement recouvertes d'une peinture ocre qui tranchait avec le blanc des fenêtres.

Au bout de cinq interminables minutes, la petite porte rouge s'ouvrit lentement sur Maggie Duckworth. Elle n'était pas bien grande, elle non plus. Des cheveux crépus blancs et courts sur une peau d'ébène, d'immenses lunettes qui lui mangeaient le visage, une robe rouge à pois qui allait parfaitement avec sa porte d'entrée ; Maggie était une sexagénaire plutôt coquette, qui avait pris le temps de mettre un trait de rouge à lèvres avant d'ouvrir à ses visiteurs.

Son visage s'éclaira en découvrant celui, souriant, de son interlocuteur.

– Bonjour, Gary. Que me vaut ta visite ?

– Bonjour, Maggie. Je te présente ces deux officiers de la police de Manchester. Ils ont des questions à te poser.

Miss Duckworth se raidit un instant en réalisant que la police venait chez elle pour l'interroger. Mais Molly la rassura en la saluant d'un large sourire.

– On ne vous dérange pas longtemps, madame, juste le temps de vous demander si vous avez connu les garçons qui sont sur cette photo, à la une du *Sun*.

Fergus tendit le quotidien, mais Maggie n'eut pas besoin de l'examiner.

– Oui, je l'ai vue aussi, cette photo. Je lis ce journal depuis toujours, alors vous pensez si ça m'a surprise de voir ma rue et ma maison en première page. Quant aux garçons qu'on voit là-dessus, je les connais. Enfin, pas tous : celui qui fait un geste obscène, je me souviens de l'avoir croisé à l'époque mais je ne le connaissais pas vraiment. Celui qui est derrière, c'est Billy ; lui je l'ai bien connu, à une époque.

– Ah oui ? Qu'est-ce que vous pouvez nous dire sur ce Billy ? Vous vous souvenez de son nom de famille ?

– Euh… Attendez… Non, je suis désolée, ça ne me revient pas. Ça fait si longtemps, vous comprenez. Ce que je peux vous dire, c'est que c'était un gentil garçon. Il habitait à deux rues d'ici mais il venait jouer au foot dans le coin, avec les autres. Un jour, il a envoyé son ballon dans ma fenêtre et il a brisé un carreau. Eh bien, au lieu de s'enfuir comme aurait fait n'importe quel garnement, il est venu s'excuser et m'a proposé son aide pour réparer la fenêtre. Il ne pouvait pas faire grand-chose, le gamin, mais c'était quand même gentil. Et depuis ce jour, à chaque fois qu'il passait dans le coin il ne manquait pas de venir me saluer.

– Il habite toujours ici ?

– Oh non, il est parti depuis longtemps. Quand il a eu seize ou dix-sept ans, je crois, ou peut-être plus. Mais je suis incapable de vous dire ce qu'il est devenu. C'est comme ça dans le quartier, les gens vont et viennent et puis un jour on s'aperçoit qu'ils ne reviendront plus jamais.

Fergus se tourna vers Molly.

– Ça veut dire que ce Billy ne peut pas être l'un des deux cadavres de Moss Side, murmura-t-il. Les victimes n'ont pas vécu au-delà de treize ou quatorze ans, au maximum…

Maggie n'entendit pas la réflexion de Fergus. Elle gardait les yeux rivés sur la photographie.

– Je connaissais aussi les deux qui se bagarrent, reprit-elle. Quels sales gosses, ceux-là. Surtout le petit, une vraie teigne.

– Comment s'appelaient-ils ? demanda Molly.

Maggie resta silencieuse pendant un moment, perplexe, la main sur la joue.

– Eh bien… Je ne me souviens plus de leurs prénoms. Mais ils habitaient dans la rue, c'est sûr. Au numéro 10, un peu plus loin. C'étaient les enfants des Harrison. Pauvres gamins, ils ont quand même pas eu beaucoup de chance dans la vie, ceux-là…

– Pourquoi dites-vous ça ? intervint Fergus. Selon vous, ce sont eux qu'on a retrouvés dans le trou, c'est ça ?

– Ah ça non, je n'en sais rien. Je dis juste qu'ils n'ont pas eu beaucoup de chance parce que leur père, Sean, est parti de la maison sans laisser d'adresse. Un beau jour, il n'était plus là, c'est tout. Et leur mère, Mildred, elle a commencé à boire un peu trop pour oublier sa peine, et elle en est devenue alcoolique. Je crois bien qu'elle s'est suicidée pas longtemps après. Je n'en suis pas trop sûre, mais c'est ce qui se disait à l'époque.

– Et les enfants, que sont-ils devenus ?

– Je n'en sais rien non plus, mademoiselle. Il faut dire qu'après le départ du père, ils ont été un peu laissés à l'abandon, ces gamins, si vous voyez ce que je veux dire. Je ne sais pas ce qui leur est arrivé, je ne pourrais pas vous dire. Ils ont disparu du quartier, avant ou après le suicide de Mildred, je ne sais plus. La maison est restée vide pendant des années. Je crois qu'aujourd'hui encore, elle n'a pas trouvé preneur…

En prenant congé de Maggie et Gary, les enquêteurs allèrent sonner au 10, Henbury Street, à tout hasard. Personne ne répondit. La porte était close, les carreaux de la fenêtre du bas étaient obturés de l'intérieur par des morceaux de carton. La fenêtre du haut était elle aussi fermée mais laissait apparaître de vieux voilages qui pendaient de part et d'autre de l'encadrement.

Molly appela le lieutenant Summerbee pour lui annoncer que sa mission se précisait un peu plus encore. Il lui faudrait désormais chercher dans les archives toutes les occurrences correspondant à Mildred ou Sean Harrison. Et à leurs enfants.

CHAPITRE 22
Duncan & Ryan

Il se réveilla aux alentours de midi, un peu comme tous les jours. Mais il lui était de plus en plus difficile de sortir des brumes d'un sommeil agité où les cauchemars se succédaient, s'entremêlaient, teintés à la fois de colère et de tristesse.

La première vision de sa journée fut celle d'une bouteille vide, couchée sur le parquet inégal. Hier soir, elle contenait encore soixante-dix centilitres de « Thomas Dakin », ce gin distillé à Manchester dans des alambics en cuivre, avec des notes de genévrier, d'agrumes et une touche de chou rouge. Mais à vrai dire, il ne gardait aucun souvenir de la subtilité de ce gin mancunien ; tout ce dont il se souvenait, c'est que les 42 % d'alcool n'avaient pas tardé à l'abrutir et à le terrasser. Thomas Dakin avait remporté le combat haut la main, mais c'était un triomphe sans gloire puisque son adversaire était consentant et n'attendait que la défaite pour qu'on le laisse enfin reposer en paix.

Hélas, la gueule de bois qui n'avait pas manqué de l'accompagner au réveil s'annonçait des plus coriaces. Il lui faudrait faire appel à une chimie lourde pour espérer s'en débarrasser en moins de deux heures, au mieux.

Il s'assit sur le lit et caressa sa guitare, un peu comme tous les jours. Debout sur son stand, débranchée de son ampli, la Stratocaster émit un petit son timide et assurément faux : la corde de sol, encore neuve, avait facilement perdu un demi-ton. Le musicien accorda l'instrument, plaqua les premiers accords de « The Drugs Don't Work », fredonna quelques fragments du couplet d'une voix d'outre-tombe : "*Like a cat in a bag, waiting to drown / This time I'm coming down*"[24].

Puis il se leva et alluma l'ordinateur hors d'âge qui trônait comme un pacha sur son bureau, entre les piles de documents divers et le micro sur pied qui lui servait à enregistrer sa voix fatiguée. Le PC fit un bruit de turbine avant de proposer une navigation décente. En quelques clics, le musicien alla tout de suite à l'essentiel grâce à la connexion wifi empruntée aux voisins : le site internet du *Sun*. Et il y trouva ce qu'il attendait.

Il se contenta de hocher la tête, ne sachant pas vraiment s'il devait se réjouir ou regretter son geste. Puis il se dit qu'il en avait assez de sombrer seul.

---

24. « Comme un chat dans un sac, attendant qu'on le noie / Cette fois je sombre vraiment » (The Verve, 1997).

Il fallait bien que quelqu'un l'accompagne, à la fin. Ou qu'on l'aide à sortir la tête du sac.

Enfin, il se souvint qu'il avait un concert à assurer le soir. Seul sur scène, encore une fois, quelque part dans un pub minable, à chanter des chansons que plus personne ne connaissait et que personne n'écouterait vraiment. Mais il fallait respecter l'engagement, traverser la ville pour aller faire la balance sur une scène à l'acoustique improbable, dans un établissement où la sono serait défaillante et la bière éventée.

Il posa la Stratocaster avec délicatesse sur la doublure en peluche de l'étui Fender, prit soin de prendre un jeu de cordes au cas où, garnit ses poches de médiators. Puis il sortit de cette chambre qui sentait le renfermé depuis… si longtemps.

En posant le pied sur le trottoir, il constata que la météo était à nouveau indigne d'un mois de mai. Il boutonna son manteau.

Puis il releva sa large capuche, qui vint cacher son visage.

***

Stuart Summerbee reposa son téléphone en souriant. Voilà plus de trois jours qu'il avait l'impression de travailler pour rien, à trier des archives pour les écarter aussitôt. Mais ce coup de fil de la capitaine Doherty venait changer la donne et réduisait considérablement la taille de la botte de foin.

Sean et Mildred Harrison, résidant au 10, Henbury Street, avec leurs enfants.

Il avait été facile, pour une fois, de retrouver leur trace grâce aux registres de location. Le bailleur de la petite maison était un ancien habitant du quartier parti s'installer à la campagne, près de Warrington ; pour la somme de trois cents livres sterling par mois, il avait loué son bien à la famille Harrison. À la fin des années 1980, Sean et Mildred avaient donc investi ces cinquante mètres carrés où l'on trouvait tout de même un salon au rez-de-chaussée et deux chambres à l'étage. Le contrat de location avait été résilié fin 1997, quelques mois après le décès de Mildred. Le bailleur avait vainement tenté de retrouver la trace de Sean Harrison pour qu'il continue à lui payer le loyer, mais il avait fini par apprendre que cet homme avait quitté Manchester sans laisser d'adresse, un an avant le décès de son épouse.

En croisant ces informations avec le fichier des personnes disparues, tout s'était éclairé. Stuart était enfin tombé sur la fameuse aiguille dans la botte de foin : le 20 mai 1997, Mildred Harrison s'était présentée au poste de police de son quartier pour signaler la disparition de ses deux enfants, Duncan et Ryan, âgés de douze et treize ans.

Dans sa déposition, Mildred disait avoir laissé ses fils dans leur chambre le dimanche 18 mai au soir, s'être réveillée le lundi au petit matin pour aller travailler sans prendre la peine de vérifier si Duncan et Ryan étaient toujours au lit ; ils avaient l'habitude de se préparer seuls pour aller à la *Ducie High School*. Une fois rentrée chez elle après sa journée de travail à la *Royal Brewery*, Mildred avait attendu ses enfants, en vain. Elle avait bu pour patienter ; un peu, beaucoup. Puis elle s'était endormie. Et comme ils n'étaient toujours pas là à son réveil, elle était allée signaler leur disparition à la police.

Au bas de la déposition, l'agent qui avait reçu Mildred avait cru bon de préciser qu'elle était probablement en état d'ébriété et qu'il faudrait prendre toutes les précautions nécessaires avec le signalement susmentionné.

Cette annotation avait-elle été fatale au dossier ? Toujours est-il que l'enquête n'avait pas été menée avec la célérité que réclamaient d'ordinaire les disparitions de mineurs. Deux mois plus tard, la police s'avouait impuissante et annonçait à Mildred que l'investigation était suspendue en attendant de nouveaux éléments.

Le 23 juillet 1997, folle d'un chagrin qu'elle ne parvenait plus à noyer dans un mauvais whisky, Mildred Harrison se donnait la mort en se coupant les veines dans la baignoire du 10, Henbury Street.

Cette histoire d'une tristesse infinie, Stuart la raconta à la capitaine Doherty lorsqu'elle revint avec Fergus de leur expédition au sud de la ville.

– Beau travail, reconnut Molly. Vous avez essayé de savoir ce que le père était devenu ?

– Comme je vous le disais, il a quitté le foyer un an avant la disparition de ses fils et n'a plus donné de nouvelles. Je ne suis même pas sûr qu'il ait été informé en temps et en heure du drame qui a touché sa famille. Mais il sera difficile d'en savoir plus à son propos : d'après mes recherches, Sean Harrison est décédé en 2004 sur un chantier offshore, au large du comté de Norfolk. Il se trouvait dans une nacelle qui a basculé accidentellement dans le vide ; la chute de plus de vingt mètres lui a été fatale. À ma connaissance, il avait déjà perdu ses parents, tout comme Mildred, et ils étaient enfants uniques, l'un et l'autre. Ça veut dire qu'il n'y a plus un grand-père, une grand-mère, pas même une tante ou un oncle pour nous raconter l'histoire de ces pauvres gamins.

Fergus écouta avec attention avant de poser la question qui s'imposait.

– Est-ce qu'on va trop vite en besogne si on déduit de tout ça que les cadavres retrouvés samedi dernier sont bien ceux de Duncan et Ryan ?

– On n'a pas d'identification formelle, répondit Molly. On n'a qu'un faisceau de présomptions : un homme mystérieux qui assure que les deux cadavres font partie du petit groupe représenté sur une photo, une vieille dame qui pense reconnaître deux enfants du quartier sur le cliché, et la disparition inexpliquée de Duncan et Ryan. Ce ne sont que des présomptions relatives, loin d'être irrécusables. Il n'y a aucune preuve solide qui puisse nous permettre d'être catégoriques.

– Oui mais quand même, reprit Stuart. C'est une piste qui a l'air extrêmement sérieuse. Il nous est arrivé de partir bille en tête sur la base de présomptions beaucoup plus bancales, croyez-moi.

– Et il nous est arrivé de nous planter lamentablement, lieutenant Summerbee. Mais vous avez raison, cette histoire semble tenir la route. Et vous savez quoi ? On va la faire connaître, on va la médiatiser. Fergus, rappelez votre contact au *Manchester Evening News* et racontez-la, cette histoire. On va bien voir si ça fait réagir ici ou là, si quelqu'un se manifeste pour éclairer une ou deux zones d'ombre.

– Ok, boss. Ça va nous permettre de reprendre la main et de couper l'herbe sous le pied de ce connard de Wellington.

– Je ne l'aurais pas dit comme ça, mais c'est un peu l'idée, oui, dit Molly en souriant.

Puis elle se retourna vers Stuart.

– Une dernière chose, lieutenant. Que savez-vous du 10, Henbury Street ? On y est passés tout à l'heure, la maison semblait abandonnée.

– Eh bien, le bail des Harrison a donc été résilié à la fin de l'année 1997. Par la suite, le bailleur me dit qu'il a un peu laissé tomber l'affaire, parce que la maison était devenue insalubre et qu'il aurait fallu engager des travaux importants pour la remettre en location. Et puis c'était aussi la maison d'une suicidée ; ça faisait fuir tout le monde, vous comprenez. Bref, il y a quelque temps, il a finalement consenti à la confier à un site de location un peu *low cost* qui s'appelle OpenRent. Ce sont des agents immobiliers qui font tout à distance et qui ont placé le prix beaucoup trop haut : mille livres par mois, c'est un peu cher pour un taudis, tout de même. Résultat des courses, ça fait trois ans qu'elle est sur le marché et personne n'en veut. Personne ne veut même prendre la peine d'aller la visiter.

– Ah oui ? intervint Fergus. Eh bien moi, même si elle est insalubre, j'ai sacrément envie d'aller voir à quoi elle ressemble…

***

Ben Wellington hurla dans le lobby du Midland.

Lui, la star des journalistes de la presse à sensations, le pape du *gossip* et des révélations fracassantes, venait de se faire doubler par un torchon local : le misérable *Manchester Evening News* dont le tirage peinait à dépasser les vingt mille exemplaires, à des années-lumière des chiffres du *Sun*[25] !

Ben Wellington était tombé sur l'édition du soir du quotidien local et n'en avait pas cru ses yeux. À la une était reproduite la photo parue le matin même dans le *Sun*, mais elle était de bien meilleure

25. En mars 2020, juste avant que ses dirigeants décident de ne plus publier les chiffres, *The Sun* tirait à 1,2 million d'exemplaires.

qualité, et pour cause : l'originale appartenait au journal mancunien, qui avait dû l'exhumer de ses archives. Mais le pire, c'était la titraille, « *R.I.P. Duncan & Ryan* », et la colonne de texte qui accompagnait la photo. On y apprenait que les enquêteurs de la police locale avaient probablement identifié les deux cadavres de Moss Side. Selon eux, il s'agirait de Duncan et Ryan Harrison, deux frères de douze et treize ans, disparus en mai 1997 dans des circonstances encore inexpliquées. Pour appuyer le propos, un cercle rouge avait été dessiné sur le cliché afin d'orienter le regard vers les deux garçons en train de se bagarrer. Vers Duncan et Ryan.

Ben Wellington lâcha un nouveau juron dans le silence du lobby. Tous les clients de l'hôtel se retournèrent et observèrent le journaliste se consumer dans une rage inextinguible.

« Cette petite salope de Doherty, grinça-t-il. Elle a profité de mon scoop pour faire avancer son enquête minable, et puis elle a tout balancé à la concurrence. »

Wellington se leva et balança l'édition du *Manchester Evening News* en crachant une dernière goutte de venin : « Elle va me le payer, la rouquine. »

TROISIÈME PARTIE

CHAPITRE 23
La Stretford End

Manchester, le 11 mai 1997.

Pour une fois, Ryan, Jake et Billy savaient très bien où était parti Duncan. Il n'était pas avec eux parce que c'était son jour de football à lui : en ce deuxième dimanche de mai, les tout-puissants Diables Rouges de Manchester United s'offraient une dernière sortie à domicile, histoire d'imposer un peu plus leur écrasante domination sur le championnat d'Angleterre.

Un peu avant dix-sept heures, Duncan passa le tourniquet de la porte W12, l'une de celles qui menait à la « Stretford End », la tribune des supporters les plus remuants du stade. Située à l'ouest de l'enceinte, cette tribune symbolisait le cœur vibrant d'Old Trafford. Dans la Stretford End, il n'y avait que des passionnés, des fanatiques ; c'est là que l'on trouvait la plupart des membres de la *Red Army*, cette association de supporters bruyants et virulents, toujours exigeants. Seuls deux joueurs de l'histoire du club eurent l'incommensurable honneur d'être proclamés « *Kings of Stretford End* » : Dennis Law, pour son record de buts inscrits dans les années 1960 et 1970, et le Français Éric Cantona, pour le charisme insensé qu'il exerçait sur chacun des fans de United, voire sur la plupart de ses partenaires et adversaires.

Le cœur en fête, Duncan s'installa parmi cette foule joyeuse, au milieu des cinquante-cinq mille hommes, femmes et enfants qui célébraient déjà le titre de champion acquis quelques jours plus tôt. Car Manchester United était déjà assuré d'être sacré depuis que ses principaux rivaux, Liverpool et Newcastle, avaient manqué l'occasion de s'imposer dans leurs matches respectifs. Alors cette dernière opposition de la saison, face aux *Hammers* de West Ham, c'était un peu la cerise sur le gâteau. Une rencontre sans enjeu, sans pression ; une occasion unique de faire la fête sans avoir à trembler pour un résultat.

Duncan n'était pas seulement heureux parce que son équipe serait bientôt couronnée. Il se réjouissait aussi d'être enfin accepté au sein des « Jibbers », ce groupe de supporters remuants et parfois violents, la famille que le gamin de Moss Side s'était choisie. Dieu sait s'il en avait rêvé, de s'installer avec eux dans ce coin de la Stretford End ; il en avait rêvé, de chanter avec eux, de hurler avec eux, de faire peur aux adversaires, comme eux. Car ces *InterCity Jibbers* ne formaient pas un groupe de supporters comme les autres, loin de là. Ils représentaient une faction de la *Red Army* redoutée par tous, de celles que l'on classait sans hésiter parmi les bandes de hooligans les plus dangereuses, les plus incontrôlables du pays. Duncan le savait, mais il faisait mine de ne pas être tout à fait au courant. Et puis ça lui plaisait bien, au fond, de se retrouver parmi les méchants. Pas forcément parce qu'il aimait la baston mais parce qu'il n'attendait que ça, de se sentir enfin tout-puissant, de ne plus être le pauvre gamin de Henbury Street, sans père et sans avenir.

Voilà plusieurs semaines qu'il lorgnait ce groupuscule dont la sombre réputation était parvenue jusqu'à ses oreilles. Il avait tenté plusieurs fois de se rapprocher d'eux, maladroitement tout d'abord. Puis il avait compris qu'il lui faudrait prouver sa valeur et démontrer qu'il était digne d'être accepté parmi les Jibbers. Deux semaines plus tôt, alors que les Diables Rouges recevaient les *Magpies* de Newcastle, Duncan s'était offert un joli coup d'éclat. Juste avant le début du match, les supporters adverses avaient prévu de déployer un message d'une grande finesse dans la partie de tribune qui leur était attribuée : chacun devait porter une lettre géante, de sorte que l'ensemble forme les mots FUCK MAN UTD. Las, lorsque tous ces supporters se mirent en action, il manquait une lettre essentielle.

De l'autre côté du stade, Duncan se retourna alors vers le groupe des Jibbers en leur montrant sa prise de guerre. C'est lui qui avait chipé la lettre F.

Depuis, deux des leaders du groupuscule avaient pris le gamin sous leur aile. Il y avait Nigel, grande gueule au crâne rasé, toujours habillé d'un bomber noir. Un petit bonhomme râblé, teigneux, qui ne rêvait que d'une chose : en découdre avec la terre entière. Et puis il y avait Colin, un type à la stature imposante, le regard sombre derrière ses lunettes de soleil, un taiseux qui en imposait par sa simple présence. Il n'avait rien dit quand Nigel lui avait parlé du gamin qui venait de s'illustrer en ruinant les efforts des supporters de Newcastle ; et son silence avait valu approbation.

C'était ainsi que le jeune Duncan Harrison, treize ans et onze mois, était officiellement devenu un membre des *InterCity Jibbers*. On lui avait donné l'insigne officiel de cette association de malfaiteurs : un badge qui représentait le logo des trains Intercités, composé de deux flèches en sens opposés, et qui portait la devise des Jibbers : *"To pay is to fail"*, « payer, c'est échouer », car chacun des membres s'enorgueillissait de ne jamais avoir payé le moindre billet de train. Depuis ce jour, Duncan s'était enfin senti devenir adulte. Parce qu'on lui faisait confiance, parce qu'on l'avait adopté au sein d'un groupe où il était difficile de se faire une place. En contrepartie, il avait promis de se consacrer entièrement à cette nouvelle famille, celle des hooligans en rouge, redoutés un peu partout dans le pays. Ça tombait bien : lui aussi avait envie de voyager à travers le royaume pour soutenir les couleurs de United et en découdre avec les supporters adverses. À ses yeux c'était ça, la vraie vie ; celle qui donnait des ailes.

Très vite, Nigel avait fait comprendre à Duncan qu'il pourrait tirer bien d'autres bénéfices de son entrée chez les Jibbers. Car cette organisation ne se contentait pas de semer le désordre autour des matches : c'était un véritable gang qui volait dans les usines et les entrepôts, gérait l'un des plus importants trafics de drogue à travers la ville. De quoi se faire pas mal d'argent, avait assuré Nigel, l'incitant à participer d'une manière ou d'une autre à ces activités « parallèles ». Duncan avait hésité, mais il savait également que le maigre salaire de sa mère ne suffisait guère à subvenir à leurs besoins depuis que son père les avait abandonnés. Alors il avait accepté de donner un coup de main.

Voilà pourquoi Duncan était heureux, en cet après-midi de mai, même si la saison de football touchait à sa fin. Car il n'était plus seul, enfin. Il n'était plus perdu dans ce monde mal foutu, accompagné d'un petit frère exaspérant et d'une mère alcoolique.

Duncan sourit à Nigel et Colin, ses nouveaux grands frères, puis il se retourna vers le terrain afin d'admirer une nouvelle fois le joueur qu'il idolâtrait : Éric Cantona, cet attaquant français arrivé à Manchester sans faire de bruit, cinq ans plus tôt. Cantona le « King », indésirable dans son propre pays mais devenu légende au royaume d'Angleterre, en l'espace de quelques saisons éblouissantes. Un personnage hautain, taiseux, économe de ses sourires, philosophe dans ses déclarations ; un joueur qui faisait étalage d'un talent qu'on ne croisait que trop rarement sur les pelouses de la Perfide Albion. Et qui avait cette présence, cette allure… On aurait dit un personnage de fiction. Ou un acteur, forcément shakespearien, incarnant un preux chevalier paradant sur la scène du Théâtre des Rêves.

Deux heures plus tard, Manchester United s'imposait par 2 buts à 0 face aux *Hammers* et la cérémonie pouvait débuter. Dans les haut-parleurs du stade, la voix de Freddie Mercury résonna puissamment pour entonner l'inévitable *We Are The Champions*, repris en chœur par les cinquante-cinq mille supporters. Les *Red Devils* se regroupèrent au centre du terrain et Éric Cantona, leur capitaine, le *King of Stretford End*, brandit haut et fort le trophée de la Premier League.

Pour Duncan, l'après-midi était décidément parfaite.

CHAPITRE 24
Le Kids Wall

Manchester, quelques années après le dernier titre de United.

Ce fut une femme qui s'avança la première, un petit bouquet de fleurs à la main. Les autres badauds la regardèrent s'approcher du mur et poser un genou à terre. Un homme l'imita, accompagné de son fils. Puis c'est un adolescent qui fit quelques pas en avant ; il tenait une simple jonquille, sans doute cueillie sur un parterre du centre-ville. Comme les autres, il déposa la fleur au pied du mur de la bibliothèque centrale.

Située sur St Peter's Square, cette *Central Library* était l'un des symboles de Manchester, un monument imposant et majestueux qui reprenait les codes architecturaux du Panthéon de Rome avec ses colonnes et son dôme. À la droite de l'entrée principale, il y avait un mur aveugle adossé à la rotonde, quelques mètres carrés de pierre lisse et immaculée. C'était là qu'un artiste avait choisi de laisser cet étrange hommage nocturne qui commençait à attirer les curieux. Il s'agissait d'une œuvre à la fois très simple et très émouvante, peinte au pochoir dans un style similaire à celui de Banksy, le plus célèbre et le plus mystérieux des *street artists*. Mais comme toujours, aucune signature ne pouvait aider à l'authentification de l'œuvre.

À la manière des *Kids On Guns* de Banksy, on découvrait sur le mur les silhouettes de deux jeunes garçons se tenant la main, de dos, debout sur ce qui apparaissait comme un amoncellement d'armes de poing. Le garçon de gauche, le plus grand des deux, portait un maillot rouge ; celui de droite arborait un maillot bleu et tenait un ballon calé sur sa hanche. En lettres blanches sur le fond noir du tas d'armes, on retrouvait le titre du *Manchester Evening News* : *R.I.P. Duncan & Ryan*.

Au bout de quelques minutes, les bouquets de fleurs s'amassaient au pied du mur de la bibliothèque, entourés de petites bougies allumées en plein jour. La rumeur avait enflé lentement dans les rues du centre-ville et même au-delà, jusqu'à Salford, Moss Side, Ancoats et plus loin encore ; on savait désormais qu'une fresque était soudainement apparue sur la façade de la *Central Library* pour rendre hommage à ces garçons que personne ne connaissait mais qui avaient aujourd'hui un nom, une identité. Ainsi, les Mancuniens furent de plus en plus nombreux à passer par St Peter's Square, les uns par curiosité, pour voir l'œuvre de leurs propres yeux, les autres pour se recueillir parce qu'ils sentaient bien que cette histoire touchait la ville en son cœur.

En fin de matinée, le parterre de fleurs coupées s'était avancé de deux ou trois mètres sur l'esplanade, à tel point que les autorités crurent bon de mettre en place un cordon de sécurité et de laisser deux agents en permanence sur le site. On verrait plus tard s'il convenait d'effacer l'œuvre d'art ; mieux valait pour l'heure respecter cet élan populaire qui, pour une fois, était animé d'un sentiment positif. Car il n'y avait pas que des fleurs et des bougies devant la bibliothèque. Il y avait aussi des écharpes rouges, des casquettes bleues, des maillots de foot, des symboles des deux clubs, United et City, qui se côtoyaient sans haine apparente.

À la mi-journée, quelques équipes de télévision se présentèrent sur les lieux, pour tourner des images de la fresque et pour interroger les badauds, qui dans l'ensemble confessaient une émotion non feinte. Comme si l'image représentée sur la façade donnait corps à ce qui n'était jusqu'alors qu'une triste légende urbaine.

Ben Wellington, lui aussi, s'approcha de ce qu'on commençait à appeler le *Kids Wall*, le « mur des gamins ». Il faut dire que la bibliothèque était située juste en face de l'hôtel Midland ; il n'avait donc qu'une rue à traverser pour aller enquêter « sur le terrain », ce qui ne lui arrivait jamais puisque d'ordinaire il lui suffisait d'activer son réseau d'informateurs. Wellington observa les lieux, se gaussa en constatant l'affliction des petites gens qui avaient fait le déplacement, haussa les épaules en découvrant l'amoncellement de ces fleurs qui n'étaient rien en comparaison de celles, mille fois plus nombreuses, qui avaient submergé le palais de Buckingham à la mort de Diana. Le journaliste soupira et se dit qu'il n'y avait pas là de quoi écrire un bon papier. Il lui fallait une autre matière, plus sombre, plus sulfureuse, pour répondre à la surenchère du *Manchester Evening News* et gifler la capitaine Doherty d'un trait de plume.

En parcourant l'assistance de son air hautain, Wellington s'arrêta net.

Là, à quelques mètres de lui, au cœur de la petite foule, il reconnut la capuche.

C'était lui, forcément. Le type qui lui avait donné rendez-vous dans cette ruelle sordide il y avait deux jours. Taille moyenne, faible corpulence, large capuche de laquelle dépassait un menton mal rasé ; c'était lui, à n'en pas douter. Il était là, à contempler le *Kids Wall* parmi les badauds, la tête basse. Il portait un étui de forme rectangulaire, qui pouvait au choix contenir un saxophone, une guitare, une Kalachnikov ou une bombe à fragmentation.

Ben Wellington s'avança, voulut le rejoindre. Il avait encore beaucoup de questions à lui poser ; il savait que le prochain scoop sortirait de cette capuche. Mais il y avait déjà trop de monde sur St Peter's Square, trop de ces gens que le journaliste méprisait et qui pourtant constituaient l'essentiel de son lectorat. Avec leurs bouquets et leur triste mine, avec leurs téléphones portables brandis pour attester de leur présence devant le *Kids Wall*, ils lui bouchaient la route. Wellington s'excusa une fois, deux fois, gâcha quelques selfies, joua des épaules, mais plus il tentait d'avancer, plus la foule se densifiait autour de lui. Il ne put qu'apercevoir la capuche quitter les lieux et se diriger vers le tramway.

Lorsque Wellington finit par s'extraire de cette masse humaine, il était déjà trop tard. Vingt mètres devant lui, les portes se refermaient et le tramway démarrait, direction Deansgate et la banlieue sud de Manchester.

Le journaliste s'approcha tout de même pour voir passer l'engin sous ses yeux. Au travers des vitres, il constata que la capuche le fixait. Il eut même l'impression que cet homme mystérieux lui faisait un signe de la main, comme s'il lui faisait comprendre qu'il l'appellerait prochainement.

***

Dans la forteresse de Carrington, William Jones poussa un ouf de soulagement. Alors qu'il sortait du terrain d'entraînement, on vint le prévenir que Gary Higgins, le patron de la *Premier League*, avait fait machine arrière devant le tollé qu'avait provoqué son idée grotesque de délocaliser le derby de Manchester. Le pauvre avait sans doute imaginé pacifier la situation en proposant de faire jouer le match à Wembley, dans ce stade londonien situé à trois cent cinquante kilomètres de la cité mancunienne. Mais il n'avait fait que raviver les tensions, illustrées par le vif échange entre les deux capitaines des clubs de la ville.

Alors l'idée était officiellement et définitivement abandonnée. Le derby se jouerait bien dans deux jours à Old Trafford, dans un stade où la sécurité serait renforcée à l'extrême. On décuplerait les effectifs des forces de l'ordre en élargissant le périmètre de surveillance à tous les quartiers environnants. Si les supporters voulaient en découdre, ce serait loin, très loin de cet événement qui se devait d'être une fête du ballon rond. Sans craindre une emphase excessive, le communiqué de Gary Higgins évoquait l'épilogue joyeux d'une formidable saison de *Premier League*, une apothéose sportive, un événement familial et bon enfant qui serait suivi par le monde entier et qui ne manquerait pas d'assurer un peu plus la promotion du football anglais.

William Jones n'était pas dupe et savait très bien que de toute façon, les délais étaient trop courts, les impératifs économiques trop importants pour délocaliser ainsi la « finale » du championnat. Il n'empêche, au sein du vestiaire des Diables Rouges, le capitaine savoura cette première victoire avec ses coéquipiers : ce serait bien dans leur stade, dimanche prochain, qu'ils tenteraient de battre leurs voisins de City.

Les joueurs se regroupèrent au milieu du vestiaire, se prirent par les épaules et se promirent de tout donner dans cette quête d'un Graal qu'ils n'avaient jamais approché d'aussi près.

C'est alors que Barney, le responsable de la sécurité de Carrington, vint les rejoindre ; il était suivi par deux des vigiles du centre d'entraînement. Chacun comprit qu'il se passait quelque chose d'anormal. Barney ferma le vestiaire à clé puis se retourna vers l'équipe, le visage grave et le souffle court.

– Je vais vous demander de rester ici un petit moment, dit-il. Il se passe des… des événements autour du centre et je ne voudrais pas qu'il vous arrive quoi que ce soit. Ça ne devrait pas durer très longtemps, la situation est sous contrôle, mais je préfère que vous restiez là, avec les vigiles. Ici, vous ne craignez rien.

– Des « événements » ? s'étonna William Jones. Soyez plus précis, Barney. Il se passe quoi, exactement, à l'extérieur ?

Le responsable de la sécurité hésita. Il semblait gêné, comme s'il avait une faute à confesser. Il pensait également qu'il fallait en dire le moins possible dans le but de protéger les joueurs. Mais le regard insistant du capitaine des Diables Rouges lui fit comprendre qu'il valait mieux les tenir informés.

– Il y a que… une dizaine de supporters de City se sont introduits dans l'enceinte du centre d'entraînement. Je sais, c'est une grande première, ça n'était pas censé arriver, mais…

– Mais la « forteresse » de Carrington n'est donc pas imprenable, c'est ça ?

– Euh… C'est-à-dire qu'ils sont passés par le fond du domaine, derrière les terrains annexes. Ils ont découpé le grillage, ils ont longé les arbres et ils sont arrivés par l'académie.

– Et maintenant, ils sont où ?

– Ils ont… forcé le passage du bâtiment principal. Et ils se baladent à l'intérieur, dans les salons, la salle de fitness, il y en a même un qui a plongé dans la piscine.

– Quoi ? Mais ils sont juste à côté d'ici, alors ?

Au moment précis où William Jones prononçait ces mots, des bruits puissants se firent entendre. Il y avait des cris, ou plutôt des hurlements, des coups sur les portes ou sur les murs ; on crut même entendre une détonation qui fit trembler Carrington.

– Ils… ne sont pas très loin, reprit Graham. Mais je vous le répète, la situation est sous contrôle.

– Sous contrôle ? Ça n'est pas vraiment ce qu'on imagine en entendant ce qui se passe dehors ! Est-ce que vous avez appelé la police, au moins ?

– On a été pris de court au début, tout est allé très vite. Mais ça y est, on a prévenu les services de police de Carrington. Ils sont en route et ils seront bientôt rejoints par des renforts venus de Salford.

Dans dix minutes, ils devraient être au centre. Enfin, j'espère.

Barney était blême. Jones se tenait face à lui, poings serrés. Il fixait le responsable de la sécurité pour l'obliger à lui dire toute la vérité sur cette situation qui n'avait pas l'air du tout sous contrôle. Derrière le capitaine de United, la plupart des joueurs s'étaient rassis, prostrés, terrifiés par cette invasion brutale. Entre les silences, le talkie-walkie de l'un des vigiles crachait des ordres incompréhensibles.

Tout à coup, on eut l'impression que la porte du vestiaire explosait. Elle venait de subir comme un coup de bélier qui la fit trembler sur ses gonds dans un bruit terrifiant. Les vigiles s'appuyèrent contre elle pour faire rempart de leur corps. Totalement paniqué, Barney cria aux joueurs de reculer le plus possible, d'aller se réfugier au niveau des douches. De l'autre côté de la porte, on entendit d'autres hurlements, des bruits de coups donnés ou encore le vacarme d'une cavalcade dans le couloir.

Enfin, le silence se fit.

Après quelques minutes de torpeur et de désolation, la voix du talkie-walkie vint enfin libérer tout le monde. Elle annonçait la fin des hostilités, la fuite des envahisseurs. Prenant son maigre courage à deux mains, Barney alla inspecter les couloirs du centre d'entraînement puis invita les joueurs à le suivre.

William Jones fut le premier à sortir du vestiaire. Ce qu'il découvrit alors ressemblait à une scène de guerre. Il n'y avait pas un seul meuble qui fût encore debout. Un extincteur traînait au sol ; c'était celui qui avait été projeté sur la porte, enfoncée en son centre. Sur les murs, on avait tagué les lettres C.T.I.D., *City Till I Die*, à la peinture bleue. Dans les couloirs, dans les salons, dans les salles de fitness régnait un désordre indescriptible.

Le capitaine des Diables Rouges se tourna alors vers ses joueurs :

– N'ayez pas peur d'eux, jamais. Ils n'étaient qu'une dizaine. Ils ne sont rien. Ils ne sont pas l'essence de ce sport. Ils ne peuvent pas, ils ne doivent pas vous empêcher de jouer.

CHAPITRE 25
Le fantôme de Henbury Street

L'agent immobilier attendait, impatient, sur le trottoir de Henbury Street. C'était la première fois en six mois qu'on lui demandait de visiter la maisonnette du numéro 10 ; c'était donc une occasion à ne pas manquer. Il fallait absolument conclure l'affaire et se débarrasser une bonne fois pour toutes de cette verrue qui n'intéressait personne et qui effrayait tout le monde. Cette adresse était devenue une contre-publicité pour OpenRent, cette agence à bas coût qui se voulait tout de même respectable.

Il regardait à droite, à gauche, en attendant l'arrivée des pigeons. L'agent immobilier avait peaufiné son discours, affûté ses arguments. Il mentirait un peu, beaucoup ; pas sur tout. Il mettrait l'accent sur cette formidable opportunité de pouvoir bénéficier d'une véritable maison tout en s'acquittant d'un loyer somme toute modéré, de pouvoir vivre dans une rue calme, dans un quartier qui était destiné à s'embourgeoiser dans les… dix ou quinze années à venir. Il soulignerait l'organisation rationnelle de l'espace, avec ses deux chambres à l'étage, idéales pour un jeune couple avec enfant. Certes, il lui faudrait expliquer que l'intérieur n'était pas dans un état irréprochable, mais il préciserait que le propriétaire ferait un effort sur la première mensualité si toutefois les nouveaux locataires souhaitaient passer un coup de peinture.

Avec quelques minutes de retard, une voiture vint enfin se garer en face de l'adresse indiquée. C'était une Vauxhall rouge de laquelle sortirent une femme, petite et menue, et un homme, grand et massif. Ils n'allaient pas du tout ensemble, se dit l'agent. Mais après tout, il n'était pas là pour juger de l'harmonie des couples ; tout ce qu'il devait voir en eux, c'était l'intérêt qu'ils pourraient trouver à la maison délabrée dont il était censé vanter les mérites.

– Bonjour madame, bonjour monsieur, je suis ravi de vous rencontrer. C'est bien vous que j'ai eus au téléphone ? demanda l'agent avec un sourire parfaitement commercial.

– Non, c'est un collègue qui vous a appelé, à ma demande, répondit Molly.

– Un collègue ? Mais c'est bien vous et votre mari qui cherchez à louer la maison, n'est-ce pas ?

– Pas du tout. Nous souhaitons la visiter, mais pas la louer. Je suis la capitaine Doherty, et le monsieur qui m'accompagne n'est pas mon mari mais le lieutenant Pennycook. Nous sommes ici pour enquêter sur les anciens locataires de cette maison, voilà pourquoi nous avons besoin de jeter un coup d'œil à l'intérieur. Je ne vous cache pas que c'est une enquête de la plus grande importance.

L'agent immobilier resta interloqué, ne sachant s'il devait obtempérer sans sourciller ou s'offusquer de perdre du temps pour satisfaire les désirs de la police locale. Il tenta la seconde option.

– Mais vous auriez pu le préciser, tout de même. Je ne suis pas à la disposition de…

– Dites-vous qu'on est des clients comme les autres, grogna Fergus avec une voix intimidante. Vous nous faites le speech habituel et on va faire semblant de vous croire ; ça devrait pas vous changer de d'habitude. Et si ça se trouve, on va avoir un coup de cœur pour cette jolie petite maison, pas vrai capitaine ?

Molly se contenta de faire la moue en observant la façade défraîchie.

À contrecœur, l'agent immobilier farfouilla dans le jeu de clés confié depuis des lustres par le propriétaire, puis il ouvrit la porte avec plus de facilité qu'il ne l'aurait imaginé.

Une fois à l'intérieur, il abaissa le bouton en cuivre d'un interrupteur antédiluvien. La lumière, crue, jaillit d'une ampoule sans abat-jour.

– Il y a toujours l'électricité ? s'étonna Molly.

– Heureusement ! Si le proprio veut qu'on lui loue sa baraque, il a intérêt à faire en sorte qu'on y voie quelque chose.

Le ton de l'agent avait changé radicalement. Les sourires et les arguments commerciaux étaient restés sur le trottoir.

– C'est une galère à louer, il paraît ? demanda Fergus.

– Franchement ? C'est mission impossible. Regardez l'état dans lequel elle est, cette bicoque. Et puis il paraît qu'une mère de famille s'est suicidée dans la baignoire. Vous imaginez la pub ? C'était il y a une éternité, mais ça continue à refroidir tout le monde, comme si son fantôme se baladait dans le coin. Enfin bon, j'imagine que vous êtes au courant…

Les enquêteurs ne répondirent pas. Molly s'avança, songeuse. En observant cette entrée exigüe, avec l'escalier trop raide situé face à la porte et le salon minuscule directement sur la droite, elle ne put s'empêcher de repenser à la maison de son enfance, de l'autre côté de la mer d'Irlande. Là-bas, dans le quartier enclavé de Short Strand, le long de Harper Street, toutes les habitations se ressemblaient elles aussi ; elles étaient faites de briques rouges, comme à Manchester, mais l'entourage des portes et fenêtres était peint en blanc, ce qui les égayait un peu. Une fois à l'intérieur, on se retrouvait, comme ici, face à un escalier trop raide garni d'une moquette abîmée par les années. Celle du 10, Henbury Street était bien pire encore, usée jusqu'à la corde, arrachée par endroits ; et pourtant, Molly eut l'impression de revenir un peu chez elle. Ou plutôt chez ses parents, dans cette famille où elle n'était plus la bienvenue, pour une raison qu'elle se refusait à comprendre.

– Euh… Je vous fais la visite ou on reste dans l'entrée ? s'impatienta l'agent immobilier.

– Pardonnez-moi, dit Molly, j'étais loin d'ici. Allons-y, s'il vous plaît.

Ils délaissèrent le petit couloir qui longeait l'escalier et entrèrent dans le salon minuscule. Cette fois, l'interrupteur ne leur fut d'aucun secours : l'ampoule du plafonnier avait disparu. Les cartons scotchés à la fenêtre empêchaient la lumière de pénétrer à l'intérieur, alors le lieutenant Pennycook dégaina la lampe torche qu'il avait toujours à la ceinture et balaya la pièce. Elle était vide, sale et poussiéreuse, avec une odeur d'humidité omniprésente ; la moquette gardait la trace des meubles d'autrefois, on distinguait encore l'empreinte des cadres accrochés aux murs.

– Je suis désolé, dit l'agent immobilier, la dernière fois que je suis venu ici, il y avait une ampoule. Bon, c'est vrai que c'était il y a plus de six mois, si je me souviens bien. C'était un petit couple qui voulait la visiter, comme vous. Enfin, un vrai couple, hein. Ils sont entrés dans le salon et ils sont repartis aussitôt en m'engueulant, je n'ai même pas pu leur faire visiter l'étage.

– Six mois, vous dites ? Un de vos collègues est venu plus récemment, non ?

– Ah non, je suis le seul sur ce dossier, malheureusement. Pourquoi ?

– Qui aurait enlevé l'ampoule, alors ?

– Ah oui. Euh, je ne sais pas, c'est curieux en effet.

Une dernière fois, Fergus balaya le salon de sa lampe-torche, puis il retournèrent dans l'entrée et suivirent le couloir jusqu'à la cuisine au fond de la maison. La bonne nouvelle, c'est que cette pièce était éclairée ; la mauvaise, c'est qu'elle était encore plus sale que le reste du rez-de-chaussée. On y trouvait une table en formica et la chaise qui allait avec, un verre vide abandonné dans l'évier. Les feux de la gazinière étaient encrassés et la grille supportait une casserole à la poignée cassée. Le lieutenant Pennycook s'en approcha, renifla.

– Des *beans*. Quelqu'un s'est fait réchauffer des *beans* il n'y a pas si longtemps.

– Comment ça ? demanda Molly.

– Ben, en allumant le feu. C'est des *beans* à la tomate.

– Non, je voulais dire : comment se fait-il qu'on retrouve ça dans une maison qui est censée être inoccupée ?

Les enquêteurs se retournèrent vers l'agent immobilier.

– C'est votre fantôme qui aime les haricots à la tomate ? demanda Fergus.

– Euh… c'est peut-être le propriétaire qui est revenu sans m'en parler, répondit l'agent. Il m'avait pourtant juré qu'il n'y remettrait plus les pieds.

Ils quittèrent la cuisine et grimpèrent à l'étage. Ils s'arrêtèrent devant une première porte, close. Molly l'ouvrit, chercha l'interrupteur et alluma le néon fatigué au-dessus du miroir. Ils se trouvaient dans une salle de bains.

Après s'être habituée à la lumière blafarde, elle contempla cet espace triste et lugubre. C'était là que s'était joué ce drame terrible, il y a si longtemps ; là, dans cette baignoire dont l'eau s'était teintée de rouge pendant de longues minutes, jusqu'à ce que la vie s'échappe totalement du corps inanimé de Mildred Harrison. Molly frissonna en imaginant cette scène pathétique et bouleversante, en songeant au tourment d'une mère incapable de retrouver ses enfants.

Fergus, lui, remarqua autre chose.

– Une brosse à dents dans un gobelet posé sur le lavabo, c'est normal ?

À nouveau, l'agent immobilier ne sut que répondre.

– Et le savon sur le rebord ? Et le shampooing presque vide ? Et le peigne ? Vous êtes sûr que le propriétaire ne revient pas de temps en temps pour... enfin je ne sais pas, moi, mais peut-être qu'il a des choses à cacher à sa femme, si vous voyez ce que je veux dire.

– Il a quatre-vingts ans, le propriétaire, et il est veuf. D'ailleurs, c'est bien le problème : il n'a plus toute sa tête et il s'imagine que tout le monde va vouloir de sa baraque moisie.

– Alors il y a des squatteurs dans le coin, conclut Molly.

Ils revinrent sur le palier, où les attendaient deux autres portes. Derrière la première, ils trouvèrent une chambre vide. On distinguait sur la moquette les traces de deux lits simples, calés de chaque côté de la pièce. Mais ces lits avaient disparu, comme tout le reste du mobilier. Il n'y avait plus là que la moquette sale et deux posters de footballeurs punaisés au mur. Sur celui qui était en meilleur état, on pouvait lire un nom que Molly ne connaissait pas : Uwe Rösler.

Elle se retourna vers Fergus.

– Un joueur allemand, il me semble. Manchester City.

De l'autre poster, on ne voyait que le haut. C'était la photographie d'un footballeur vu de dos, le crâne rasé, avec un maillot rouge. L'affiche était déchirée au niveau des épaules, on ne pouvait donc distinguer ni le nom du joueur, ni son numéro. On voyait bien ses bras, en revanche, car il les levait en signe de victoire dans une posture quasiment christique. Il portait un brassard de capitaine. Et puis le col de son maillot était étrangement relevé, comme s'il était issu d'une sorte de noblesse footballistique.

Fergus devança l'interrogation.

– Éric Cantona. Manchester United. Le but contre Sunderland en décembre 1996. Un une-deux avec McClair, une petite balle piquée pour un lob parfait. C'était à Old Trafford. J'y étais.

La capitaine Doherty sourit en percevant l'émotion sincère de son adjoint.

– On est donc dans la chambre de Duncan et Ryan, dit-elle pour faire revenir le lieutenant Pennycook à la réalité de leur enquête. Hélas, il n'y a plus rien ici. Plus rien qui puisse nous éclairer sur ce qui a pu leur arriver. Je vais faire intervenir les services techniques et scientifiques, mais je doute qu'on puisse trouver quelque chose.

***

L'homme à la capuche sortit du bus qu'il avait attrapé en descendant du tram. Depuis Alexander Park, il dut marcher encore une quinzaine de minutes dans le dédale des rues de Moss Side. Ce trajet était interminable et il pestait à chaque fois qu'il devait aller ou revenir du centre-ville. Mais c'était ainsi. Rien n'était jamais simple, dans la vie qu'il s'était choisie. Ou plutôt : dans cette existence bâtarde qui formait son quotidien depuis aussi loin qu'il s'en souvînt.

Car rien ne lui avait été offert, jamais. Personne pour lui tendre la main. Et surtout pas cet autre connard qui se prenait pour Dieu le Père, mais qui n'avait jamais eu un geste pour lui. En tout cas, pas dernièrement. Ça ne lui aurait rien coûté de l'aider. Que dalle. Et pourtant il n'avait même pas bougé le petit doigt. Avant, oui. Mais là, non. « Il est temps que tu te prennes en charge », il avait dit. Connard.

En râlant contre le monde entier, l'homme à la capuche arriva enfin à destination. Puis il s'arrêta net. Il y avait une lumière allumée au premier étage. Et des ombres qui passaient devant la fenêtre. C'était chez lui, bordel. Enfin, pas vraiment, mais c'était tout comme. Le 10, Henbury Street, c'était son adresse à lui, désormais.

Il regarda à droite, à gauche, pour voir si on l'observait. Il eut envie d'entrer dans la maison pour aller régler leur compte à ces étrangers qui violaient son domicile. Il repensa à ses partitions, à son matériel, à tout ce qu'il avait laissé dans la chambre. Il se félicita d'avoir la Stratocaster avec lui, tout de même ; mais il avait besoin de récupérer l'ampli, sinon elle ne servirait à rien.

Un homme sembla le fixer, depuis la fenêtre de l'étage.

Alors la capuche s'enfuit, à nouveau.

***

– Il y a un mec bizarre dans la rue, s'étonna Fergus. J'ai l'impression qu'il voulait entrer dans la maison.

Molly s'approcha à son tour de la fenêtre, mais l'homme avait disparu.

– Fausse alerte, conclut Fergus.

Ils quittèrent la première chambre et pénétrèrent dans la seconde.

À leur grande surprise, ils y trouvèrent un matelas à même le sol, une couette et un oreiller, un ordinateur posé sur un bureau fait d'une simple planche et de deux tréteaux. Il y avait aussi un micro sur un trépied, un petit ampli Marshall et des piles de documents de chaque côté de la table ainsi qu'au pied du lit. Et puis une bouteille vide gisant sur le parquet.

– Je peux vous assurer qu'il n'y avait rien de tout ça la dernière fois que je suis venu, bredouilla l'agent immobilier.

Molly et Fergus s'équipèrent de gants en latex. Ça n'était pas une scène de crime, mais il était tout de même étrange de découvrir que cette maison, celle de Ryan et Duncan, n'était pas tout à fait inhabitée. Avec précaution, ils commencèrent à examiner les documents éparpillés au sol et sur le bureau. Il y avait des textes manuscrits, des articles de presse et des feuillets qui ne manquèrent pas d'intriguer le lieutenant Pennycook.

– C'est quoi ces trucs ? s'interrogea-t-il. On dirait un langage codé, avec des lignes et des chiffres.

– Ce sont des tablatures, répondit Molly. Vous n'avez jamais fait de guitare ? C'est le système de notation le plus utilisé, je crois. Bref, ce sont des partitions. Notre squatteur est un musicien : les médiators en pagaille, l'ampli, le micro branché à l'ordinateur, tout ça ne laisse aucun doute.

– Vu la crasse de cet endroit, il doit pas être doué, ce type. Ou alors il a pas trouvé la recette magique pour percer dans le métier. Ou bien c'est qu'il biberonne un peu trop pour éviter les fausses notes.

En prononçant ces mots, Fergus ramassa la bouteille et plaça le goulot sous sa narine. « Et c'est avec du gin qu'il a dû prendre sa dernière cuite », conclut-il après une étude approfondie des vapeurs qui se dégageaient encore du flacon.

– Bon, qu'est-ce qu'on fait dans une telle situation ? s'impatienta l'agent immobilier. Moi, il faut que j'en parle au proprio, on peut pas laisser ça comme ça.

– Pour l'instant, vous ne touchez à rien. Tout ce qui est ici pourrait nous être utile. On va sans doute découvrir un nom dans ces documents, une manière de retrouver l'individu qui s'est permis de s'installer dans cette maison vide. Il y a peut-être aussi deux ou trois choses à tirer de cet ordinateur ou de ces textes, si toutefois notre musicien-squatteur a eu l'idée de raconter sa vie dans une de ses chansons, et…

« Oh putain ! »

Molly s'interrompit en entendant l'exclamation de Fergus Pennycook.

Le lieutenant était en train de brasser les piles de feuilles sur le bureau ; il venait de trouver quelque chose en soulevant le clavier de l'ordinateur.

C'était une pièce de métal ronde un peu rouillée, avec de la terre séchée sur les bords.

Elle avait la forme d'une roue à seize rayons.

CHAPITRE 26
Une triste journée

Manchester, le 18 mai 1997. 17 heures.

Le petit peuple des Rouges s'était instinctivement réuni devant le stade.

Il faisait plutôt beau, la température flirtait avec les quinze degrés. Les supporters qui arrivaient sur le parvis d'Old Trafford avaient délaissé les manteaux, les bonnets et les écharpes ; certains avaient revêtu le maillot de Manchester United, bien que la saison de football fût terminée depuis une semaine. Ces hommes et ces femmes avaient une attitude inhabituelle, tant ils semblaient déambuler sans réel objectif, la mine défaite et le regard dans le vide. Ils se croisaient sans se voir, inconsolables, en un ballet étrange qui témoignait de leur mal-être. Certains se retrouvaient pour échanger sur le sujet du jour à voix basse, comme si la situation imposait une sorte de recueillement.

Duncan était présent sur le parvis, lui aussi. Il avait le visage dur et sombre, les mâchoires serrées. Comme les autres, il n'avait rien vu venir et restait incrédule. À sa gauche, un bébé qui pleurait dans les bras de sa mère apportait un peu plus de pathos à cette atmosphère pesante. À sa droite, un homme en maillot rouge se faisait interviewer par un journaliste de télévision, parce qu'il portait une grande feuille de paperboard sur laquelle il avait griffonné un message à la hâte : « Le Roi s'en est allé. Longue vie au Roi. Merci pour tout, Éric. » Face au micro, l'homme n'avait pas grand-chose à ajouter et peinait à développer son propos. Merci pour tout, Éric.

L'annonce était tombée à seize heures. Elle avait été rendue publique par Martin Edwards, le président de Manchester United, et Alex Ferguson, l'entraîneur. Tous deux avaient relayé le message envoyé par Éric Cantona, le joueur français parti en vacances après le titre de champion. Dans ce message, le « King » officialisait sa décision de quitter le monde du football à bientôt trente et un ans, pour pouvoir passer à autre chose : « J'avais toujours prévu de prendre ma retraite quand j'étais au sommet, écrivait l'inimitable *Frenchie*. À Manchester, j'ai atteint le pinacle de ma carrière. »

Pour tous les observateurs, la surprise fut totale car rien n'aurait pu permettre de deviner son intention. Une semaine auparavant, il ajoutait un nouveau trophée à sa collection et son règne était censé se poursuivre : il lui restait une année de contrat. Il était désormais entouré de jeunes joueurs talentueux, Neville, Butt, Scholes et surtout Ryan Giggs et David Beckham ; il aurait pu continuer à jouer au grand frère, à guider ces gamins qui allaient tout rafler sur leur passage. Mais il avait préféré les laisser grandir seuls.

"*It's a... sad day*", « c'est une triste journée », s'était contenté de bredouiller Alex Ferguson. L'entraîneur avait les joues aussi rouges que ses Diables et ne parvenait pas à masquer son désarroi. Lui qui d'ordinaire rayonnait devant les caméras s'était présenté en conférence de presse avec le visage défait, peinant à trouver ses mots, déjà convaincu qu'une page se tournait pour son équipe.

Aussitôt, toutes les rédactions du pays s'étaient focalisées sur l'information, du très sérieux *Financial Times* jusqu'aux plus populistes des tabloïds. Le lendemain, l'annonce ferait à coup sûr la une de tous les quotidiens.

Voilà pourquoi des dizaines de supporters des *Red Devils* affluèrent sur le parvis d'Old Trafford. Ça n'était pas une manifestation. Aucun slogan, aucune revendication ne se firent entendre, aucun mouvement d'humeur ne vint perturber le mouvement. C'était un hommage spontané, une veillée funèbre sans décès, sinon celui d'une passion devenue irrationnelle.

Parmi tous ces gens, Duncan marchait seul. Son visage grave perdait de sa dureté à mesure que les larmes lui montaient aux yeux. Il voulait jouer les durs mais son chagrin était bien plus fort que la posture de *bad boy* qu'il tentait d'adopter. Malgré ses efforts, il n'était rien d'autre que ce jeune garçon de treize ans et quelques mois pour qui le football comptait plus que tout. Cantona était son idole depuis qu'il avait choisi de soutenir les Rouges plutôt que les Bleus, il ne se passait pas une journée sans qu'il pense au *King*. C'était grâce à lui que son club avait retrouvé les sommets, jusqu'à devenir quatre fois champion d'Angleterre en cinq ans. C'était grâce à lui que Manchester United était devenu la plus grande équipe du royaume, celle qui faisait peur à tout le monde. Alors le voir partir comme ça, sans prévenir, c'était un véritable déchirement.

Et puis, aux yeux de Duncan, Cantona était bien plus qu'un footballeur talentueux. C'était un modèle pour la vie : un homme fier, inaccessible, sans concession, un véritable héros des pelouses qui n'avait pas hésité à régler son compte à un odieux supporter[26]. Le gamin n'osait pas vraiment se l'avouer, mais le footballeur représentait une figure paternelle, de celles qui pourraient vous apprendre à jouer au foot ou vous défendre à la sortie du collège. Depuis que son propre père avait disparu du jour au lendemain, Duncan s'était pris de passion pour

26. Le 25 janvier 1995, dans le stade londonien de Selhurst Park, Éric Cantona avait assené un coup de pied à un supporter de Crystal Palace qui l'insultait à sa sortie du terrain.

le numéro 7 de Manchester United. Il aurait aimé le suivre jusqu'au bout du monde ou jusqu'au bout de la rue, il aurait respecté son autorité, il aurait écouté ses silences.

Après quelques minutes, Duncan finit par retrouver dans la petite foule ceux qu'il cherchait depuis le début, ceux qu'il considérait désormais comme ses grands frères : Nigel et Colin, les boss des Jibbers. Ils étaient là, un peu à l'écart, entourés de leurs camarades. Colin restait impassible dans son grand manteau noir, le regard dissimulé derrière ses lunettes de soleil. Nigel, lui, s'agitait comme d'habitude. Il allait et venait entre les membres du groupuscule, avait un mot pour chacun d'eux.

C'est lui qui vit arriver Duncan. Il comprit tout de suite que le gamin avait du mal à digérer la nouvelle du jour. Alors il le prit par l'épaule, ébouriffa sa chevelure et tenta de le réconforter.

– Ça va, petit ? Ça t'a fait un choc à toi aussi, hein ?

– Oui, j'ai pas compris. Ça va faire bizarre de ne plus le voir avec l'équipe.

– T'inquiète, United en a vu d'autres, des numéros 7. George Best, Bryan Robson… Bon, ok, le *King* était un joueur à part. Mais on trouvera bien quelqu'un qui prendra la relève. Tu verrais qui, toi, avec le 7 dans le dos ?

– Je sais pas… bredouilla Duncan. J'ai pas envie de voir un autre joueur avec ce numéro, tu comprends. Ou alors… peut-être Beckham. Lui, je l'aime bien.

– C'est sans doute encore un peu tôt, mais pourquoi pas ? Ça prouve en tout cas qu'il y a de la ressource à United, hein ? Un grand club ne meurt jamais.

Et puis Nigel prit Duncan à part. Il l'éloigna du petit groupe des Jibbers en continuant de le tenir par l'épaule. Le soleil de mai se cacha un instant derrière un nuage sombre, le fond de l'air redevint frais ; on n'était pas encore en été, loin de là.

– Et si je te proposais une petite balade, ce soir ? dit Nigel. Pour te changer les idées. Ça te dirait ?

– Une balade ? Comment ça ? Tu veux aller où ?

– Pas très loin. Au nord de la ville. Ce serait pour une petite opération secrète, juste toi et moi. Faut pas que tu en parles aux autres, hein ? Parce que ça pourrait rapporter un joli paquet d'argent.

– T'as besoin que je fasse le guet quelque part ?

– Non, c'est autre chose. Je t'en parlerai plus tard, si tu es d'accord.

Duncan ne sut que répondre. Il se doutait bien que Nigel lui proposait de participer à un braquage ou à un trafic quelconque. Il savait que les *InterCity Jibbers* ne se contentaient pas de foutre des raclées aux supporters adverses et qu'ils s'adonnaient souvent à ce genre d'opérations, en Angleterre et même dans leurs déplacements en Europe. Duncan savait aussi que s'il voulait vraiment faire partie de leur famille, il fallait accepter de participer à ces…

aventures. Après tout, si ça pouvait lui rapporter quelques billets, pourquoi pas ?

– C'est ok, dit Duncan. On se retrouve où ?

– Génial. Tu dis rien à personne, hein ? Ça pourrait faire des jaloux, tu comprends. Je passe te prendre devant chez toi, ce soir, vers dix heures. Je compte sur toi, gamin.

Resté à distance avec les autres supporters des *Red Devils*, Colin observa cette conversation du coin de l'œil, intrigué.

CHAPITRE 27
L'encadré de la page 3

Manchester,
longtemps après le départ du King.

Comme chaque jour depuis le début de la semaine, Molly retint son souffle au moment de découvrir la nouvelle édition du *Sun*. À chaque fois, elle s'était demandé ce que l'abject Wellington avait encore pu trouver pour lui couper l'herbe sous le pied ou saboter l'enquête dont elle avait la charge. Elle avait rarement été déçue, à vrai dire. La photo des squelettes avec le titre racoleur « *Horror in the grave* », celle du médaillon gitan, la une sur les « *Blue thugs* » qui mettait de l'huile sur le feu qui couvait entre les supporters des deux camps, la révélation sur les quatre gamins photographiés il y a plus de vingt ans… Il ne s'était pas passé un jour sans que Wellington s'invite dans la conversation pour lui compliquer la tâche.

Et puis Molly savait aussi qu'elle n'avait rien fait pour se mettre le journaliste dans la poche, bien au contraire. Elle l'avait infantilisé en lui demandant de se montrer un peu plus responsable au moment de sortir un scoop, elle s'était moquée de lui quand il avait dit vouloir protéger sa mystérieuse source, et pire encore : elle l'avait éconduit lorsqu'il s'était montré un peu trop pressant. Stratégiquement, ça n'était pas très malin, s'était dit la jeune femme a posteriori. Mais c'était ainsi, elle avait sa fierté et un caractère bien trempé ; elle n'était pas du genre à louvoyer pour arriver à ses fins et il ne fallait pas compter sur elle pour s'abaisser à utiliser l'arme de la séduction.

En ce samedi matin, le journal qu'elle tenait dans les mains semblait inoffensif. La une du jour était bien consacrée à l'actualité mancunienne mais on n'y trouvait aucune révélation fracassante. *HATE & TEARS*, « de la haine et des larmes » annonçait le titre en lettres capitales, pour une première page divisée en deux parties égales.

Sur le côté gauche, on trouvait une photo des incidents de Carrington, empruntée à l'un des envahisseurs en bleu qui avait eu l'intelligence de la poster en direct sur son compte Instagram. Le cliché le montrait avec ses camarades, en train de saccager le bureau de l'entraîneur de Manchester United ; l'un de ces hooligans avait même pris place sur le fauteuil du coach, dans une posture qui n'était pas sans rappeler celle de ce partisan de Donald Trump ayant pris possession du bureau de Nancy Pelosi lors de l'invasion du Capitole. La légende de la photographie racontait les événements de la veille en quelques mots et précisait que chacun des personnages présents sur cette image avaient été arrêtés à leur sortie du centre d'entraînement. C'était la partie « *Hate* » du titre de une.

Sur le côté droit de la première page, la partie « *Tears* » faisait référence à l'autre photographie : c'était celle de l'œuvre réalisée sur le mur de la bibliothèque, avec son parterre de fleurs et les visages éplorés des passants venus se recueillir. Un texte mélodramatique accompagnait l'ensemble, pour expliquer que le peuple de Manchester avait souhaité rendre un dernier hommage aux deux garçons disparus, désormais représentés par ces ombres chinoises peintes au pochoir.

Molly parcourut l'article de la page 2 qui développait les accroches de la une. Elle ne trouva cette fois aucune information susceptible de venir contrarier l'enquête. Idem sur la page 3 du quotidien, celle où pendant quarante ans le lecteur avait pu se rincer l'œil en y découvrant un mannequin aux seins nus[27]. Mais cette fois, il n'y avait là rien qui puisse à nouveau embraser Manchester ; la capitaine Doherty en eut un petit soupir de soulagement.

Et puis, tout de même, Molly remarqua un encadré sans photo au bas de la page 3.

Ce fut à cet instant que le soupir devint rictus et qu'elle cessa de respirer.

---

27. Cette tradition controversée fut abandonnée en janvier 2015.

C'était un article qui se rapportait à l'enquête de police avec un angle différent : sans doute un peu vexé de s'être fait envoyer sur les roses, Ben Wellington avait eu l'idée de dresser le portrait… de l'enquêtrice principale. Curieusement, c'était le papier le plus fouillé, le plus travaillé de cette double page consacrée aux événements de Manchester. Le journaliste avait aiguisé sa plume et activé le réseau de ses correspondants en Irlande du Nord, qui semblaient particulièrement bien informés.

Ainsi, sur deux feuillets, il racontait l'histoire cachée de la capitaine Doherty. On y apprenait que la petite Molly était née à la fin des années 1980 à Belfast ; on découvrait qu'elle avait été une enfant espiègle et joyeuse, tout le contraire de l'adulte qu'elle était devenue bien des années plus tard, austère et autoritaire. Wellington révélait surtout qu'elle était issue d'une famille catholique et républicaine installée dans le ghetto de Short Strend, derrière un mur qui séparait ce quartier enclavé de celui des protestants unionistes, majoritaires dans cette partie de la ville. C'était une évidence, écrivait le journaliste, la petite Doherty avait fatalement grandi dans la haine absolue de l'Anglais, qui représentait l'ennemi à abattre. Pour preuve, l'un de ses oncles avait fait partie des leaders de l'IRA, l'*Irish Republican Army*, avant de se retrouver derrière les barreaux de la prison de Crumlin Road et d'y finir ses jours. Le propre frère de Molly, un certain Séamus Doherty, était aujourd'hui considéré comme l'une des nouvelles voix des républicains irlandais, farouchement opposé au projet d'amnistie des soldats britanniques coupables de crimes de guerre pendant les "*troubles*". Un portrait de Séamus accompagnait l'article : on y découvrait le visage de ce jeune homme au regard fier et au sourire ravageur, le poing levé lors d'une manifestation.

Avec une fausse honnêteté, Wellington précisait tout de même que Molly n'avait que dix ans lorsque « l'accord du Vendredi Saint » avait été signé, étape essentielle avant de parvenir à trouver une solution politique à ce conflit nord-irlandais qui avait fait près de trois mille cinq cents morts. Malgré tout, le journaliste s'étonnait que la jeune femme ait eu un beau jour l'idée de traverser la mer d'Irlande pour y intégrer les rangs de la police… anglaise. Car ce n'était pas rien, écrivait-il, de choisir une telle voie quand on était issue d'une famille profondément républicaine, hostile à toute forme d'autorité venue de la couronne britannique. Il fallait être sacrément anticonformiste, poursuivait-il, pour choisir de rejoindre le camp de l'ennemi juré. Aller travailler en Angleterre, pourquoi pas ? Mais dans les rangs de la police, c'était impensable !

Ben Wellington aurait pu s'arrêter là et saluer la belle indépendance d'esprit de la capitaine Doherty, ou bien son absence totale de morale et de fidélité à ses origines. Mais il ne put s'empêcher de rappeler que le contexte actuel était particulièrement tendu, avec ce Brexit qui était venu placer une frontière virtuelle en mer d'Irlande et menaçait de raviver les tensions entre les verts et les oranges, entre les républicains et les unionistes. Le journaliste concluait l'encadré avec une interrogation qui mettait en doute les intentions véritables de la Nord-Irlandaise, ou du moins sa capacité à comprendre les situations locales : était-elle vraiment la mieux placée pour appréhender la situation et mener à bien l'enquête dont elle avait la charge ?

Molly balança l'édition du *Sun* à travers le bureau. Ben Wellington était une ordure, c'était entendu. Mais il avait visé juste. En plein cœur. Il venait de brosser un portrait qui se voulait simplement informatif mais qui, insidieusement, semait le doute chez chacun de ses lecteurs. Sa plume était si diabolique qu'il ne semblait jamais dépasser les bornes ; et pourtant ces quelques lignes menaçaient de démolir tout ce que la jeune femme avait tenté de construire depuis quinze ans.

Et le pire, c'est que toutes les informations révélées par le journaliste du *Sun* étaient vraies ; Molly ne pouvait pas les réfuter. Mais si elle y avait été invitée, elle aurait pu tenter d'expliquer l'inexplicable.

Elle aurait alors raconté que cette lutte entre républicains et loyalistes n'avait jamais été la sienne, qu'elle avait détesté cette jeunesse où il lui avait fallu cacher son appartenance à la communauté catholique, fermer son blouson pour dissimuler le blason de son école. Elle avait détesté tous ceux qui avaient entretenu le mythe de ces héros morts au combat ou dans une cellule de prison. Pour elle, c'était le passé ; elle se devait d'avancer vers une autre vie, débarrassée de ces fantômes belliqueux. Au fil des années, elle avait compris qu'il lui faudrait quitter Belfast pour avoir un avenir digne de ce nom. Voilà pourquoi elle avait traversé la mer d'Irlande. Voilà pourquoi elle s'était retrouvée à Manchester, pour ne plus avoir l'impression de faire partie d'un camp qui s'opposait à un autre jusqu'à l'aveuglement. Pour ne plus avoir à choisir une couleur, le vert des républicains ou l'orange des unionistes.

Avec cette décision, celle qui était devenue *Detective Chief Inspector* à Manchester s'était coupée d'une famille qui n'acceptait pas qu'elle fût passée côté anglais, dans les rangs de la police qui plus est. Son père et son frère ne lui parlaient plus, sa mère l'appelait en secret, jamais très longtemps. Elle était là, cette blessure profonde qui jamais, sans doute, ne se refermerait. Le plus dur pour elle avait été de perdre ce lien qui semblait indéfectible avec Séamus, son grand frère, celui qui avait toujours été là pour elle depuis sa naissance jusqu'à sa décision de quitter Belfast. Dans les premiers temps, Molly s'était dit qu'il finirait par comprendre et qu'ils redeviendraient inséparables, comme autrefois. Mais les années avaient passé et Séamus n'avait jamais daigné répondre à ses appels ; il l'avait même soigneusement évitée les rares fois où elle avait tenté de traverser la mer d'Irlande pour reprendre contact avec les siens.

Aujourd'hui, la rupture semblait irrémédiable ; Short Strend lui avait tourné le dos. Et par la faute de Wellington, voilà que la capitaine Doherty se retrouvait également en porte-à-faux à Manchester. Dans une ville autrefois meurtrie par les attentats de l'IRA[28], les origines de l'enquêtrice pouvaient devenir inquiétantes aux yeux de certains Anglais d'Angleterre.

Lorsque Fergus et Stuart entrèrent dans le bureau, ils comprirent tout de suite que la capitaine avait été touchée par l'article de Wellington. L'édition du *Sun* s'étalait devant la porte, les pages éparpillées sur le sol. Bien sûr, les deux lieutenants avaient lu eux aussi l'encadré de la page 3 ; comme tout le monde à Manchester, probablement.

Stuart n'en avait pas pensé grand-chose. Il s'était juste inquiété pour la capitaine, qui allait se retrouver sous une pression supplémentaire.

Fergus, lui, avait grincé des dents. Dans sa famille, on avait toujours gardé un souvenir douloureux du

---

28. Le 15 juin 1996, l'*Irish Republican Army* fit exploser un camion piégé dans une rue du centre-ville. Alertées par téléphone, les autorités procédèrent à l'évacuation de 75 000 personnes. Mais il y eut tout de même plus de 200 blessés et les dégâts furent considérables.

dernier attentat de l'IRA à Manchester et de la terreur qui s'était ensuivie. Alors forcément, il avait un peu tiqué en apprenant que Molly était issue des milieux républicains de Belfast ; et puis, il ne comprenait pas ce qu'elle faisait là, bon sang, parmi ces flics anglais qu'elle était censée haïr. Bref, le lieutenant Pennycook se posait beaucoup de questions et son air soucieux, son regard fuyant trahissaient son malaise.

Alors Molly prit les devants, sans le moindre préambule.

– Sachez une chose, messieurs. Si ma communauté d'origine se mettait à nouveau à brûler l'Union Jack[29], je m'en désolidariserais immédiatement. Je ne veux plus vivre avec ce conflit larvé, avec ces vieilles haines qui ne demandent qu'à resurgir. Je ne veux plus jamais qu'on me demande si je marche avec les verts ou si je hais les oranges, même si ma famille me renie parce que justement je refuse de choisir entre ces couleurs. Et je ne veux plus jamais qu'on me parle de cette histoire qui n'est plus la mienne depuis des années.

Fergus et Stuart se regardèrent, surpris par la véhémence du propos de la capitaine Doherty. Un long silence s'installa.

C'est Fergus qui choisit de reprendre la parole.

---

29. L'*Union Jack* est le drapeau du Royaume-Uni, qui rassemble les drapeaux de l'Angleterre, de l'Écosse et celui de Saint-Patrick, utilisé par les unionistes nord-irlandais.

– Je ne vois pas de quoi vous parlez, capitaine, dit-il en souriant. Et je vous rappelle que notre enquête est en train de bien progresser, depuis notre charmante visite immobilière. Il serait temps de battre le fer tant qu'il est chaud.

Molly sourit à son tour, ce qui ne lui était pas arrivé depuis trop longtemps, et salua en silence la bienveillance de Fergus. Le chapitre était clos, au moins dans ce bureau.

CHAPITRE 28
Rien qu'un jeu

Les journalistes de tout le pays s'étaient massés dans la salle de conférence du stade d'Old Trafford. On comptait même des représentants de la presse française, allemande, espagnole ou italienne, voire japonaise ou brésilienne, preuve que la portée de l'événement dépassait très largement les frontières britanniques. Dans un peu plus de vingt-quatre heures se tiendrait le derby de Manchester, ce match qui sacrerait le nouveau champion d'Angleterre, et c'est la planète entière qui semblait avoir les yeux rivés sur la ville des Rouges et des Bleus.

La salle de conférence ressemblait à un petit auditorium, avec des rangées de sièges disposées par paliers pour que tous les journalistes présents puissent avoir une vue dégagée sur les intervenants. Tout au fond, une estrade était prévue pour les caméras sur trépied, mais l'espace n'était pas suffisamment large et les cadreurs devaient jouer des coudes pour se faire une place digne de ce nom. Une chaleur de tous les diables régnait dans cette pièce qui n'était peut-être pas prévue pour accueillir autant de monde ; il avait fallu reléguer certains journalistes dans la *press room*, pour qu'ils puissent suivre la conférence par écrans interposés.

L'impatience commençait à gagner les rangs des journalistes accrédités. L'organisation accusait un certain retard, ce qui n'était pas dans les habitudes de la maison.

Enfin, après plus d'une demi-heure d'attente, la porte s'ouvrit sur la mine tendue du *press officer*, l'attaché de presse de Manchester United, suivi par le coach et celui que tout le monde attendait : William Jones. Le capitaine avait revêtu le costume du club, noir avec le logo brodé sur la poche de la veste ; il avait noué une cravate rouge sur une chemise blanche. C'était ainsi qu'il se présentait à chaque fois pour la traditionnelle conférence de presse de veille de match, celle réservée au capitaine de l'équipe et à son entraîneur.

À peine installés, les questions fusèrent. Il fallut toute l'habileté du *press officer* pour canaliser les interventions des uns et des autres. La première fut pour le correspondant du *Guardian*.

– J'ai une question pour William Jones, annonça-t-il. Pouvez-vous nous confirmer que vous étiez bien enfermés à quelques mètres des hooligans qui ont pris d'assaut le centre d'entraînement ? Qu'avez-vous ressenti à ce moment-là ?

Le capitaine des Diables Rouges sembla réfléchir un instant. Il prit une longue inspiration et s'approcha du micro.

– Je vais répondre à votre question. Ce sera la seule et unique fois. Ensuite, je ne m'exprimerai plus à propos de ce qui s'est passé hier. Je ne veux pas donner plus d'importance à ceux qui ont violé ce que nous considérons comme un sanctuaire réservé à l'équipe. Je suis ici pour parler du match de demain et c'est ce qui est le plus important à mes yeux. Mais comme promis, je vous réponds : oui, nous étions tous cantonnés dans le vestiaire, avec les hommes de la sécurité qui contrôlaient la situation. Ça s'est passé à quelques mètres de là où nous étions, à tel point qu'on pouvait entendre les cris et les coups de l'autre côté de la porte. L'irruption de ces pseudo-supporters n'a finalement duré que quelques minutes et pourtant, c'est vrai, certains d'entre nous ont été choqués par la violence de cette intrusion. Comme je vous le disais, il ne faut pas donner plus d'importance à ces imbéciles. L'immense majorité des gens qui vont venir nous voir demain, qu'ils soient vêtus de bleu ou de rouge, sont des supporters tout à fait respectables qui ont la même passion que nous pour ce jeu qu'est le football. Car oui, aussi étrange que cela puisse paraître aux yeux de certains, il s'agit bien d'un jeu. Rien de plus. Rien qui vaille la peine de se battre autrement qu'avec une balle au pied.

À peine William Jones eut-il fini son monologue qu'il subit une nouvelle rafale de questions désordonnées.

– Avez-vous pu voir les assaillants, d'une manière ou d'une autre ? demanda le plus prompt des journalistes.

– Je vous ai dit que je ne répondrais qu'à une seule question à ce propos, dit Jones sur un ton qu'il voulait garder mesuré. Merci de respecter mon souhait et de passer aux questions sur le match, s'il vous plaît.

– Il est difficile d'en faire totalement abstraction au moment d'évoquer le derby, s'insurgea le représentant du *Manchester Evening News*. Pensez-vous que cette agression, puisque c'est bien ce dont il s'agit, puisse avoir des conséquences psychologiques sur les joueurs de United, et notamment les plus jeunes ?

– C'est une possibilité, je ne peux pas le nier, consentit à répondre le capitaine. Comme je vous le disais, certains ont été choqués sur l'instant. Mais tout le monde est parvenu à se remobiliser pour le match de demain et il est hors de question qu'on se serve de tout ça comme d'une excuse.

– Quels sont les bruits ou les cris que vous avez entendus, depuis le vestiaire ? tenta un autre journaliste.

– Je vous ai dit : plus de question sur ce thème, merci.

– Pensez-vous que votre club a une part de responsabilité, puisque manifestement la sécurité du centre d'entraînement n'était pas optimale ?

– Question suivante, s'il vous plaît.

– Est-ce que vous avez craint pour votre vie, quand vous étiez enfermés avec les autres joueurs ? insista un représentant de la presse étrangère, avec un fort accent latin.

William Jones soupira, jeta un coup d'œil à l'attaché de presse, livide, qui s'avouait débordé et incapable de maîtriser la teneur des échanges. Le capitaine lui fit comprendre qu'il n'irait pas plus loin et se leva, s'apprêtant à quitter la salle.

C'est alors qu'une voix plus forte que les autres résonna depuis le fond de la pièce.

– Ben Wellington, pour le *Sun*. Quel est votre regard sur cette image qui est apparue sur le mur de la bibliothèque de Manchester ? Ces garçons dont on a retrouvé les cadavres symbolisent-ils les divisions de cette ville, à vos yeux ?

– Ça n'a rien à voir avec le match de demain ! s'insurgea l'attaché de presse qui commençait à retrouver des couleurs.

Mais William Jones s'arrêta net. Il resta pensif pendant quelques secondes puis se pencha vers le micro sans se rassoir pour autant.

– Non. À mes yeux, ils symbolisent plutôt la communion des habitants de cette ville. Ces deux victimes avaient chacune un maillot d'une couleur différente, mais leur sort est identique et les

Mancuniens qui sont allés se recueillir sur St Peter's Square ne s'y sont pas trompés. Je ne sais pas pourquoi quelques âmes malintentionnées se sont servies de cette macabre découverte pour nous monter les uns contre les autres. Ça n'a aucun sens. Je pense au contraire qu'il serait bon de rendre hommage à Duncan et Ryan, demain, avant le match qui opposera les deux clubs de la ville…

***

L'homme à la capuche posa son étui à guitare, dépité. Face à lui, le patron du pub où il devait jouer ce soir était pour le moins courroucé.

– Tu n'as pas pris ton ampli ? Mais comment veux-tu qu'on fasse la balance si tu peux pas brancher ta guitare ?

– Vous n'en avez pas un pour me dépanner ? Il y a des pubs où la sono est déjà installée, il n'y a plus qu'à sortir le jack !

– Oui, eh bien pas chez moi. Tu as vu la scène ? Elle fait trois mètres carrés, à tout casser. C'est pas pour les Rolling Stones, c'est pour les gamins qui débutent ou pour des losers comme toi qui galèrent à trouver des endroits pour jouer leur musique. Alors ils viennent avec leur matos, ils plaquent leurs quatre accords, ils font passer le chapeau dans l'assistance et ils repartent avec le tout. Tu sais comment ça marche, depuis le temps, pas vrai ? Et il est où, ton ampli ?

– Il est resté chez moi.

– Eh ben retourne chez toi et va le chercher, c'est quand même pas compliqué !

– Si, c'est un peu compliqué, justement…

Le musicien ôta sa capuche et tenta vainement de remettre ses cheveux en ordre. Le patron du pub eut un mouvement de recul : le type en face de lui n'avait pas dû prendre de douche depuis un bon moment.

– C'est quoi ton problème, mon pote ? demanda le patron.

– Mon problème, c'est qu'il y a des gens chez moi, en ce moment. Enfin, d'abord c'est pas vraiment chez moi, hein. Mais bon, c'est tout comme.

– Et c'est qui, ces « gens » ? Des squatteurs ?

– Non, c'est… la police scientifique, je crois. Il y avait marqué *Forensics* sur leurs blouses. Et puis il y a aussi deux agents qui restent en permanence en bas, dans leur bagnole.

– C'est quoi ce bordel ? T'as des ennuis avec la police ?

– Non, non, pas du tout ! Enfin, je ne pensais pas, jusqu'ici. Mais disons que je ne peux pas trop rentrer chez moi en ce moment, c'est ça le problème. Et donc, vous n'avez pas d'ampli pour moi, alors ?

Le patron du pub regarda le musicien avec un air désespéré.

– Non, je n'ai pas d'ampli. Et pour tout te dire, je ne pense pas que ce soit une bonne idée que tu joues chez moi ce soir. Tu ressembles plus à un clochard qu'à autre chose, tu pues l'alcool et la gerbe. J'ai pas envie que tu me fasses une publicité dégueulasse.

– Vous me virez alors ?

– Tu peux rester un peu. Si tu veux, je t'offre le café ou un verre de bière, mais je te conseille de laisser ta guitare dans son étui. De toute façon, sans ampli, elle ne sert à rien, ta gratte.

Le musicien s'effondra sur une chaise en se prenant la tête à deux mains. À ses côtés, la « Stratocaster de David Gilmour » était tout à fait inutile, c'était une évidence. Après quelques secondes de torpeur, l'homme eut tout de même une réaction d'orgueil.

– Mais moi je comptais sur cet argent ! Comment je vais faire, maintenant ?

– Tu ne veux pas que je te file du pognon, non plus ? Et puis de quel argent tu parles ? Si tu avais pu jouer ce soir, tu te serais fait combien ? Dix livres, vingt livres ? Les gens ici sont généreux mais ils ne roulent pas sur l'or, tu sais.

L'homme remit sa capuche, prit son étui de guitare et se releva, décidé.

– Est-ce que je peux emprunter votre téléphone, au moins ?

– Oui, mais pas question de passer un coup de fil à l'étranger, hein ? Tu veux appeler dans quel coin ?

– Vous inquiétez pas, c'est à Manchester. L'hôtel Midland.

CHAPITRE 29
No Future

Sur le mur vide de leur bureau, la capitaine Doherty et le lieutenant Pennycook avaient affiché les trouvailles rapportées du 10, Henbury Street. Au centre du tableau, Fergus avait positionné la photographie du médaillon qu'il avait trouvé sous le clavier d'ordinateur ; l'original restait entre les mains de la police scientifique. Tout autour, il avait disposé les documents, textes, partitions et articles de presse.

Molly prit un peu de recul pour contempler l'ensemble. Elle semblait réfléchir à haute voix.

– Bien. Premier constat : le pendentif trouvé sur place ressemble à s'y méprendre à celui dont Wellington a diffusé la photo dans le *Sun*, celui qui a prétendument été retrouvé entre les deux cadavres. Soit c'est le même, soit c'est une réplique à l'identique.

– Je crois qu'il n'y a aucun doute, surenchérit Stuart. L'objet que vous avez rapporté est bien celui qui s'est retrouvé dans le journal. J'ai observé les deux clichés à la loupe, et les médaillons ont les mêmes défauts, ici et là.

– Phelan est sur le coup, ajouta Fergus. Il fait analyser les restes de terre nichée entre les rayons de métal. Ça devrait nous permettre d'établir si cet objet est bien resté plus de vingt ans dans la boue de Moss Side, comme les corps de Duncan et Ryan.

– J'espère qu'il ne va pas mettre une semaine à nous donner les résultats, reprit Molly. Si on pouvait faire avancer l'enquête dans les heures qui viennent, ce serait mieux pour tout le monde, y compris pour nos amis footballeurs qui aimeraient bien jouer leur dernier match dans un contexte un peu plus serein. De notre côté, il faut qu'on parvienne à identifier le squatteur de Henbury Street, ce musicien qui nous a laissé un *songbook* en pièces détachées et d'autres documents plus ou moins importants. J'attends également qu'on me fasse parvenir ce que les techniciens ont pu récupérer sur son ordinateur.

Stuart s'approcha du mur et commença par analyser les coupures de presse.

– Votre squatteur a gardé chacun des articles qui traitaient des cadavres de Moss Side, ceux de Wellington évidemment mais également ceux du *Manchester Evening News*, depuis la découverte des corps jusqu'à la révélation de l'identité des gamins. S'il avait voulu nous faire comprendre qu'il y avait un lien entre lui et cette affaire, il ne s'y serait pas pris autrement.

– Je ne pense pas qu'il ait voulu nous faire comprendre quoi que ce soit, grogna Fergus. Pour lui, c'était comme des trophées, des preuves qu'il a interféré d'une manière ou d'une autre avec cette histoire. En balançant à la presse une photo du médaillon, par exemple.

– Ou en donnant celle des quatre gamins à Wellington, ajouta Molly. Il y a de fortes chances que ce type soit l'informateur anonyme du *Sun*.

– Si c'est bien lui, alors c'est un abruti, capitaine. Pardonnez-moi, mais il aurait pu se douter qu'on remonterait la trace des gamins jusqu'à leur ancien domicile, et donc jusqu'à cette maison qu'il occupe actuellement. Il s'est tiré une balle dans le pied, volontairement ou non.

– C'est une hypothèse, lieutenant. En tout cas, s'il est bien l'informateur qui a donné rendez-vous à Wellington, alors il se pourrait qu'il soit l'un des quatre gamins, puisque c'est ainsi qu'il s'est présenté au journaliste.

– Ça pourrait être ce fameux Billy, par exemple ? Celui dont nous a parlé Maggie Duckworth, celui qui lui avait cassé un carreau de sa fenêtre et qui venait la saluer de temps en temps ? C'est le genre à revenir traîner dans le quartier, non ?

– Qui est ce Billy ? demanda Stuart.

– C'est l'un des quatre garçons de la photo, précisa Molly. Celui qui essaie de retenir Duncan et Ryan. On sait juste qu'il a vécu suffisamment longtemps pour ne pas faire partie des victimes de

Moss Side. Et ce Billy pourrait être notre squatteur, en effet ; mais pour en avoir confirmation, il nous faut étudier chacun des documents retrouvés dans sa chambre, c'est notre seule source potentielle pour obtenir des indices sur son identité.

Les trois enquêteurs délaissèrent alors les articles de presse et les partitions pour se concentrer sur la trentaine de feuillets récupérés. Il y avait là des brochures provenant de *Johnny Roadhouse Music*, un magasin de guitares installé sur Oxford Road ; une facture correspondant à l'ampli Marshall, mais sans le nom de l'acheteur. On trouvait aussi trois fiches éditées par une agence immobilière pour autant d'appartements à louer dans le quartier de Moss Side. Le squatteur avait sans doute eu le projet de s'installer ailleurs, au cas où sa planque finirait par être découverte.

– Voilà deux premières pistes, dit Molly. Il va nous falloir contacter ce magasin de musique et cette agence immobilière. Avec un peu de chance, il y aura bien quelqu'un qui se souviendra de la visite de ce type…

– Ok, je m'en occupe, dit Fergus. Et ça, on en fait quoi ?

Il pointait du doigt la quinzaine de feuillets manuscrits qui accompagnaient les tablatures : c'étaient les textes des chansons écrites par le mystérieux musicien.

– On les lit, lieutenant. On ne sait jamais…

Fergus et Stuart se penchèrent alors sur les titres de ces chansons qui étaient pour la plupart d'une noirceur absolue et témoignaient d'une colère inextinguible. Tout le monde en prenait pour son grade : les agents de police trop zélés, les présentateurs télé aux dents trop blanches, le Premier ministre élu sur un malentendu, l'archevêque de Canterbury aux mœurs étranges et bien sûr la Reine elle-même, accusée de fermer les yeux sur le mal-être de ses sujets. L'ensemble semblait hérité de l'ère éphémère du punk, de cette époque où la philosophie du *No Future*[30] était portée par les Ramones, les Sex Pistols ou The Clash.

Les deux lieutenants lisaient chacun de ces textes avec un regard tantôt étonné, tantôt narquois. Ils pouffaient aussi par moments, lorsqu'ils trouvaient que la charge envers untel était bien sentie. Mais ils ne voyaient pas franchement où tout ceci pouvait les mener. Fergus se mit alors à scander quelques paroles en singeant l'irrévérence d'un Johnny Rotten, juste pour rire et pour tenter de donner corps à la prose de l'artiste maudit.

– « *God Save the Queen* ? / Plus personne n'y croit / Car Dieu n'existe pas / Et moi je ne me lèverai pas / Pour sauver la couronne… »

30. « Sans avenir », slogan punk emprunté à la chanson *God Save The Queen* des Sex Pistols en 1977 : *There is no future in England's dreaming*, « il n'y a pas d'avenir (pour toi) dans le rêve anglais ».

– Tu sais que tu as un joli filet de voix, Fergus ? sourit Stuart. Dommage que tu chantes si faux : il n'y a pas une note qui soit juste dans ce que tu viens de nous faire.

– Tais-toi, Summerbee, tu ne comprends rien au rock'n'roll, tu passes ton temps à écouter du reggae en fumant des joints ! Blague à part, il a l'air sacrément désespéré, ce Billy.

– Ça y est, tu l'appelles Billy, c'est décidé ?

– J'en sais rien. Billy ou un autre, ce mec se prend pour un artiste maudit. Tiens, écoute celle-là : « Là-haut, tout là-haut / Nos frères ont tout perdu / Cette vie qu'ils voulaient meilleure / Mais qui n'était qu'une salope. »

– Sympa ! rigola Stuart. J'aimerais bien qu'on chante ça à mon mariage. Je suis sûr que ça mettrait de l'ambiance sur la piste de danse.

– Parce que tu comptes te marier prochainement, Summerbee ? Il y en a enfin une qui a décidé de fermer les yeux sur tous tes défauts ? Incroyable !

Le lieutenant Pennycook se fendit d'un rire un peu gras tandis que Stuart lui opposait un geste explicite sans même le regarder. Molly, elle, se contenta de sourire en coin tout en notant l'adresse du *Johnny Roadhouse Music*. Puis elle s'arrêta net.

– Vous pouvez me répéter les paroles de cette chanson, lieutenant ?

– Vous voulez que je chante ?

– Surtout pas. Lisez-moi juste le texte.

À peine vexé, Fergus s'exécuta.

– « Là-haut, tout là-haut / Nos frères ont tout perdu / Cette vie qu'ils voulaient meilleure / Mais qui n'était qu'une salope. »

– Et ensuite ? insista Molly.

– Euh… « Là-haut, tout là-haut / Le Mal était là, dans l'ombre / Je l'ai vu, putain, je l'ai vu / Mais je n'avais pas la force. »

Fergus commença à comprendre ce que Molly avait perçu. Il poursuivit sa lecture, sur un ton beaucoup plus grave : « Là-haut, tout là-haut / Nos frères ont tout perdu / Le Mal a tout effacé / Le Bleu comme le Rouge… » « Là-haut, tout là-haut / Je ne peux pas l'oublier / Le Mal est sorti de l'ombre / Je n'avais pas la force… »

Le lieutenant s'arrêta, visiblement perturbé par cette lecture étrange.

– C'est tout ? demanda Molly.

– Oui, pour ce qui est des couplets. Il y a un refrain entre chacun des paragraphes, mais il est pour le moins minimaliste. Ça fait un truc du genre : « Ancoats Blues, Woah-oh, Ancoats Blues… » Et c'est d'ailleurs le titre de cette chanson.

Molly reprit les partitions et chercha celle qui correspondait au texte. Elle finit par tomber sur une grille de douze mesures de blues en mi avec intro et *outro* griffonnées en tablature. Le tout était sobrement intitulé « Ancoats Blues » et ne portait ni date ni annotation supplémentaire.

Au même instant, elle reçut une notification lui indiquant qu'on lui avait envoyé les fichiers récupérés sur l'ordinateur du musicien. Elle se mit donc à son poste et ouvrit le dossier des services techniques, qui précisaient qu'il n'y avait pas grand-chose de très intéressant sur le disque dur, à part une série de fichiers audio correspondant aux maquettes des chansons du musicien. Molly parcourut la liste de ces enregistrements et cliqua sur celui intitulé « Ancoats Blues ».

Des accords de guitare dissonants se firent alors entendre, aussi désagréables que lugubres. Fergus et Stuart se regardèrent en grimaçant, pas vraiment préparés à une telle agression sonore. Puis la voix éraillée du mystérieux squatteur finit par apparaître, et ce fut comme si le fantôme de Henbury Street se matérialisait dans ce bureau de la police mancunienne. Cette voix d'outre-tombe reprit mot pour mot les paroles découvertes quelques instants plus tôt par le lieutenant Pennycook, racontant le destin tragique de ces frères « qui ont tout perdu » avec une émotion de plus en plus palpable. Il sembla même que le musicien sanglotait au moment de finir cette chanson qui ne durait pas plus de deux minutes.

Un petit riff de conclusion, un accord plaqué ; ainsi se termina l'enregistrement, au grand soulagement de son maigre auditoire.

La capitaine se tourna vers ses adjoints.

– Bon, je vous l'accorde, c'est inaudible. Mais pour en revenir au texte, est-ce qu'on pourrait y voir un lien avec notre affaire ? Je ne suis pas dans le délire interprétatif ?

– Ces paroles restent tout même très mystérieuses, répondit Stuart. Même si la mention du Bleu et du Rouge, dans ce contexte, a l'air de sonner comme une évidence.

– Pour moi, ça ne fait aucun doute, dit Fergus. Cette chanson un peu bancale nous parle de Duncan et Ryan et de la manière dont ils ont perdu la vie. Mais c'est quoi, « le Mal », ou plutôt c'est qui ?

– Et pourquoi l'auteur de ces lignes « n'avait pas la force » ? reprit Molly. La force de quoi ? Et puis c'est où, « là-haut, tout là-haut » ? C'est pour dire qu'ils sont montés au ciel, c'est comme ça que vous le voyez, vous ?

– J'en sais rien, dit Stuart. En revanche, je sais où est Ancoats.

– On sait tous où c'est, ajouta Fergus. C'est l'un des derniers quartiers à s'être embourgeoisé, au nord-est de Manchester. Maintenant, quand tu vas là-bas, tu peux plus manger un burger à deux livres : il n'y a plus que des restaurants hyper branchés où la moindre entrée vaut dix fois plus cher que ton burger. Ils ont gardé les murs de brique, mais ils ont tout cassé à l'intérieur pour y mettre des bureaux de start-ups, le siège social de ceci, le QG de cela. J'te jure, c'est en train de devenir un quartier d'affaires.

– Et ça n'a pas toujours été comme ça ? demanda Molly.

– Pas vraiment, répondit Stuart. À l'époque de la révolution industrielle, c'était une banlieue pas très recommandable, où les gangs de jeunes voyous, les "*scuttlers*", sortaient de nulle part pour vous détrousser. On y trouvait toutes sortes de manufactures et surtout les filatures de coton les plus importantes du pays. C'étaient des bâtiments énormes, sur plusieurs étages, qui allaient d'une rue à l'autre le long du Rochdale Canal. C'est pour ça qu'autrefois on appelait Manchester « Cottonopolis ».

– Je vois… Et si on replace ce quartier dans le contexte de la disparition de Duncan et Ryan, à la fin des années 1990 ?

– C'était encore un quartier de merde, s'empressa de répondre Fergus. Peut-être même pire qu'avant. Parce que c'est au début des années 90 qu'on a fermé toutes les filatures. Résultat : Ancoats est devenu une zone fantomatique, avec des usines vides et délabrées, une sorte de friche industrielle à deux pas du centre-ville. Il faisait pas bon y traîner la nuit, croyez-moi.

– Et si Ancoats avait un lien direct avec notre affaire, comme le laisse à penser ce blues mystérieux ? Il faudrait peut-être réorienter nos recherches dans ce quartier, plutôt que de nous concentrer sur Moss Side, au sud de la ville…

– Ça n'est qu'une chanson, capitaine… s'inquiéta Stuart.

– Mais c'est une ouverture, insista Molly. Je suis d'accord, ça ne tient qu'à un fil, mais on n'a pas mieux pour l'instant. Alors on reprend la date supposée de leur disparition, entre le 18 et le 20 mai 1997, et on voit ce qu'il s'est passé du côté d'Ancoats.

CHAPITRE 30
Cinquante mille livres

Ben Wellington sortit de la douche, enfila le peignoir de l'hôtel et alla décrocher le téléphone en trottinant. Tout guilleret, il attendait l'appel de cette petite hôtesse de la réception qui était censée le rejoindre dans sa chambre, en catimini. Lorsqu'il lui avait lancé l'invitation, la veille, elle n'avait pas dit oui mais il avait bien vu que la jeune femme avait rougi du menton jusqu'aux oreilles. C'était une évidence, elle ne pouvait rester insensible à son charme, s'était-il dit. Dans ce nord de l'Angleterre, rustre et inélégant, elle n'avait pas souvent dû croiser quelqu'un de son importance, avec une telle prestance et un sourire aussi ravageur. Certes, l'hôtesse en question avait au bas mot vingt ans de moins que le journaliste vedette, mais on ne s'embarrassait pas de ce genre de considérations une fois allongé sur un lit *king size*, avec une coupe de champagne à la main.

Cela dit, Wellington restait sans nouvelles de la demoiselle depuis vingt-quatre heures et ça l'agaçait. Il décrocha donc avec empressement.

Mais au bout du fil, il n'entendit rien. Ou pas grand-chose : une petite musique de fond, comme un air de folklore irlandais craché par un haut-parleur lointain. Il tendit l'oreille et crut reconnaître *Dirty Old Town* repris par The Pogues. C'était tout ce qu'il pouvait percevoir, et ça ne ressemblait pas vraiment à la playlist *lounge* et chic du Midland. Il voulut interpeller l'hôtesse d'accueil mais réalisa qu'il ne se souvenait pas de son prénom.

– Allô ? Euh… mademoiselle ? C'est bien vous ? tenta-t-il, maladroitement.

Toujours rien au bout du fil. Une respiration un peu lourde, peut-être, comme dans les mauvais films d'horreur. Et puis une voix, lointaine, qui braillait : « Magne-toi le cul de passer ton coup de fil, j'ai pas envie de te voir traîner chez moi pendant des heures ! » Le journaliste comprit alors que l'appel ne provenait certainement pas de la réception de l'hôtel.

– Allô ? Qui êtes-vous ? Que me voulez-vous ? insista-t-il.

Mais il n'eut pas plus de réponse. Wellington tenta une autre possibilité.

– Vous êtes… l'homme à la capuche ? Si c'est le cas, je vous écoute.

Nouveau silence. Une voix plus proche se fit entendre, enfin, comme sortie de nulle part.

– Oui, je suis bien celui qui vous a permis d'entretenir votre légende de chasseur de scoops.

– Ah, c'est vous. Écoutez, oui, c'est vrai que le document que vous m'avez confié a pu faire avancer l'enquête et…

– … et ça vous a surtout permis de jouer à la superstar venue de Londres, de parader dans le lobby du Midland et de regarder tout le monde avec votre air supérieur de lord anglais de bas étage.

– Attendez, je ne comprends pas. Vous m'appelez pour m'insulter au téléphone ?

– Pas du tout. Je vous appelle pour réclamer mon dû.

– Quoi ? Qu'est-ce que vous voulez dire ? Qu'est-ce que vous attendez de moi ?

– Écoutez, on va pas se mentir. J'ai besoin d'argent, à un point que vous pouvez même pas imaginer. J'ai plus de domicile, je ne sais pas si je vais retrouver mon matos et tout ce qui me permet de gagner un peu ma vie. Alors il faut me payer ce que vous me devez, un point c'est tout.

– Ce que je vous dois ? Mais vous plaisantez ou quoi ? Il n'a jamais été question d'argent entre nous. Vous m'avez attiré dans une ruelle sordide pour me donner votre enveloppe avant de vous enfuir comme un voleur. Point final.

Silence au bout du fil. L'homme à la capuche semblait reconsidérer son approche ; il était vrai qu'il ne pouvait avoir aucune prise sur le journaliste à la suite de ce premier échange.

– Et si je vous dis que ce que je vous ai offert n'était rien en comparaison de l'histoire que je suis en mesure de vous raconter ?

– Déjà, il va falloir changer de ton. Et puis m'en dire plus.

– Certainement pas au téléphone. Mais sachez que je peux vous raconter comment l'histoire s'est terminée pour Duncan et Ryan. Je peux vous décrire avec précision tout ce qui s'est passé et vous serez très surpris de ce que vous allez apprendre. Il y a une information qui échappe à tout le monde jusqu'ici et qui va faire grand bruit. Un sacré scoop qui assurera votre gloire jusqu'à la fin de vos jours, croyez-moi.

– Et comment je pourrais vous croire, justement ?

– Parce que j'y étais. J'ai tout vu. Mais attention, cette fois-ci, ce ne sera pas gratuit, monsieur Wellington. On va dire que la photo de l'autre jour, c'était pour vous assurer de ma bonne foi…

– Et vous demandez quoi, pour le scoop du siècle ?

– Cinquante mille livres.

– Quoi ? Mais vous êtes malade ! Je n'ai jamais payé une telle somme pour avoir une information, même quand j'ai ruiné la carrière d'un politicien ou quand j'ai mis la famille royale dans tous ses états.

– Mon histoire est encore plus forte, je le sais. C'est à prendre ou à laisser.

– Hors de question. Vous trouverez un autre pigeon pour vous faire un chèque.

L'homme à la capuche se tut un instant, avant de reprendre la parole avec une voix beaucoup plus sombre.

– Ce que j'ai oublié de vous préciser, c'est que si vous refusez la proposition, alors j'ai trois ou quatre camarades qui vous attendront quelque part, n'importe où, pour vous casser les genoux.

– Quoi ? Mais vous me menacez, maintenant ? Tu sais qui je suis, connard ?

– Oui, je vois très bien. Vous êtes Ben Wellington, journaliste du *Sun*, séjournant à l'hôtel Midland, dans la suite 416. Un pauvre type qui attend depuis hier qu'une jeune fille à peine majeure l'appelle pour qu'il puisse s'envoyer en l'air à peu de frais. Mais la jeune fille en question (elle s'appelle Rebecca, au fait) n'a aucune envie que vos mains dégueulasses touchent son joli petit corps. Elle serait même prête à déposer une plainte pour harcèlement sexuel. Ou pour tentative de viol, je ne sais plus. Bref. Soit vous acceptez le deal, soit vous marchez avec des béquilles pour le restant de vos jours, avec en prime un petit séjour en prison. Vous voyez le topo ?

Ben Wellington se figea, seul dans son peignoir. Un nouveau silence se fit sur la ligne. Au loin, on entendait désormais le *Fools Gold* des Stone Roses.

***

– Du 18 au 20 mai 1997, c'est bien ça ? demanda Stuart.

– Oui, répondit Molly. Même si j'ai tendance à penser que le drame s'est passé le 18 ou le 19.

Le mardi 20, c'est le jour où Mildred Harrison a fini par déclarer la disparition de Duncan et Ryan.

Le lieutenant Summerbee ressortit le carton de l'année 1997, qu'il était sur le point de renvoyer aux archives. À l'intérieur, il trouva le classeur du mois de mai et commença à feuilleter. Dans le même temps, Fergus Pennycook cherchait sur internet des éléments de contexte, dans la ville de Manchester en général et dans le quartier d'Ancoats en particulier.

– Ah, merde, c'est vrai… grogna-t-il.

– Vous avez trouvé quelque chose, lieutenant ?

– Non, non. Enfin, oui et non. Je viens de réaliser que le 18 mai 1997, c'est le jour où Éric Cantona a décidé brutalement de mettre un terme à sa carrière et de quitter Manchester United, une semaine après avoir été sacré champion d'Angleterre. C'est idiot, hein ? Mais ça m'avait fichu un sacré coup, à l'époque. J'en ai des frissons rien que d'y repenser.

– Tu vas pas nous sortir les violons, hein Pennycook ? grinça Stuart le Bleu. C'est quoi le rapport avec notre affaire ?

– Aucun rapport. C'est juste que je viens de tomber sur cette info dans les archives du *Manchester Evening News* : dans l'après-midi du 18 mai, des dizaines de supporters des Diables Rouges s'étaient retrouvés devant Old Trafford, comme s'ils n'arrivaient pas à croire à cette histoire, comme s'ils voulaient se rassembler pour en parler. C'était avant les réseaux sociaux, à une époque où on se réunissait pour discuter de l'actualité. C'est dingue, non ?

– Ne dites pas qu'il n'y a aucun rapport, reprit Molly. Je vous rappelle qu'il y avait un poster de votre joueur français dans la chambre de Duncan et Ryan…

– C'est vrai. Et un autre de Uwe Rösler. Ça devrait te parler, Summerbee…

– Ça me parle. Mais contrairement à toi avec Cantona, moi je n'ai aucun souvenir du jour où il a quitté City !

– Eh oui, le *King*, c'était autre chose. Un roi, une légende. Regardez tous ces gens sur le reportage photo : ils sont l'air désespérés…

Par curiosité, Molly et Stuart se penchèrent sur l'écran d'ordinateur, pendant que Fergus faisait défiler la dizaine de photographies qui illustraient le papier du *Manchester Evening News*.

– Stop ! dit Molly. Vous voulez bien remonter un peu, lieutenant ? Oui, voilà : sur ce cliché… vous n'avez pas l'impression que… Attendez, je ne suis pas sûre.

– De reconnaître l'un des deux gamins ? intervint Stuart. Là, celui qui discute avec un adulte, un peu en retrait de tout le monde ? Pourquoi pas…

– On dirait Duncan, non ?

– Oui, il a la même mèche de cheveux qui lui tombe sur l'œil. Mais j'ai vraiment l'impression que là, on est dans le délire interprétatif. On vient de parler de Duncan et vous avez aussitôt l'impression de le voir sur un cliché à la qualité discutable. Je vous rappelle qu'on n'a pas vraiment de portrait de ce pauvre gamin. Juste une photo où il est en train de se battre, et où il fait une drôle de grimace parce que son petit frère essaie de lui mettre une raclée. Vous avouerez que c'est assez limité…

– Vous avez raison, lieutenant Summerbee. Laissez ça de côté. On se reconcentre sur les faits divers.

Dix minutes plus tard, Stuart avait étalé sur le bureau les rapports de police enregistrés les dimanche 18 et lundi 19 mai 1997. Puis il avait réduit la sélection aux seuls documents produits par le poste de Piccadilly, qui à l'époque avait en charge les quartiers périphériques de New Islington et d'Ancoats, au nord-est de Manchester.

Au bout du compte, la récolte était plutôt maigre. Une affaire de mœurs le 18 mai, avec l'arrestation de deux prostituées et de leur souteneur près du canal de Rochdale ; un trafic de drogue signalé le long de Blossom Street, mais sans aucune interpellation pour cause de sprint effréné des dealers. Et puis le 19, enfin, un cadavre retrouvé dans l'ancienne filature du Royal Mill.

– C'est quoi, ce cadavre ? demanda Molly, intriguée. Vous avez les circonstances du décès, une identification ?

Stuart parcourut le document avec attention.

– C'est un meurtre, selon toute vraisemblance, et c'est une affaire non élucidée si j'en crois les annotations inscrites a posteriori sur le rapport.

Un type a pris une balle en pleine tête, sur une passerelle entre deux bâtiments. Un certain Nigel Atkins, qui était fiché chez nous pour être un membre éminent des *InterCity Jibbers*.

Molly fronça les sourcils et se retourna vers le lieutenant Pennycook.

– C'était l'un des groupes de hooligans les plus virulents dans les années 70, 80 et même jusque dans les années 1990, expliqua Fergus. Les Jibbers formaient une sous-division de la *Red Army*, le regroupement des ultras de Manchester United. Aujourd'hui, quand on parle de cette « Armée rouge », c'est pour symboliser l'ensemble des supporters des Diables Rouges, des plus pacifiques aux plus énervés. Mais à l'époque, le mot « armée » était tout à fait approprié : ils foutaient le bordel aux quatre coins du pays et même en Europe quand United allait jouer des matches de Ligue des Champions. Parmi tous ces abrutis, les *InterCity Jibbers* étaient clairement les plus dangereux, parce qu'ils ne se contentaient pas d'actes de hooliganisme : en dehors des matches, ils se livraient à des braquages avec violences, et ils géraient le trafic de drogue dans la ville. C'était une petite organisation criminelle.

– Charmant. *InterCity Jibbers*, vous dites ?

– C'est ça. Les « Jibbers », ceux qui sautent dans les trains intercités en mettant un point d'honneur à ne jamais payer leur ticket. Leur devise, c'était : "*To pay is to fail*", « payer, c'est échouer ».

– Subtil. Et donc, ce Nigel Atkins était l'un de leurs leaders ? Il aura été victime d'un règlement de comptes, par exemple ?

– On n'a pas cette information, reprit Stuart. Encore une fois, l'affaire n'a pas été résolue. Si j'en crois le rapport, on sait juste qu'Atkins avait trente-quatre ans au moment des faits… Il était originaire de Salford, où il vivait toujours… C'était un ancien ouvrier qui s'était retrouvé au chômage, comme pas mal de gens à l'époque… Voilà le topo. Son corps a été découvert sur une passerelle assez haute qui relie deux bâtiments désaffectés du Royal Mill. On ne sait pas comment il s'est retrouvé là, ni pourquoi il a pris une balle en pleine tête. Le projectile est entré par la nuque avant de ressortir au niveau du front : il a été abattu par derrière.

– Ça pourrait même ressembler à une exécution, ajouta Molly.

– Tout à fait, capitaine. Enfin, selon le rapport, le frère de Nigel Atkins est venu reconnaître le corps le lendemain, à la morgue de Piccadilly. Il a formellement identifié son frangin et déclaré qu'on aurait volé quelque chose sur le cadavre.

– Sans blague ? dit Fergus. Un meurtre crapuleux, alors ? On lui a volé quoi, à ce pauvre bougre ?

Stuart jeta un dernier coup d'œil au rapport de police. Et faillit s'étrangler.

– Ben merde alors…

– Qu'est-ce que vous avez trouvé, lieutenant ?

– Je vous lis la déposition du frère Atkins : « J'affirme par la présente qu'on a volé un bijou sur le corps de mon frère Nigel. Un objet sans valeur, un bijou de pacotille. Le cadeau d'une diseuse de bonne aventure qui avait eu le béguin pour lui. Nigel pensait que ça portait bonheur. C'était un pendentif représentant une roue de chariot… »

CHAPITRE 31
L'attente

Manchester, le 18 mai 1997. 22 heures.

Duncan ne tenait pas en place. Il entrait et sortait de la chambre, montait et descendait les escaliers sous le regard intrigué de son frère. Quand enfin il se posait sur le lit, ne serait-ce que pour quelques secondes, Ryan tentait de capter son attention, en vain. Il n'avait jamais semblé aussi perturbé, impatient et irritable.

– Y a un truc qui va pas ? demandait le petit frère sans obtenir de réponse. Mais dis-moi, bon sang ! C'est quoi ton problème ?

Duncan restait muet. Il tendait parfois l'oreille, allait voir par la fenêtre et descendait l'escalier précipitamment, faisant grincer chacune des marches sous la moquette élimée. Il sortait dans la rue puis rentrait en claquant la porte, insatisfait.

De plus en plus inquiet, Ryan descendit à son tour. Il retrouva son frère, prostré, assis en tailleur sur le canapé du salon. Il avait revêtu son maillot de Manchester United, celui avec *The King* inscrit dans le dos.

– Mais qu'est-ce que tu fous, enfin ? Tu dévales l'escalier, tu balances la porte ; tu vas finir par réveiller maman, merde !

Duncan désigna la bouteille vide sur la table basse.

– Avec ce qu'elle s'est envoyé ce soir, dit-il, même un bombardement ne pourrait pas la réveiller. C'est pas une mère qu'on a, c'est un sac à vin.

– Parle pas comme ça. Tu sais bien qu'elle est toute seule, maintenant. Elle galère comme pas possible depuis que papa est parti.

– Justement, non, elle est pas toute seule, merde. On est là nous aussi, ça serait une bonne idée qu'elle s'en rende compte juste une fois et qu'elle arrête de nous foutre la honte !

Ryan baissa la tête, incapable de contredire son frère.

– Ça sert à rien de la pourrir, dit-il enfin. Faut l'aider, maintenant.

– Eh ben c'est ce que je fais, figure-toi.

– Comment ça ? Tu fais quoi ?

Duncan resta silencieux. Il se redressa lorsqu'une voiture passa sur Henbury Street, puis se rassit lorsqu'il comprit qu'elle poursuivait son chemin.

– T'attends quelqu'un ? demanda Ryan.

– J'peux pas tout te dire, mais oui, j'attends quelqu'un. Il m'avait promis qu'il serait là à vingt-deux heures et je sais pas ce qu'il fout. Quant à toi, ça serait bien que tu remontes te coucher. T'as cours demain, je te rappelle.

– Ben toi aussi, hein ! C'est pas la peine de me faire la leçon.

– Je sais pas si j'irai demain. On verra. Je m'en fous, de toute façon.

Ryan resta interdit. Jusqu'alors, son grand frère avait toujours été celui qui l'avait poussé à ne jamais sécher les cours de la *Ducie High School*, lui répétant inlassablement que réussir à l'école, c'était peut-être le seul moyen de s'en sortir. Ce n'était pas une certitude, évidemment, mais ça valait le coup d'essayer. Ainsi, tout au long de l'année scolaire, Duncan s'évertuait à rapporter de bonnes notes à la maison et il engueulait Ryan quand il n'avait pas la moyenne, ce qui arrivait trop souvent à son goût.

Alors forcément, le voir lâcher l'affaire comme ça, sans explication, c'était perturbant.

– Si tu ne me dis pas ce que tu trafiques, je ne monte pas dans ma chambre, menaça Ryan, tel un sale gosse. Ou alors je vais réveiller maman et je lui dis que tu veux te barrer !

– Qu'est-ce que tu veux que ça me foute ? grinça Duncan. Vas-y, réveille-la si tu veux. Elle comprendra rien à ce que tu lui diras, elle en est incapable dans l'état où elle est. Tout ce qu'elle te demandera, c'est d'aller chercher de l'aspirine.

Ryan resta muet, abattu par les mots de son frère. Il fit mine de remonter à l'étage, puis se retourna.

– Eh ben justement, me laisse pas tout seul, dit-il. Si tu te barres, j'aurai plus personne. Alors dis-moi où tu vas !

Duncan soupira. Puis regarda Ryan dans les yeux.

– Ok. Je te raconte. Un peu. Mais tu dis rien à personne, sinon je remets plus jamais les pieds ici. Tu comprends ?

– Je comprends. Je te promets que je dirai rien.

– Bon. Je me suis fait des potes, au stade. Et il y en a un qui m'a demandé de l'aider sur un petit boulot, ce soir. Je suis pas sûr que ce soit un truc très réglo, mais je suis sûr qu'il y a de quoi se faire du pognon. Et tu sais comme moi qu'on en a besoin en ce moment.

– C'est qui, ton pote ? C'est quoi, ce petit boulot en pleine nuit ?

– Je sais pas encore ce qu'il va me demander. Il veut garder le secret jusqu'au dernier moment. Et le pote en question, c'est… un boss d'un groupe de supporters de United.

Ryan fronça les sourcils. Les ultras des Rouges, il les avait parfois croisés aux abords du stade et ils ne lui avaient jamais inspiré confiance, bien au contraire.

– Et… il va t'emmener où, ce type ?

– Ça non plus, j'en sais rien. Je sais juste que c'est dans le quartier d'Ancoats, près du canal de Rochdale. Ça doit être dans les anciennes usines qu'il y a là-bas.

– Mais ça craint dans le coin, non ? Je l'ai vu dans le journal !

– T'inquiète, si je suis avec lui, je crains rien ni personne. Mon pote, c'est un dur. Et puis c'est un boss, j'te dis. S'il veut, il peut ramener plein de types à lui.

Duncan donna une tape amicale à son petit frère, puis se raidit à nouveau sur le canapé. Une voiture passait sur Henbury Street et finit par s'arrêter juste devant le numéro 10. Il regarda par la fenêtre. C'était une Mercedes noire, avec un type chauve et trapu à son bord.

Sans dire un mot, Duncan attrapa sa veste et sortit de la maison pour s'installer au côté du conducteur.

Ryan resta interdit pendant quelques secondes. Puis il se leva et courut vers le trottoir pour voir disparaître la Mercedes au coin de la rue. Et il fut pris de panique, terriblement inquiet pour son frangin. Qu'allait-il faire dans cette bagnole de caïd ? C'était pour « un truc pas très réglo », disait-il, mais est-ce qu'il allait se mettre en danger pour autant ? Est-ce qu'il risquait de se faire choper par la police ? Est-ce qu'il pouvait se prendre un mauvais coup, voire une balle perdue ?

Alors Ryan courut vers Cranswick Street. C'est là-bas qu'habitaient Billy et Jake, aux numéros 44 et 46 de la rue. Ryan courut vers ses potes, parce qu'ils avaient un scooter, tous les deux. C'étaient des bécanes pourries qui leur servaient à aller à la

Ducie High School, mais aussi à faire les quatre cents coups dans le quartier. Ils conduisaient un peu n'importe comment, ils n'avaient pas vraiment de casque, mais ils avaient des scooters.

CHAPITRE 32
Belfast ou Bratislava

Dans moins de vingt-quatre heures serait donné le coup d'envoi du derby de Manchester et c'est toute une ville qui retenait son souffle.

Freddie Bruce, lui, était aux anges.

Une semaine plus tôt, il se demandait encore comment faire parler de lui, comment profiter de cette formidable caisse de résonance que constituaient les derniers matches d'une saison anglaise. Freddie le savait, il se devait d'alimenter ses *followers*, d'épancher leur soif d'informations exclusives et d'opinions outrées au moment du sprint final. Mais les clubs avaient verrouillé l'accès aux informations, les joueurs ne sortaient plus de chez eux, chaque composition d'équipe relevait du secret d'État ; il était presque impossible d'obtenir les fameuses indiscrétions, vérifiées ou non, qui étaient la marque de fabrique de *FredTheRed55*.

Et puis on lui avait rapporté cette macabre découverte sur un chantier de Moss Side. Aussitôt, Freddie avait vu là l'opportunité d'exister à nouveau, de reléguer au second plan sa triste condition de contrôleur qualité à la *Royal Brewery*. Il avait très vite compris que cette histoire portait en elle les germes d'un récit susceptible de réveiller les haines et de lui permettre de revenir sur le devant de la scène. *FredTheRed55*, l'influenceur préféré de la *Red Army*, allait enfin permettre à ses soldats de respirer à nouveau l'odeur du soufre.

Car cela faisait des années que les ultras des deux camps ruminaient en silence, matés, muselés par le principe de tolérance zéro adopté par les autorités. Il y avait eu le *Football Offences Act*, qui avait multiplié les interdictions de stade en cas de chants racistes ou de jets d'objets sur la pelouse, puis le *Football Discorder Act*, qui avait instauré une peine allant jusqu'à dix ans de prison pour chaque action violente à l'intérieur des enceintes sportives. Au tournant du siècle, les supporters les plus remuants, les plus agressifs, avaient presque disparu des stades.

Mais voilà que Freddie Bruce, alias *FredTheRed55*, s'était habilement servi de cette histoire de cadavres pour faire ressortir les fantômes du placard et les lâcher dans les rues de Manchester. Il lui avait simplement fallu travestir un peu la réalité de la découverte, rogner une photographie, mobiliser la communauté la plus remuante et c'était reparti comme autrefois, comme à l'époque des courses-poursuites autour de Maine Road.

Depuis, les événements s'étaient enchaînés sans temps mort et *FredTheRed55* n'eut pas à réfléchir très longtemps pour imaginer la suite. La veille, les ultras de Manchester City lui avaient donné suffisamment de grain à moudre ; l'invasion du centre d'entraînement de Carrington, qui venait en réponse à l'incendie du *City Store*, appelait clairement à la poursuite de l'escalade.

Il fallait donc préparer un dernier affrontement. Ce serait leur finale à eux. Les Rouges contre les Bleus, comme sur Claremont Road six jours auparavant. Mais cette fois, Freddie Bruce et ses camarades joueraient à domicile.

***

– Je me fous de savoir si vous êtes née à Belfast, à Dublin, à Bratislava ou à Tombouctou. J'aurais juste aimé avoir deux ou trois infos sur votre passé, ne serait-ce que pour me préparer à répondre à des questions venues de nulle part !

Comme à son habitude, le *Chief Superintendent* Pallister était d'une humeur massacrante. Lorsqu'elle avait été convoquée dans le bureau de son supérieur, la capitaine Doherty s'était bien doutée qu'elle serait mise sur le gril au sujet de l'encadré du *Sun*. Ça n'avait pas manqué. Pallister l'avait attaquée bille en tête, sans même prendre soin de la saluer.

– Je ne sais que vous répondre, bredouilla Molly. Qu'est-ce que j'aurais dû faire ? Me présenter à vous et dire : « Bonjour, merci de m'accueillir dans vos services ; sachez tout de même que je viens d'Irlande du Nord, que ma famille est républicaine et qu'elle voue une haine profonde et durable à tout ce que vous représentez, j'espère que ça ne vous dérange pas » ?

Pallister grogna.

– Ne vous foutez pas de ma gueule, Doherty. Vous savez très bien ce que je voulais dire. Quand je vous ai nommée *Detective Chief Inspector*, vous auriez dû trouver un moyen de me prévenir qu'il y avait un tout petit risque que votre passé vous revienne à la gueule.

– Ça n'est pas *mon* passé, chef. C'est celui de ma famille, du quartier de mon enfance, de mon bout d'île. Moi, j'ai vécu l'essentiel de ma vie au XXIe siècle et pour moi, tout ça, c'est de l'histoire ancienne.

– Très bien. Alors regardez-moi dans les yeux et répondez-moi franchement, Doherty. L'Irlande du Nord, vous la préférez en république d'Irlande ou au Royaume-Uni ?

Molly resta interdite, surprise par cette question directe qu'elle n'avait pas vu venir. Pourtant, ça n'était pas la première fois qu'on la mettait face à ce dilemme, mais jamais dans un tel contexte.

– C'est une question simple, insista Pallister. Vous avez bien une réponse ?

– Si vous étiez né à Belfast, comme moi, dit-elle enfin, vous sauriez qu'il n'y a pas de réponse simple à cette question. Je suis issue d'un quartier républicain, c'est entendu. Mais de l'autre côté de la rue, de l'autre côté du mur, les loyalistes sont mes voisins et je ne les vois pas comme mes ennemis jurés, inféodés au pouvoir britannique. Pardonnez-moi mais je me suis toujours refusée à répondre à cette question. Parce que pour l'heure, il n'y a pas de réponse.

Un silence s'installa dans le bureau du *Chief Superintendent*. Pallister fixait Molly avec intensité, essayant de percevoir dans son regard une faiblesse quelconque, une lueur mauvaise qui trahirait sa réelle position sur le sujet. Mais tout ce qu'il vit, c'était l'inflexibilité et la force de caractère de la capitaine Doherty.

– Bien, je vous crois, finit-il par admettre. Mais sachez que ça parle beaucoup dans la ville et même jusqu'ici, dans ce poste de police. Le *Chief Constable* lui-même n'a pas vu d'un très bon œil d'avoir une Irlandaise catholique dans ses services. Faut dire qu'il est un peu de l'ancienne école, celui-là. Bref, ça m'est retombé sur la gueule, évidemment. Je vous défendrai tant que je le pourrai, sachez-le. Mais il ne faut pas que votre histoire vienne nuire à votre travail et à cette enquête que vous menez.

– Je ne vois pas pourquoi…

– Moi, je le vois. Je ne sais pas si vous êtes au courant, mais il y a un abruti qui a tagué le *Kids Wall*, tout à l'heure. En plein centre-ville, en plein jour. Il a pris une bombe et il a écrit un truc du genre : « Bouge ton cul, salope d'Irlandaise ». Je ne sais pas s'il voulait vous conseiller de rentrer à Belfast ou s'il vous intimait l'ordre d'avancer plus vite dans vos recherches.

Molly blêmit. Puis se ressaisit aussitôt.

– On avance, chef. On avance bien. On a retrouvé le pendentif qui était prétendument auprès des cadavres de Moss Side. Mais on vient de recevoir le rapport des services scientifiques à ce propos : ils ont pris en compte l'oxydation du métal et selon eux, il est impossible que cet objet ait séjourné plus de vingt ans sous un mètre de terre ; il a donc été placé là pour la photo. On sait également d'où venait ce médaillon. Il appartenait au leader d'un groupe de hooligans de Manchester United qui a été abattu dans le quartier d'Ancoats, vraisemblablement dans la nuit du 18 au 19 mai 1997, soit au moment même où les deux jeunes frères, Duncan et Ryan, ont disparu.

– C'était lui, le *Gipsy* ? demanda Pallister.

– Non, rien à voir. Il s'appelait Nigel Atkins. Né à Bolton, vivant à Salford. Il ne faisait pas partie de la communauté rom ou des *Irish Travellers*. Il aurait reçu le médaillon des mains d'une diseuse de bonne aventure. Il pensait que ça lui porterait chance.

– Ça veut donc dire que cette fameuse malédiction des gitans, c'était une fausse piste ?

– J'en suis persuadée depuis le début, chef. Par ailleurs, nous sommes à la recherche d'un homme qui serait l'un des quatre garçons sur la photo. Un musicien un peu paumé qui squatte l'ancienne maison des victimes. C'est lui qui conservait le médaillon et c'est lui l'informateur du *Sun*, a priori.

– Il aurait donc un rapport avec la mort de ce Nigel Atkins, le faux gitan ?

– C'est possible. Il serait lié à la disparition de Duncan et Ryan, en tout cas.

– Vous avez son nom ?

– Pas encore. Il y a une chance sur deux qu'il se prénomme Billy, mais c'est tout ce qu'on a sur lui pour l'instant.

Le chef Pallister regarda sa montre.

– Ok, dit-il. Ça avance, c'est bien. Mais le temps tourne, Doherty, le derby de Manchester est dans moins de vingt-quatre heures. Faites-moi plaisir et résolvez cette affaire avant que les Rouges et les Bleus ne se retrouvent dans un stade chauffé à blanc…

***

Desmond Paisley insista auprès de Benny, le second gardien de Manchester City. Il tenait absolument à retourner sur le terrain d'entraînement.

– Juste toi et moi, dit-il. J'ai besoin de frapper la balle, j'ai besoin de tirer au but, merde.

– Mais Desmond, on s'est déjà entraînés ce matin et le match est demain. Tu ne vas pas aller cramer ton énergie à enchaîner les frappes comme ça, pour rien ! Et puis je ne sais pas, tu pourrais te blesser…

– De l'énergie, j'en ai à revendre. Si je ne fais pas ça, je vais finir par taper sur quelqu'un, tu comprends ? J'ai trop de tension, faut que j'en lâche un peu.

– Pourquoi t'es aussi tendu ? demanda Benny. C'est nous qui sommes devant au classement, on a notre destin entre les mains. Ok, on joue le dernier match chez les Rouges, mais tu sais bien qu'on est meilleurs qu'eux, au fond. On les a facilement battus au match aller, souviens-toi.

– C'était il y a six mois et c'était dans notre stade, ça ne compte pas. Et puis arrête de me parler comme si j'étais un junior. Ça fait des années que je traîne mes crampons sur les pelouses de ce putain de championnat et je sais très bien que sur un dernier match comme ça, un derby qui plus est, il y a plus rien qui soit rationnel. Ça peut partir en cacahuète à tout moment, il peut y avoir des sales coups, des bagarres, des cartons rouges, et ça peut changer la donne du tout au tout.

Benny observa Desmond avec un demi-sourire. Parce que s'il y en avait un qui était susceptible de déclencher les hostilités, c'était bien lui, le capitaine des *Sky Blues*. Desmond Paisley était considéré comme l'un des *bad boys* les plus hargneux et les plus dangereux du championnat d'Angleterre. Il serait assurément le premier à donner un sale coup ou à se retrouver impliqué dans une échauffourée, mais il le ferait avec une forme d'habileté retorse. L'arbitre laisserait passer une fois, deux fois, puis il lui adresserait une timide remontrance qui n'impressionnerait certainement pas l'aboyeur en chef.

– Et surtout, il est hors de question que ce connard de William Jones devienne champion d'Angleterre demain, reprit Desmond. Tu vois ce que je veux dire ?

– Je vois très bien. Tu détestes ce type depuis le début. T'en fais une affaire personnelle, je sais pas pourquoi. Il t'a piqué une gonzesse ou quoi ?

– Certainement pas. Mais il représente tout ce que je déteste dans le foot en particulier et dans la vie en général. Il est grand, il est beau gosse, on dit qu'il est le plus élégant sur un terrain… mais ça sert à rien, tout ça ! Tu ne gagnes pas les matches avec de l'élégance, merde ! Et puis dès qu'il ouvre la bouche, t'as toujours l'impression qu'il lit un livre et qu'il donne des leçons à tout le monde. Il a jamais rien à dire, mais tout le monde pense que c'est un « intellectuel du football », c'est quand même un comble ! Il se prend pour Socrates[31] mais au fond, ce n'est qu'un bourrin d'Anglais illettré, comme toi, comme moi !

– T'es remonté contre lui parce qu'il est capitaine de l'équipe d'Angleterre et que t'as jamais été sélectionné ?

---

31. Joueur légendaire du football brésilien, réputé pour sa technique et son élégance sur le terrain, surnommé « le docteur » car il était titulaire d'un doctorat en médecine.

– Ça n'a rien à voir ! Si le sélectionneur comprenait que pour gagner des titres, il faut avoir de vrais combattants dans son équipe, alors ça ferait longtemps qu'on serait champions du monde, crois-moi. William Jones, c'est une escroquerie. Un mec tout juste bon à enchaîner les publicités pour des déodorants ou de l'après-rasage. Je l'emmerde, le prince William, et je vais lui casser les chevilles demain.

– Euh… oui, tu as raison, on va aller se faire une petite séance de frappes, ça va te faire du bien.

CHAPITRE 33
L'appât

Lorsque Ben Wellington sortit du Midland, il avait manifestement perdu de sa superbe. Il passa la porte tournante avec précaution, la tête rentrée dans les épaules ; il descendit au ralenti les quelques marches qui menaient au trottoir. Il regardait à droite, à gauche, surveillait les recoins du bâtiment au cas où un individu surgirait avec une barre de fer pour lui fracasser les genoux.

Voilà plus d'une demi-heure qu'il avait raccroché le téléphone de sa chambre. Depuis, il était incapable de retrouver un semblant de sérénité. Les menaces de l'homme à la capuche l'avaient ébranlé beaucoup plus qu'il ne l'aurait imaginé, surtout lorsqu'il avait évoqué la dénommée Rebecca, cette hôtesse d'accueil qui, contre toute attente, n'avait pas tout à fait succombé à son charme. C'était peut-être ça qui le chagrinait le plus ; à moins que ça ne soit cette histoire de dépôt de plainte pour harcèlement sexuel, ou bien encore cette fatwa lancée contre ses ménisques. Bref, le flegme tout britannique de Wellington avait volé en éclats.

Il traversa Peter Street au pas de charge, manqua de se faire renverser par un camion de livraison. Il se mêla aussitôt à la foule et se retrouva bien vite devant le désormais célèbre *Kids Wall*. Cette fois, les badauds étaient là non seulement pour admirer la fresque anonyme, mais également pour observer les services de la voirie s'échiner à effacer l'inscription tracée à la bombe sur le côté du mur. La première partie du texte avait déjà disparu sous l'effet des dissolvants, mais on pouvait encore lire la seconde : *Irish slut*, « salope d'Irlandaise ». Wellington n'eut pas besoin d'explication de texte. Il comprit aussitôt qu'il s'agissait là d'une référence au portrait qu'il avait brossé de la capitaine Doherty. Il aurait pu s'en réjouir et se dire que le moindre de ses papiers pouvait exercer une influence considérable sur ses aimables lecteurs et qu'il était de ce fait un maître à penser de la société contemporaine. Mais sans qu'il puisse se l'expliquer, il éprouva une forme de peine en lisant ces deux mots tracés à la bombe, ainsi qu'un vrai sentiment de culpabilité. Il avait écrit l'encadré sur un coup de tête, après qu'il eut été renvoyé dans les cordes par cette jeune femme tout à fait hermétique à ses tentatives de rapprochement. C'était une petite vengeance de bon aloi, s'était-il dit alors, sans vraiment réaliser la portée des quelques lignes qu'il avait écrites. Pourtant, en découvrant l'insulte sur le *Kids Wall*, il avait fini par se dire que Molly ne méritait pas ça.

Et puis il se dit également que cette histoire tombait mal et qu'il aurait dû y réfléchir à deux fois avant d'envoyer son papier au vitriol.

Parce que désormais, il avait besoin des services de la capitaine Doherty.

***

– T'es vraiment verni, tu sais ? Parce qu'il y a un autre musicos qui m'a laissé un ampli en attendant de jouer chez moi demain soir. Et surtout parce que j'ai pitié de toi et de ta petite gueule de guitariste complètement paumé. Alors je te donne une dernière chance : tu trouves un moyen de prendre une douche quelque part, tu reviens en étant un peu plus présentable, et tu branches ta Strat' sur ce truc-là.

– C'est vrai, je peux jouer ce soir ? répondit l'homme à la capuche dont les yeux s'éclairaient à nouveau.

– Oui, mais juste entre les matches de foot qu'on diffuse sur écran géant. Tu joues après le Leicester-Arsenal, de 19 h 45 à 20 heures, et puis à la mi-temps du Brighton-Liverpool, de 20 h 45 à 21 heures, en gros.

– Ah. Ok. Deux fois un quart d'heure, donc. Et rien après le dernier match ?

– Non, surtout pas. Tu ne vas pas te remettre à jouer après 22 heures. Je te connais : tu seras complètement bourré et tu seras incapable d'aligner deux accords.

– Je peux vous promettre que je ne boirai presque rien ce soir ! Une pinte, pas plus.

– Non. Tu fais comme je t'ai dit ou tu ne joues pas. C'est clair ?

Le musicien hocha la tête avec une moue de dépit mais remercia tout de même le patron du pub. Avec un peu de chance, il changerait d'avis en fin de soirée. Avec un peu de chance, la Stratocaster lui permettrait de gagner une vingtaine de livres ce soir… en attendant le pactole que ne manquerait pas de lui verser le journaliste du *Sun*, si toutefois il se décidait à accepter l'invitation.

***

Fergus Pennycook fronça les sourcils.

– Quoi ? Qui est à l'accueil ?… Et qu'est-ce qu'il veut, ce trou du cul ?

Le lieutenant écouta la réponse, laissa échapper un nouveau juron. Puis il raccrocha et se tourna vers Molly.

– Vous allez rire, capitaine. Ben Wellington est en bas. Il veut vous parler.

– Vous plaisantez, lieutenant ?

– Pas le moins du monde. Il dit que c'est urgent.

Le regard de la jeune femme s'assombrit, ses traits se durcirent. Une boule se forma au creux de son ventre, pleine de colère et de douleur. Le journaliste du *Sun* l'avait blessée beaucoup plus qu'elle ne l'aurait imaginé, parce qu'il avait enfoncé la lame dans cette ancienne plaie qui ne demandait qu'à se rouvrir, parce qu'il l'avait fait sans se soucier des conséquences. Et voilà qu'il se présentait face à elle, sans doute avec l'arrogance de celui qui estime ne rien avoir à se reprocher.

Fergus perçut le trouble de sa supérieure hiérarchique.

– Bougez pas, capitaine. Restez ici tranquillement avec Stuart. Je vais aller le voir, moi, et je vais lui faire bouffer son papier.

Sans attendre de réponse, le lieutenant Pennycook sortit du bureau et s'engagea dans l'escalier.

Une fois arrivé à l'accueil, Fergus reconnut sans peine le journaliste. Il s'attendait à rencontrer un personnage à l'élégance toute londonienne, dont il était évident qu'il avait une très haute opinion de lui-même. En cela, il ne fut pas déçu. Mais il comprit également que le bonhomme n'était pas tout à fait serein : ses yeux papillonnaient dans tous les sens, semblaient surveiller chaque arrivée, ne se fixaient sur rien ni personne. Wellington avait le regard d'une bête traquée. Et lorsque le journaliste réalisa qu'un poids lourd fonçait sur lui avec un air mauvais, il eut un mouvement de recul.

– C'est toi, le scribouillard ? souffla Fergus en toisant son interlocuteur.

– Je suis journaliste, en effet. Si c'est bien ce que vous insinuez.

– Joue pas au plus malin avec moi. Tu sais très bien que tu n'es pas le bienvenu ici. Tu as touché à l'histoire personnelle de l'une d'entre nous et tu sais qu'on ne rigole pas avec ça, dans cette maison. C'est ce qu'on appelle l'esprit de corps, tu vois le concept ?

– Je n'ai fait que mon métier, officier. Et je n'ai jamais…

Le lieutenant Pennycook empoigna Wellington par le col et l'entraîna à l'extérieur du poste de police, sous le regard hilare de ses collègues. Quelques badauds passaient par là et restèrent médusés par la facilité avec laquelle Fergus semblait soulever le journaliste. Une fois sur le trottoir, il relâcha son emprise et posa sa grosse patte sur l'épaule de Wellington.

– Écoute-moi bien, dit-il. Ce que tu as fait, c'est une pure saloperie, tu le sais aussi bien que moi. Alors dis-moi pourquoi tu t'es pointé ici, et vite.

Le journaliste était blanc comme un linge ; clairement, ça n'était pas sa journée. Il lui fallut un peu de temps pour déglutir et répondre à la question.

– Écoutez, vous avez sans doute plus d'une raison de m'en vouloir, bredouilla-t-il. Mais justement, si je viens vers vous, c'est parce que j'ai moi-même de bonnes raisons de faire appel à vos services.

– Ne me dis pas que tu as tout à coup besoin de la police de Manchester ? Ce serait cocasse, faut bien l'avouer.

– Eh bien… oui, j'ai besoin qu'on me protège. Mais sachez que je ne viens pas les mains vides. Ce que je peux vous proposer en contrepartie devrait faire avancer l'enquête à grands pas.

– Mais tu crois qu'on n'attend que toi pour la faire avancer ? Nous aussi on bosse, figure-toi, et nous aussi on a des résultats. La seule différence, c'est que nous, on ne balance pas tout en première page d'un torchon vendu à des milliers d'exemplaires.

– Vous ne… vous ne voulez pas entendre ce que j'ai à vous dire ?

Fergus approcha son visage énorme de celui, plus émacié, de Wellington. La tension grimpa d'un cran, à nouveau. Le lieutenant Pennycook s'apprêtait à renvoyer le journaliste à ses chères études lorsqu'il entendit une voix derrière son épaule. Une voix bien plus aigüe que la sienne, mais peut-être plus dure encore. C'était la voix de la capitaine Molly Doherty.

– Vous avez une minute pour nous raconter votre histoire. Pas une seconde de plus.

– Ah, capitaine. Avant toute chose, sachez que je ne voulais certainement pas vous nuire en écrivant le papier sur vos…

– Il vous reste quarante-cinq secondes.

Le journaliste comprit que l'avertissement de Molly n'était pas une menace en l'air. Il en eut une forme de trac, comme s'il devait entrer seul sur la scène du Royal Albert Hall pour déclamer le monologue d'*Hamlet*.

– Quarante secondes, Wellington.

– Ok. Euh... Voilà. J'ai à nouveau été contacté par l'homme qui m'a donné la photo des quatre gamins, celle qui vous a permis d'obtenir l'identification des cadavres. Comme vous le savez, mon informateur serait l'un de ces quatre-là.

– T'as son nom ? demanda Fergus.

– Non, aucune idée.

– Si je te dis qu'il s'appelle Billy, par exemple, ça t'évoque quelque chose ?

– Billy ? Non, ça ne me dit rien du tout. Je ne connais ni le nom ni le prénom de cet homme et je ne sais pas d'où il vient.

– Nous on sait où il habite, reprit Molly.

– Ah bon ? Mais si vous avez un prénom et une adresse, pourquoi vous n'intervenez pas pour l'appréhender et l'interroger sur cette histoire ?

– Parce qu'il a disparu de son domicile. Et on n'a pas de nom ; Billy, c'est juste une supposition. Continuez, Wellington. Il vous reste dix secondes.

– Ce type sait tout de la disparition et de la mort de Duncan et Ryan Harrison, selon ses dires. Et il propose de tout me raconter moyennant finances. Il demande cinquante mille livres, rien que ça. Je lui ai dit qu'il était hors de question que je lui paie une telle somme, et il a menacé de m'envoyer ses hommes pour me casser les genoux. Voilà. Vous savez tout.

– Vous voulez qu'on vous protège, c'est ça ? demanda Molly.

– Je veux vous aider à le retrouver. Si vous parvenez à mettre la main sur lui, j'imagine qu'il perdra son pouvoir de nuisance et qu'il me laissera tranquille.

– Comment pouvez-vous nous permettre de l'appréhender ?

– Il va me rappeler dans une demi-heure, à mon hôtel. Si je suis d'accord pour lui payer la somme désirée, alors il me donnera rendez-vous quelque part pour tout me raconter.

– Alors vous allez accepter l'invitation. Vous lui direz que vous allez lui remettre une partie de l'argent en main propre et le reste par virement, après votre rencontre.

– Et vous irez au rendez-vous à ma place, c'est ça ?

– Vous m'avez bien dit que vous ne saviez pas vraiment à quoi il ressemblait ? Ça veut dire qu'il va devoir venir à votre rencontre, puisque lui sait qui vous êtes. C'est donc vous qui allez vous présenter à l'endroit indiqué.

– Euh… Attendez, vous voulez que je serve d'appât ?

– T'as tout compris, Wellington, conclut Fergus.

Les épaules du journaliste s'affaissèrent à nouveau. Ça n'était vraiment pas sa journée.

CHAPITRE 34
Veille de match

Il monta sur la petite scène du pub et brancha son câble jack sur l'ampli mis à sa disposition. L'engin laissa échapper un petit larsen de protestation, comme s'il tentait d'expliquer qu'il n'était pas fait pour ça : c'était un ampli pour guitare acoustique, pas vraiment adapté à la puissance de feu de la Stratocaster. Le musicien ne le savait que trop bien et soupira en constatant qu'il lui serait impossible d'obtenir une distorsion digne de ce nom. Tout ce qu'il jouerait ce soir, ce serait avec un son *clean* pas tout à fait adapté à son répertoire. Mais c'était ça ou rien. Résigné, le guitariste se retourna vers une assistance qui de toute façon n'attendait pas grand-chose de sa prestation. Les clients étaient venus dans ce pub avant tout pour voir des matches de foot et pas pour écouter un pauvre troubadour mal rasé, aux cheveux sales, seul sur une scène de trois mètres carrés.

Le musicien joua son premier accord et eut l'impression de se lancer dans le vide, comme à chaque fois. Mais il était hors de question de prendre trop de risques ; s'il voulait capter l'attention de son auditoire, il fallait lui donner ce qu'il attendait. Voilà pourquoi il débuta avec une version très soft de… *Wonderwall*.

Comme par miracle, les regards se tournèrent alors vers la petite scène. Il faut dire que sans sa distorsion habituelle, la Stratocaster laissait un peu plus de place à la voix éraillée du chanteur ; chacun put donc se rendre compte à quel point celle-ci était profonde et timbrée, beaucoup plus mélodieuse qu'on aurait pu l'imaginer. Même le patron du pub s'arrêta un instant pour tendre l'oreille et se féliciter d'avoir laissé l'artiste maudit s'exprimer dans son établissement.

Le musicien enchaîna d'autres balades rock et conclut sa première prestation avec une reprise tout en délicatesse d'une chanson des Smiths, *The Boy With The Thorn In His Side*, dont les premiers mots résonnaient comme un appel à l'aide : "*Behind the hatred there lies / A murderous desire for love / How can they look into my eyes / And still they don't believe me?*"[32] Après qu'il eut lentement arpégé le dernier accord de la chanson, un silence s'ensuivit. Le guitariste releva la tête et fut surpris de recevoir une salve d'applaudissements sincère et chaleureuse.

32. « Derrière la haine se cache / Un féroce désir d'amour / Comment peuvent-ils me regarder dans les yeux / Et pourtant ne pas me croire ? » The Smiths, 1986.

Il descendit en souriant de la petite estrade et rangea la Stratocaster, tandis que les regards de l'assistance se concentraient à nouveau sur l'écran géant : le match entre Brighton et Liverpool venait de débuter. Une jeune femme vint à la rencontre du guitariste et l'embrassa sur la joue ; c'était Rebecca, l'hôtesse d'accueil du Midland.

Tous deux se dirigèrent vers le comptoir du pub, où une pinte de *lager* attendait le guitariste. Il remercia le patron et réclama le téléphone, une nouvelle fois.

Il composa ce numéro qu'il connaissait désormais par cœur et demanda la chambre de Ben Wellington.

***

William Jones aurait aimé aller se coucher tôt, s'endormir très vite pour profiter d'un sommeil bienfaiteur. Mais il en était incapable. Il ne tenait pas en place.

Le lendemain se jouerait le match de sa vie. Celui qui pourrait lui permettre, enfin, d'inscrire la plus belle ligne de son palmarès et de laisser une trace indélébile dans l'histoire de son sport. En ce dimanche de mai, dans « son » stade d'Old Trafford, devant ses supporters, il aurait une occasion unique de devenir champion d'Angleterre. Ce serait le point d'orgue magnifique d'une carrière aussi brillante que frustrante, celle d'un roi jusqu'ici sans couronne. William Jones pourrait alors prendre sa retraite, à trente-sept ans, à cet âge où bon nombre de footballeurs avaient déjà raccroché les crampons.

L'enjeu était donc considérable. Malgré son expérience des grands rendez-vous, William ne parvenait pas à relativiser, à se persuader que ça ne servait à rien de jouer le match avant l'heure, de tenter d'imaginer son déroulement. Il savait que tout pouvait arriver sur un rectangle vert, que le sort pouvait tourner dans un sens comme dans un autre, que la hiérarchie sportive pouvait être bousculée à tout moment. C'est ce que signifiaient sobrement ses semblables quand ils se contentaient de hausser les épaules en marmonnant « c'est le football… » ; c'est aussi ce que rabâchaient les journalistes sportifs lorsqu'ils évoquaient inlassablement « la glorieuse incertitude du sport ».

En cette veille de match, William Jones devait aussi tenter d'oublier le contexte anxiogène qui accompagnait ce dernier match de la saison, tous ces événements, dramatiques ou pathétiques, qui s'étaient enchaînés depuis une semaine. Il ne pouvait par exemple s'empêcher de penser à Duncan et Ryan, ces deux gamins retrouvés dans la boue de Moss Side ; cette histoire l'avait marqué beaucoup plus qu'il n'aurait pu l'imaginer.

Alors, dans cet hôtel où l'équipe avait été mise au vert pour la protéger des sollicitations extérieures, le capitaine des Diables Rouges traînait dans les salons, jouait au snooker avec ses coéquipiers, attendait vainement que le sommeil commence à le titiller.

Et puis il entendit des bruits venus de l'extérieur.

C'étaient des cris, ou plutôt des braillements, accompagnés de rires alcoolisés. Il se rapprocha des fenêtres de la salle de billard et constata qu'une petite délégation de supporters de Manchester City s'était introduite sur la pelouse de l'hôtel pour chanter quelques couplets qui tournaient en ridicule les joueurs de United. Leur but était évidemment de perturber la préparation des adversaires de leur équipe, de saper leur confiance et de nuire à leur concentration d'avant-match. Ces hommes de tous âges, aussi saouls qu'inoffensifs, furent rapidement évacués par un service de sécurité renforcé depuis l'invasion du centre d'entraînement. Cette fois-ci, l'incident ne dura pas plus de cinq minutes.

William Jones se détourna de la fenêtre et observa le regard de ses coéquipiers : il y avait de la peur chez les uns, de l'inquiétude chez les autres. L'opération commando menée par les supporters des Bleus avait donc eu les effets escomptés. Les heures qui séparaient les joueurs du grand rendez-vous s'annonçaient interminables.

CHAPITRE 35
The Old Pint Pot

La capitaine Doherty s'effaça pour laisser Ben Wellington entrer le premier. Il était l'appât, celui qui devait apparaître seul sur le pas de la porte. Le lieutenant Summerbee avait apposé un micro sans fil sous un pan de sa veste et le journaliste eut le sentiment de se retrouver au cœur d'un film d'espionnage. Il se demandait juste s'il en serait le héros ou une simple victime collatérale.

Une heure plus tôt, l'homme à la capuche l'avait appelé à son hôtel pour savoir s'il acceptait sa proposition. Wellington avait donné son accord tout en imposant les conditions suggérées par Molly : il remettrait une petite partie de l'argent en liquide avant de faire un virement du reste de la somme sur un compte bancaire, si et seulement si le scoop s'annonçait aussi fracassant qu'on le lui avait vendu. Au bout du fil, son interlocuteur avait hésité ; il n'avait manifestement pas réfléchi aux modalités d'une telle transaction. Faute d'une contre-proposition, il avait fini par se plier aux directives énoncées tout en précisant qu'il ne révélerait la partie la plus sensationnelle de son histoire que lorsqu'il serait assuré d'avoir la totalité des fonds. Enfin, il avait donné rendez-vous dans un petit pub de Salford qui répondait au doux nom de *The Old Pint Pot*, sur les bords de la rivière Irwell.

Ben Wellington regarda Molly avec un air de chien battu. À la réflexion, il ne la sentait pas trop, cette opération où on lui réservait le rôle de la chèvre attachée à un piquet. Derrière la capitaine, les lieutenants Pennycook et Summerbee n'étaient qu'un bien maigre renfort à ses yeux, même si le premier nommé ferait indubitablement le poids si la situation tournait au vinaigre.

Le journaliste soupira, puis poussa la porte du *Old Pint Pot*.

Le pub était noir de monde. Il fallait jouer des coudes pour espérer progresser jusqu'au comptoir, slalomer entre les pintes de bière pour rester au sec. La salle était basse de plafond, avec des piliers en son centre et des tables sur les côtés, sur lesquelles des dizaines de verres vides étaient comme laissés à l'abandon. Sur le mur du fond, un écran géant proposait la retransmission du dernier match du jour, une opposition étonnamment équilibrée entre Brighton et Liverpool. C'était la mi-temps et les consultants installés dans une loge du stade semblaient en total désaccord sur l'analyse de la première période. Mais il était impossible d'écouter ce qu'ils disaient car le son avait été coupé. Tout ce qu'on entendait dans ce pub, c'était un brouhaha feutré, le tintement des verres et de la musique *live* qui provenait du fond de la pièce.

Wellington se demanda pourquoi son informateur lui avait donné rendez-vous dans un tel endroit. Comment pourrait-il le retrouver ? Il serait incapable de le reconnaître avec certitude ; ils étaient au moins une trentaine dans ce pub à ressembler vaguement au portrait très sommaire qu'il s'était fait de l'homme à la capuche. À l'inverse, comment pourrait-on le retrouver, lui, Ben Wellington, perdu au milieu de la foule ?

Sa haute stature lui permit tout de même d'avoir une vision à peu près dégagée sur l'ensemble de la pièce. Il se hissa sur la pointe des pieds et put apercevoir, tout au fond, un musicien seul en scène avec sa guitare. C'est lui qui jouait la musique que recrachaient tant bien que mal les haut-parleurs de l'établissement. Avec une voix d'outre-tombe, il proposait une version plus lente et plus grave du *Love Will Tear Us Apart* de Joy Division ; il n'avait pas la grâce désenchantée du regretté Ian Curtis, mais il était assez convaincant au moment d'égrener les paroles les plus sombres de la chanson : *"All my failings exposed / And there's a taste in my mouth / As desperation takes hold*[33]*"*.

33. « Toutes mes failles sont mises à nu / Et j'ai un drôle de goût dans la bouche / Tandis que le désespoir s'installe… »

Sans se l'expliquer, Ben Wellington eut la certitude de reconnaître cette silhouette mal fichue ; il en était persuadé, c'était celle qui s'était échappée du Black Pool Fold quelques jours auparavant. Ce menton mal rasé qui bougeait à peine lorsqu'il fallait pousser la voix, c'était forcément celui de l'homme à la capuche. Ça n'était qu'une simple intuition mais le journaliste ne parvint pas à s'en défaire. Alors il tenta de se frayer un chemin vers la petite scène, de l'autre côté du pub, en multipliant les "*Sorry, lads*" lorsqu'il renversait quelques gouttes de bière sur son passage.

À deux mètres de distance, le lieutenant Pennycook suivait le journaliste, imposant sa carrure pour entraîner dans son sillage la capitaine Doherty et le lieutenant Summerbee. Molly était la plus petite et ne voyait donc rien de l'objectif à atteindre. Elle entendait néanmoins qu'on se rapprochait singulièrement de la scène où un obscur musicien exposait tout son mal-être sur des accords de mi mineur, de ré et de la. Surtout, elle reconnut la voix éraillée des enregistrements recueillis sur l'ordinateur du 10, Henbury Street. À l'évidence, cet homme était bien le squatteur dont ils suivaient la trace ; il se prénommait sans doute Billy et en savait plus que quiconque sur la tragique histoire de Duncan et Ryan.

Progressivement, le guitariste laissa tomber le *strumming* incessant de ses accords. Il se contenta de les plaquer une fois chacun pour conclure au ralenti, répétant à l'envi que l'amour finirait à nouveau par déchirer son couple.

But love, love will tear us apart, again.
Love, love will tear us apart, again...

Ben Wellington se présenta au bord de la petite scène au moment précis où le musicien jouait les dernières notes de la chanson de Joy Division. Une nouvelle salve d'applaudissements vint accompagner la prestation ; le guitariste s'inclina avec émotion, tout en jetant un coup d'œil à cet ampli acoustique qui, par ses limites, lui avait permis d'aller sans doute vers plus d'authenticité.

Lorsqu'il se redressa, il se retrouva nez à nez avec le journaliste du *Sun* et ouvrit de grands yeux incrédules : il avait totalement oublié le rendez-vous qu'il avait pourtant lui-même fixé. Reprenant ses esprits, il hocha la tête avec gravité et descendit de scène pour aller ranger la Stratocaster dans son étui. Le public, lui, se retourna vers l'écran géant sans attendre : la seconde période du match entre Brighton et Liverpool allait débuter.

D'un coup de menton, le musicien invita Wellington à le suivre à l'étage du pub. Ils gravirent tous les deux l'escalier de bois qui menait à une mezzanine meublée de quelques tables et banquettes délaissées par les amateurs de foot. Seul un petit couple occupait les lieux, au fond de cet espace mansardé. Les tourtereaux ne remarquèrent même pas les nouveaux arrivants tant ils mettaient du cœur à s'embrasser langoureusement.

Le journaliste et le guitariste s'installèrent sur une banquette. La capitaine Doherty et ses hommes restèrent au pied de l'escalier. Molly mit un doigt sur l'oreillette, pour ne rien manquer de la discussion qui s'annonçait. Elle souhaitait recueillir suffisamment d'informations avant de passer à l'étape de l'interrogatoire policier.

– Comment dois-je vous appeler ? demanda Wellington pour débuter. Vous pouvez me donner un nom ou pas ?

– Je ne préfère pas.

– Et si je vous appelle Billy, je me trompe ? tenta le journaliste.

– Complètement ! Je n'ai plus rien à voir avec ce connard. Plus rien du tout, vous comprenez ? Il avait largement les moyens de me sortir de la merde et il n'a rien fait. Il ne répond plus à mes appels. Il m'a laissé tomber alors il peut aller se faire foutre. Moi c'est Jake. C'est tout ce que vous devez savoir.

– C'est d'accord, Jake. Vous êtes lequel de ces gamins, sur la photo d'il y a vingt ans ?

– Celui qui fait le doigt d'honneur au photographe, évidemment. J'étais déjà le plus rock'n'roll de tous. Un garçon mal élevé, "*Badly Drawn Boy*" ; ça aurait fait un chouette nom de scène, mais c'était déjà pris[34].

34. Badly Drawn Boy est un musicien qui s'est révélé sur la scène mancunienne au début des années 2000.

– Ok. Et ceux qui se battent dans le fond, ce sont bien Duncan et Ryan ?

– C'est ça. Le plus grand, c'est Duncan.

– Ce sont eux dont on a retrouvé les corps il y a une semaine, vous le confirmez ?

– Bien sûr. Vous le saviez déjà, non ?

– Je suis obligé de tout vérifier plutôt deux fois qu'une, Jake. Je ne veux pas commettre la moindre erreur. Et donc le quatrième larron sur cette photographie, c'est Billy ?

– Ouais. Ce connard.

– Il est toujours en vie, alors ? Pourquoi est-ce que vous lui en voulez autant ?

– Je vous le dirai plus tard. C'est le deal.

– Très bien. Alors racontez-moi ce qui s'est passé avec Duncan et Ryan.

Jake soupira et s'appuya sur le dossier du canapé, le regard dans le vide. Il réfléchissait à l'importance de ce qu'il était en train de faire, à cette révélation qu'il avait gardée en lui depuis si longtemps. Il y avait une éternité, il avait fait un pacte avec Billy, promettant de ne jamais parler de cette histoire. Mais leur alliance avait volé en éclats et le pacte ne tenait plus.

Alors Jake s'apprêtait à se défaire d'un pan entier de son histoire. Celui qui pesait le plus lourd.

– Ils sont morts, finit-il par lâcher.

– Ça, je le sais, dit Wellington. Mais comment ? Qu'est-ce qu'il leur est arrivé ?

– Ils étaient là-haut et ils sont… Ils ont été tués.

Jake se tut. Il hésitait, encore et encore. Que devait-il dire ou ne pas dire ? Est-ce qu'un journaliste du *Sun* était la personne la plus à même de recueillir cette histoire ? La réponse était : oui, bien sûr. S'il payait.

– Je veux mon argent, finit par lâcher le musicien.

– Je vous en ai apporté une petite partie en liquide, comme convenu.

– Combien ?

– Trois mille livres. C'est tout ce que j'ai pu réunir en aussi peu de temps. Et ça fait déjà un joli paquet d'argent : soixante billets de cinquante livres, regardez.

À ces mots, Wellington sortit une enveloppe épaisse et l'ouvrit pour laisser apparaître les billets.

– C'est tout ? Vous vous foutez de ma gueule ?

– C'est déjà beaucoup et vous le savez. Racontez-moi votre histoire et je vous promets que je tiendrai parole. Je vous ferai le virement dès que possible.

– Je te fais pas confiance, le baveux. File-moi l'argent tout de suite !

– Surveillez votre langage, hein ! Ça n'est pas ce que nous avions convenu.

– Mais c'est ce qui me convient maintenant. C'est moi qui fixe les règles. Sinon je me barre et t'auras rien de plus.

Ben Wellington resta médusé par le changement de tonalité du guitariste. Il s'apprêtait à monter à son tour sur ses ergots, mais il n'en eut pas l'occasion.

Un petit bout de femme à l'air intraitable prit place à ses côtés.

– Vous êtes qui, vous ? grommela Jake. Vous vous prenez pour qui, à venir nous déranger en pleine discussion ?

– Capitaine Molly Doherty. Les lieutenants Pennycook et Summerbee sont juste derrière moi. Bonsoir, Jake.

Le musicien se figea. Puis se tourna vers Wellington.

– T'es qu'un salopard, murmura-t-il. T'es allé prévenir les flics alors qu'on s'était mis d'accord. T'as aucun honneur, t'es qu'un journaliste de merde.

– Je te rappelle que l'une des composantes de l'accord en question, c'était qu'on me casse les genoux si je ne l'acceptais pas, répondit Wellington. Alors tu es mal placé pour me parler d'un code d'honneur, petit merdeux.

Jake se leva d'un coup, menaçant. Il n'était toujours pas bien grand, mais son regard mauvais méritait qu'on prenne la menace en considération. Fergus s'avança, le doigt tendu vers le guitariste, lui intimant l'ordre de se rassoir.

– Calmez-vous, tempéra Molly. Jake, puisque c'est ainsi qu'il faut vous appeler, je suis chargée de faire toute la lumière sur la disparition tragique de ceux qui étaient vos camarades il y a plus de vingt ans. Et c'est toute une ville qui attend d'en savoir plus. Cette histoire a cristallisé les haines et les rancœurs à chaque coin de rue. Alors croyez-moi, ça n'est pas le moment de jouer à la petite frappe qui ne pense qu'à lui et à l'argent qu'il pourrait tirer de ses révélations. Racontez-nous ce que vous savez.

Jake se rassit, abattu. Il n'osait plus regarder ni Wellington, ni la capitaine Doherty. Il semblait totalement perdu. Avec la somme promise par le journaliste du *Sun*, il avait rêvé d'une nouvelle vie, plus facile, sans problème d'argent, dans un vrai logement ; et voilà que tout volait en éclats. On lui demandait de se débarrasser de son histoire gratuitement, sans qu'il puisse en tirer le moindre bénéfice, sinon celui de repartir plus léger vers un domicile qui n'était pas le sien et dont il serait inévitablement expulsé.

– Je te conseille de nous parler, grommela Fergus en s'approchant encore de la banquette sur laquelle le musicien s'était recroquevillé.

– Qu'est-ce qui est arrivé à vos amis ? reprit Molly. Est-ce que ça s'est passé dans le quartier d'Ancoats ?

Jake restait muet. Molly changea son angle d'attaque.

– Si je vous donne le nom de Nigel Atkins, ça vous parle ? On a récupéré chez vous le fameux médaillon qui aurait été retrouvé sur le lieu de la découverte des cadavres. Vous saviez qu'il lui appartenait, n'est-ce pas ? C'est vous qui l'avez placé dans la fosse pour en diffuser la photographie ?

– Oui, finit par répondre Jake. C'était pour vous mâcher le travail. Je me disais que vous finiriez par comprendre. Mais vous avez mis le temps.

– Qu'on allait comprendre quoi ? Quel est le lien entre ce Nigel Atkins et les deux victimes ? Comment s'est-il retrouvé avec une balle dans le crâne ?

– Ça, je n'y suis pour rien ! hurla Jake en se levant à nouveau. Je n'y suis pour rien, bordel ! C'est pas moi qu'il faut interroger là-dessus !

– Calmez-vous. Et qui faudrait-il interroger, alors ?

– Essayez plutôt de retrouver ce connard de Billy ! Lui il vous dira tout, s'il en a le courage. Il va falloir qu'il assume, maintenant !

– Et où est-ce qu'on peut le trouver, ce Billy ?

Jake fixa Molly avec un sourire mauvais. Puis il finit par lâcher : « Il y a des chances qu'il soit au stade demain, si vous voulez savoir. »

Alors qu'il prononçait ces mots, une formidable clameur résonna dans le pub. En contrebas, la centaine d'amateurs de football réunis devant l'écran géant célébrait en hurlant l'ouverture du score des joueurs de Brighton. Ces hommes n'étaient pourtant pas des supporters des *Seagulls* ; ils étaient juste ravis de voir que les voisins de Liverpool étaient malmenés par une équipe relativement modeste.

Le vacarme de leurs acclamations surprit tout le monde à l'étage. Jake profita de ce court instant de stupeur. Il arracha l'enveloppe des mains de Wellington et se rua dans l'escalier.

Fergus se lança à sa poursuite, aussitôt imité par Stuart. Mais le lieutenant Pennycook était bien moins alerte que sa proie au moment de descendre les marches étroites. Son quintal ne se prêtait pas vraiment à l'exercice.

Lorsque les policiers arrivèrent en bas, le musicien avait déjà disparu. Il s'était fondu dans cette foule remuante et goguenarde.

Fergus rentra dans la mêlée à la manière d'un pilier de rugby, mais sa progression restait laborieuse. Des litres de bière furent projetés sur le plancher. On entendit toutes sortes d'injures locales. Stuart, lui, suivait comme il pouvait.

Les deux lieutenants sortirent du pub échevelés. Mais il était déjà trop tard.

Jake avait disparu dans la nuit de Salford.

CHAPITRE 36
Sir Alister Chapman

Manchester, le 18 mai 1997. 23 heures.

À cette heure de la soirée, la Mercedes ne mit que très peu de temps à traverser le centre-ville de Manchester. En moins de quinze minutes, la puissante berline avait remonté Princess Street avant de prendre la direction de Piccadilly et de longer le canal de Rochdale, dans le quartier d'Ancoats.

Pendant le trajet, Duncan avait essayé d'en apprendre un peu plus sur la fameuse mission que Nigel lui réservait. Il était impatient de savoir s'il s'agissait de faire le guet quelque part, d'aller voler dans une usine ou de se livrer à un quelconque trafic. Il était à la fois fier et anxieux de participer à sa première opération avec les Jibbers, conscient qu'il s'agissait là d'un rite de passage qu'il lui faudrait absolument réussir. Ça n'était pas rien, tout de même, de faire partie des *InterCity Jibbers* ; à ses yeux, c'était une manière accélérée de devenir adulte, d'être enfin respecté, d'inspirer une certaine crainte à tous ceux qui l'avaient jusqu'ici méprisé.

Hélas, Nigel n'avait rien voulu dire, ou presque, de ce qui attendait Duncan. Il avait accueilli le jeune garçon dans la Mercedes avec un large sourire, trop large peut-être, et puis il s'était tu le reste du temps. Tout juste s'était-il contenté de lâcher qu'il ne fallait pas s'inquiéter et qu'il expliquerait tout en temps et en heure. Il avait monté le son de l'autoradio lorsqu'il avait entendu les premières notes du *Blue Monday* de New Order et s'était mis à chanter à tue-tête : "*How does it feel / To treat me like you do / When you've laid your hands upon me / And told me who you are*"[35]. Duncan avait tout d'abord souri puis il avait compris que Nigel mettait ainsi un terme à la conversation. Pendant tout le reste du trajet, il n'avait pas baissé le son de l'autoradio et ces quinze minutes avaient paru interminables.

Dans l'esprit de Duncan, les questions n'avaient cessé de se multiplier. Il y avait celles sur la nature de sa mission, mais pas seulement. Il se demandait aussi pourquoi il était seul avec Nigel dans cette voiture. Où étaient les autres Jibbers ? Allaient-ils les retrouver à destination ? Était-ce une opération qui nécessitait un « commando » des plus réduits ? Et pourquoi fallait-il se rendre à Ancoats, l'un des

35. « Qu'est-ce que ça te fait / de me traiter comme tu le fais / Quand tu as posé tes mains sur moi / Quand tu m'as dit qui tu étais vraiment. »

quartiers les plus mal famés de Manchester ? Cette zone n'était peuplée que des fantômes des usines de la révolution industrielle ; qu'y avait-il donc là-bas qui puisse intéresser le boss d'un groupe de hooligans ?

Lorsqu'ils arrivèrent dans cette friche industrielle, dans cette cité abandonnée, Duncan ne savait plus quoi penser et commençait à regretter de s'être embarqué dans cette aventure nocturne. Toujours muet, Nigel roula au pas le long du canal, puis tourna à gauche sur Murray Street avant de stopper la Mercedes au début de la rue.

Une fois sur le trottoir, Duncan n'était pas plus rassuré. Même si ces usines étaient fermées depuis des années, même si leurs machines s'étaient arrêtées pour toujours, l'endroit semblait encore puer la sueur et le charbon, dont les poussières étaient incrustées entre les pavés inégaux, entre les briques rouges de cet univers désolé. L'éclairage public avait rendu l'âme sur une grande partie de Murray Street et plusieurs secteurs de la rue étaient plongés dans le noir. Tout juste pouvait-on distinguer une autre voiture garée sur le trottoir, à quelques mètres de distance ; c'était une Rover à la calandre menaçante.

– Bon sang, qu'est-ce qu'on fait là ? demanda Duncan.

– Je t'ai dit de ne pas t'inquiéter, merde ! répondit Nigel, dont le grand sourire avait cédé la place à un rictus agacé.

– Mais tu ne m'as toujours pas répondu : c'est quoi cette opération qu'on va mener avec les Jibbers ? J'ai besoin de savoir, à la fin !

Nigel se tourna vers Duncan et l'empoigna par le bras avec force.

– Écoute-moi bien, petit. Ce qu'on va faire ce soir, c'est pas vraiment une activité habituelle des Jibbers, ok ? Ça n'a même rien à voir avec le groupe, en fait. Je te rappelle d'ailleurs qu'il faut que tu fermes ta gueule sur tout ça, hein ? T'en parles à personne. Même pas à Colin, tu comprends ? Sinon je te sors des Jibbers et je peux te dire que je me souviendrai longtemps de ta traîtrise et qu'on ira rendre visite à ta chère maman pour lui foutre un peu les jetons. Ok, c'est un truc un peu spécial qu'on va faire ce soir, mais je te promets que ça va te rapporter un sacré paquet de pognon, comme t'en as jamais vu. Alors ferme-la, et suis-moi.

Nigel resserra son emprise sur le bras de Duncan et le tira pour qu'il se mette en route. Ils passèrent une grille noire qui s'ouvrait sur un passage étroit entre deux murs de brique. C'était l'une des nombreuses entrées qui menaient au Royal Mill, cette filature gigantesque qui avait fait la fierté de la ville il y a un siècle et qui en était devenue la verrue inutile.

Ils avancèrent rapidement dans ce petit passage pourtant plongé dans la pénombre. Nigel semblait connaître le chemin par cœur ; il entraîna Duncan jusqu'à une ouverture sur le côté. Ils grimpèrent trois marches et se retrouvèrent dans le hall d'entrée du bâtiment désaffecté. C'était un espace glacial où il n'y avait rien, à part un vieux banc sur le côté et un escalier de bois aux marches usées, creusées en leur centre par d'incessants passages. Sur le banc se trouvait un homme qui finit par se lever, déployant sa carrure imposante. Duncan frissonna en découvrant ce personnage qu'il aurait espéré ne jamais croiser à nouveau.

C'était Johnny Gleenan, le plus tordu des videurs de l'Haçienda.

– Vous êtes en retard, grogna-t-il. Atkins, putain !

– Je sais, Johnny. Mais pourquoi tu nous donnes rendez-vous dans ce trou à rats, aussi ?

– Parce que j'ai besoin d'opérer dans la plus parfaite discrétion, et tu sais pourquoi. Mais tu aurais dû t'organiser un peu mieux. Tu sais pourtant que le vieux déteste attendre.

– T'inquiète, je le connais par cœur. Mais on est là, hein. Et je peux t'assurer qu'il ne sera pas déçu.

– Comment tu le sais ? T'as goûté à la marchandise ou quoi ?

– Dis pas de conneries. Comme je te le disais, je le connais par cœur. Je suis sûr de mon coup. C'est tout ce qu'il aime.

Duncan resta pétrifié en écoutant cette conversation. Il ne comprenait pas ce qui se passait, il redoutait le pire.

– De qui vous parlez ? demanda-t-il. Et vous, pourquoi vous êtes pas à l'Haçienda ce soir ?

– Jamais le dimanche, répondit Gleenan. Et puis je suis beaucoup mieux payé quand je travaille pour le vieux, d'autant que les jours de l'Haçienda sont comptés, à ce qu'il paraît.

– Mais c'est qui, « le vieux » ?

Le videur se tourna vers Nigel Atkins en fronçant les sourcils.

– Tu ne lui as pas dit ? Tu ne lui as rien expliqué ?

– Non. Je préférais que ce soit toi qui le fasses. T'as toujours su trouver les mots justes, t'es un vrai diplomate.

– Te fous pas de ma gueule, Atkins. Tu sais très bien que ça peut très mal se passer, si le gamin est pas un minimum au courant.

– Mais de quoi vous parlez ? hurla Duncan en essayant de se dégager de l'emprise de Nigel.

Alors Johnny Gleenan se tourna vers lui et tenta d'adoucir sa voix, pour lui expliquer la situation à la manière d'un éducateur en école primaire.

– Sir Alister Chapman, tu connais ? Non ? C'est un membre du Parlement britannique. J'imagine que tu ne t'intéresses pas à la politique, mais figure-toi qu'il a récemment été réélu dans une circonscription du Grand Manchester, c'est te dire l'importance du bonhomme. C'est aussi un aristocrate, quelqu'un du grand monde. Un véritable gentleman qui est cent fois, mille fois mieux éduqué que toi. Inutile de te dire que Sir Alister est également très fortuné, et qu'il est prêt à payer très cher pour obtenir ce dont il a envie…

Un silence s'installa dans ce hall glacial. Duncan attendait que Gleenan poursuive son explication mais le videur se contentait de le regarder dans les yeux, comme s'il voulait lui faire comprendre la situation sans avoir besoin de la décrire.

Duncan, lui, avait besoin de mots clairs, précis.

– Et… de quoi il a envie, Sir Alister ?

– Il a une passion depuis toujours, dit Gleenan. On peut dire ça, Nigel, hein ? C'est depuis toujours ?

– D'aussi loin que je me souvienne, oui. En tout cas, c'était déjà le cas à mon époque, même si j'ai été l'un des premiers.

– Il a… une passion pour quoi ? souffla Duncan.

Johnny Gleenan s'approcha un peu plus.

– Pour les jeunes garçons. Pour les gamins un peu comme toi. Pas des enfants, attention ; mais pas des adultes non plus. Il aime bien passer du bon temps et prendre du plaisir avec les jeunes garçons, c'est comme ça. Surtout ceux qui viennent des classes populaires. Je ne sais pas pourquoi mais la crasse, ça l'excite. Et en échange, il paie. Très bien. Une partie pour toi, une autre pour Nigel et moi, c'est le deal. Et c'est un bon deal, pas vrai ?

Duncan finit par se dégager, s'écartant un peu des deux hommes. Il fixait Nigel Atkins avec dans les yeux une colère à la hauteur de son immense déception.

– C'est ça que tu voulais que je fasse ? Et c'est pour ça que tu voulais pas que j'en parle à Colin ? Tu voulais que je sois la pute de ce vieux dégueulasse ? J'étais qu'une marchandise pour toi, hein ? De la chair fraîche et rien de plus !

– Ne le prends pas comme ça, merde ! dit Nigel. Autrefois, tu sais, j'étais l'un des chouchous de Sir Alister et je peux te dire que ça m'a rapporté gros. Mais maintenant je suis trop vieux pour lui et ça me ferait plaisir que tu prennes le relais, tu comprends ? Ok, ça ressemble à de la prostitution infantile, mais n'oublie pas qu'il y a un très gros paquet de fric à se faire, c'est ça le plus important. Pense à ta maman, et à tous les problèmes qu'elle a en ce moment… Imagine qu'elle ait un accident, ce serait vraiment une catastrophe si elle venait à perdre son boulot, tu crois pas ?

Duncan hurla en traitant Nigel de tous les noms.

Johnny soupira et se retourna vers Nigel, agacé.

– Tu comprends pourquoi ça peut devenir compliqué s'ils ne se doutent absolument de rien ? grogna-t-il. Maintenant il va falloir utiliser la force et tu sais très bien que le vieux n'aime pas trop quand ça se passe comme ça.

En entendant les mots de Johnny, Duncan comprit qu'il ne servirait à rien de s'opposer à ce qu'on lui demandait, de hurler ou de se débattre. Il fallait fuir.

Les deux hommes le devancèrent et bloquèrent aussitôt la porte de sortie.

Duncan les regarda, paniqué.

Et il choisit la seule option possible : les escaliers.

QUATRIÈME PARTIE

CHAPITRE 37
Morning glory

Desmond Paisley se réveilla avec l'envie de bouffer le monde. Il avait dormi comme un bébé et avait ouvert les yeux avant même que son réveil ne vienne sonner la charge. La veille, il avait volontairement laissé les rideaux de la chambre ouverts ; la lumière du jour était alors venue le titiller, l'agacer, lui chatouiller les paupières. Aussitôt, la bête était sortie des limbes, tous muscles tendus, en une *morning glory* qui inclurait toutes les parties de son anatomie.

Il ouvrit la couette d'un geste brusque et la fraîcheur soudaine fit que chacun de ses pores se resserra, chacun de ses poils se mit au garde-à-vous. Il s'étira en un grognement orgasmique et bondit hors du lit. Puis il se dirigea vers la fenêtre, nu comme un ver. Dehors, la météo hésitait encore, comme souvent. Elle pourrait offrir une aube radieuse ou se contenter du traditionnel camaïeu de gris qui accompagnait tant de journées mancuniennes.

Desmond, lui, se moquait de savoir si la journée serait humide ou ensoleillée ; ce serait son jour de gloire, quelle que soit la couleur du ciel. Car c'était aujourd'hui le jour du derby. C'était le jour où l'on reconnaîtrait les braves, enfin. Celui qui couronnerait son équipe et ferait de lui, Desmond Paisley, un héros britannique incontournable. On l'aimerait passionnément, on le détesterait avec autant de vigueur ; mais peu importait, finalement, car il serait le seul en pleine lumière. On penserait enfin à lui pour l'équipe nationale, on l'inviterait sur les plateaux de télévision, on lui proposerait de participer aux émissions people et qui sait, on lui demanderait peut-être de faire quelques pas de salsa ou de tango avec une danseuse professionnelle dans la prochaine édition de *Strictly Come Dancing*.

Ce serait l'apothéose, celle du crapaud devenu roi au nez et à la barbe du prince charmant, qui n'aurait plus que ses beaux yeux pour pleurer. Paisley en riait à l'avance : William Jones, le « prince William », serait condamné à le regarder parader tandis que lui se morfondrait au crépuscule de sa carrière infertile.

Le capitaine de Manchester City se raisonna tout de même. Encore faudrait-il ne pas perdre le match qui s'annonçait.

***

William Jones eut un mal fou à émerger. Il avait l'impression de ne pas avoir fermé l'œil de la nuit.

Dans son esprit embrumé tournait en boucle ce vieux tube d'Oasis, dont le refrain répétait à l'envi qu'il avait « besoin d'un peu de temps pour se réveiller, se réveiller[36] ».

Il lui fallut en effet une bonne dizaine de minutes avant de parvenir à ouvrir la paupière droite, puis la gauche. Et ce fut encore plus laborieux lorsqu'il se décida à mettre en route cette vieille carcasse qui n'avait plus l'insouciante mémoire de ses vingt ans. Désormais, son corps se souvenait de chacun des efforts de la veille et ses muscles se chargeaient effrontément de lui rappeler qu'il les avait sollicités sans penser au lendemain.

Alors William Jones prit son temps pour ne pas froisser les fibres et les chairs, pour écouter une dernière fois les doléances de son anatomie. Ce soir, quoi qu'il arrivât, il laisserait son corps en paix, sans avoir à penser au prochain match, à la prochaine saison.

Car ce soir, c'était décidé, il mettrait un terme à sa carrière.

C'en serait fini de ces vingt années à taper dans une balle, à courir sur un rectangle engazonné, à éviter des adversaires de plus en plus jeunes et irrespectueux, à tenter de faire « trembler les filets », comme disaient les journalistes spécialisés. C'en serait fini de ces deux décennies au plus haut

---

36. *"Need a little time to wake up, wake up"* dans la chanson « Morning Glory » (1995).

niveau, passées d'un club à l'autre, d'une couleur à l'autre, sans jamais pouvoir exulter vraiment.

Aujourd'hui serait la dernière occasion. La plus belle.

Alors il se leva en douceur, attendant que son corps lui donne le feu vert.

***

Sans surprise, Molly n'avait presque pas dormi de la nuit, à nouveau.

La veille, elle avait été à deux doigts d'obtenir enfin les réponses aux questions qui la tourmentaient : Jake, l'un des quatre gamins de Moss Side, s'était retrouvé assis face à elle, désemparé, sans doute prêt à libérer sa mémoire et tout dire de ce qu'il était arrivé à Duncan et Ryan. C'était une évidence, ses résistances auraient fini par céder et la ville se serait éveillée soulagée en apprenant que le mystère avait été résolu.

Mais il avait suffi d'une brutale exclamation de supporters pour que Jake s'envole avec tous ses secrets. Les lieutenants Pennycook et Summerbee s'étaient montrés incapables de rattraper le guitariste et ils étaient revenus, piteux, avouer leur échec. Fergus avait été le plus affecté des deux car il avait vécu cette séquence comme une faute professionnelle : c'était lui qui avait mené la charge, c'était lui qui s'était le premier rué dans cet escalier trop étroit pour son gabarit. C'était donc lui qui avait failli et il s'en voulait terriblement. Molly n'avait pas su trouver les mots pour le remettre en selle, dépitée qu'elle était d'avoir raté une occasion en or de faire avancer l'enquête.

Alors chacun était rentré chez soi, en se promettant de se remettre au travail le plus tôt possible. Le lendemain serait le jour du derby, celui de la confrontation entre les Rouges et les Bleus, entre les deux parties de la ville ; c'était un jour où Molly et ses hommes auraient encore moins le droit à l'erreur.

Ce matin-là, la capitaine Doherty avait donc montré l'exemple en se présentant au plus tôt au poste de police. Elle s'était réveillée en sursaut et avait traversé la ville à pied à une heure bien trop matinale pour un dimanche. Mais ces quelques minutes de marche avaient parfois ressemblé à un chemin de croix. Une fois, deux fois, trois fois et peut-être plus, elle était tombée sur ces inscriptions qui avaient fleuri sur les murs de la ville, grossièrement tracées au marqueur ou peintes à la bombe. En substance, il y était question d'une salope irlandaise, incapable et forcément néfaste, qui ferait mieux de rentrer sur son île pour aller pleurer avec ses amis catholiques. À deux reprises, elle avait aussi lu le prénom de son frère, dont on disait qu'il était un ennemi de la nation.

Molly aurait pu faire comme la veille, baisser la tête et ignorer les insultes ; continuer d'avancer en attendant qu'on finisse par oublier qu'elle existait. Mais ce matin-là, la jeune femme se sentait fragilisée. Il y avait l'échec de la veille, le manque de sommeil, la pression d'un jour de derby, toutes ces considérations qui la rendaient vulnérable. Elle vécut chacune de ces inscriptions comme autant de coups de poing dans le ventre. Lorsqu'elle se posa sur la chaise de son bureau, seule devant le dossier de cette affaire non résolue, elle fondit en larmes.

La suite ressembla alors à un coup de pouce du destin.

Un téléphone qui vibre. Un message laissé par un numéro inconnu. Molly qui se refuse à l'ouvrir, pensant qu'il s'agirait d'une nouvelle insulte ; et qui finit par s'y résoudre, réalisant que son numéro n'avait pas été rendu public.

Elle lut les premiers mots du message, intriguée, se demandant qui pouvait lui écrire ainsi.

Elle en lut les deux derniers mots, les yeux écarquillés, et se sentit submergée par une émotion beaucoup trop forte pour que ses digues puissent y résister. Cette fois, c'étaient des larmes d'émotion pure qui coulaient sur ses joues.

« *Te laisse pas faire par ces connards d'Anglais* », disait le message. « *Montre-leur qui tu es, que tu as du sang de Doherty qui coule dans tes veines. Tu es plus forte qu'eux, petite sœur.* »

C'était Séamus qui volait à son secours, oubliant un instant la rancœur familiale. Par ces quelques mots, il semblait déclarer la guerre aux Anglais ;

mais il faisait surtout la paix avec Molly et lui donnait une force considérable au moment où elle en avait le plus besoin.

Lorsque Fergus et Stuart arrivèrent au poste à leur tour, les yeux gonflés par une nuit trop courte, ils trouvèrent le bureau vide. La capitaine Doherty était déjà repartie, mais elle avait pris le temps d'écrire un mot sur le tableau où étaient encore affichés les partitions et les textes de Jake. « Je pars à Moss Side, écrivait-elle. Je vais interroger à nouveau Maggie Duckworth, pour en savoir plus sur Billy. De votre côté, essayez de retrouver ce maudit musicien. »

– Retrouver Jake ? s'étonna Stuart. Son domicile est sous surveillance, il est parti sans rien sur lui, en laissant sa guitare au pub. Il n'y a aucun moyen de suivre sa trace, comment veut-elle qu'on mette la main sur lui ?

– En essayant justement de savoir chez qui il a pu trouver refuge, dit Fergus. Il a quand même pas passé la nuit dehors… Wellington nous a parlé de cette hôtesse du Midland, qui visiblement le connaît.

– Pas bête. On se lance là-dessus. Et si ça ne donne rien, on ira voir s'il retourne sur les lieux du crime.

– À Ancoats ? Qu'est-ce que tu veux qu'il aille foutre là-bas, plus de vingt ans après ?

– J'en sais rien. Je lance des idées en l'air, c'est ma spécialité. Mais elles retombent souvent à plat, je te le concède.

– Ouais, on va surtout éviter de s'éparpiller, hein. Je crains que ça nous fasse rater le derby, toutes ces conneries.

CHAPITRE 38
Du thé et des shortbreads

Molly se retrouva devant la porte rouge du 1, Henbury Street. Elle jeta un œil à sa montre et se demanda s'il était trop tôt pour déranger Maggie Duckworth un dimanche. Puis elle se dit que les personnes de son âge n'avaient pas l'habitude de traîner au lit et elle appuya sur le bouton de la sonnette.

Elle se rassura aussitôt lorsque Maggie ouvrit la porte. La sexagénaire était sans doute levée depuis un moment puisqu'elle s'était déjà apprêtée pour la journée : elle portait une robe blanche à pois et avait appliqué ce trait de rouge à lèvres un peu forcé qui faisait partie de son personnage. Molly s'excusa et se présenta à nouveau.

– Mais je me souviens très bien de vous, capitaine, répondit Maggie. J'étais étonnée de voir qu'un petit bout de femme comme vous se retrouvait à diriger des hommes costauds comme le lieutenant qui vous accompagnait. À mon époque, c'était inconcevable, voyez-vous. Et puis l'autre jour, j'ai vu toutes les misères qu'on vous a faites dans le journal, ça m'a bien peinée pour vous.

– C'est gentil, madame, mais je…

– Faut pas vous laisser faire, hein. C'est rien que des jaloux, tout ceux qui vous critiquent. Les hommes, dès qu'ils sont dépassés par les femmes, ils deviennent mesquins.

Molly ne put s'empêcher de sourire à cette petite dame au regard pétillant.

– Mais entrez donc. Je vais vous faire du thé.

La capitaine Doherty s'installa au salon, devant un faux feu de cheminée, sur un fauteuil en velours vert orné d'une têtière en crochet. Maggie Duckworth apporta tasses, théière et une assiette de *shortbreads*.

– J'aimerais que vous me parliez à nouveau de ce garçon que vous avez bien connu, me disiez-vous. Celui qui se trouve sur la photo parue dans le *Sun* cette semaine.

– Billy, vous voulez dire ? Oui, je l'ai bien connu ; enfin, c'est un grand mot. Disons qu'il passait me voir de temps en temps. Et puis je vous dis ça, mais c'est surtout mon mari qu'il passait voir.

– Votre mari ?

– Il s'appelait Archie, paix à son âme. Voilà plus de quinze ans qu'il n'est plus de ce monde, la faute à un vilain cancer. Au début, ça m'a terriblement attristée, et puis je me suis faite à la vie en solitaire.

En prononçant ces mots, Maggie se retourna vers le portrait posé sur le vaisselier. C'était un cliché vieux de quelques dizaines d'années, aux couleurs un peu passées. On y voyait un jeune homme souriant, en short et en maillot de football, accroupi avec la main posée sur un ballon.

– C'était un footballeur, votre mari ?

– Oui et non. Il y a cru pendant un moment, au début où on était ensemble. Il a même failli jouer pour l'équipe première de Manchester City, à ce qu'il disait. Mais il a eu un accident. Il s'est cassé le fémur et il a dû dire adieu à la carrière de footballeur dont il avait rêvé… C'est aussi pour ça que le petit Billy venait de temps en temps à la maison. C'était pour parler football avec Archie, pas pour faire du crochet avec moi !

Maggie Duckworth partit d'un petit rire aigu en mettant sa main devant la bouche, comme si elle voulait éviter de projeter des miettes de *shortbread*.

– Pour parler football ? insista Molly.

– Oui, oui. Ils avaient tous les deux une passion pour cette équipe qui jouait pas très loin d'ici, à l'époque. Je n'ai jamais compris pourquoi ça les mettait dans des états pareils, de parler de leurs *Sky Blues*. Dès qu'ils se voyaient, ils citaient des noms de joueurs dont je n'avais jamais entendu parler, ils se prenaient pour l'entraîneur en disant qu'ils préféraient le 5-4-3 ou je ne sais quoi. Ils étaient mignons, tous les deux. Et Billy demandait aussi des conseils sur le métier de footballeur, comme si mon Archie pouvait vraiment lui répondre… Mais bon, il avait touché ce rêve du doigt, il pouvait au moins lui raconter ça.

– Ils se sont vus souvent ? Pendant longtemps ?

– De temps en temps, je vous dis. Et puis ça s'est arrêté d'un coup. C'est pour ça que je l'ai perdu de vue, le petit Billy.

– Pourquoi ça s'est arrêté ?

Maggie Duckworth fit la moue puis but une gorgée de thé, le temps de choisir ses mots.

– Parce qu'ils se sont fâchés. J'ai trouvé ça complètement idiot mais que voulez-vous, les garçons sont comme ça. Ils se sont fâchés pour une histoire de couleur : le petit Billy rêvait de devenir footballeur et on lui a proposé de faire un essai avec les Rouges. Il est venu demander son avis à Archie qui s'est énervé et qui lui a interdit d'y aller, parce qu'il aurait dû privilégier les Bleus. Vous voyez comme c'est stupide ? À partir de ce jour-là, on n'a plus revu le gamin. Et puis Archie est tombé malade et vous connaissez la suite.

Maggie s'interrompit à nouveau, visiblement émue.

– Je ne sais pas pourquoi vous me faites parler de ça, mademoiselle. Ça me remue un peu, je dois bien l'avouer.

– Je suis désolée, madame Duckworth. Mais vous savez comme moi que ça peut faire avancer l'enquête…

– Oh, ne vous inquiétez pas, je vais m'en remettre. Et maintenant que j'y pense, j'ai une photo de Billy et de mon mari, de l'époque où le gamin avait seize ou dix-sept ans. Ça n'était plus vraiment un gamin, faut dire. C'est lui qui avait voulu poser avec mon Archie…

Molly allait lui exprimer tout son intérêt lorsque son téléphone sonna avec une puissance incongrue dans l'univers feutré de Maggie Duckworth.

C'était le lieutenant Pennycook qui venait au rapport.

***

Stuart leva les yeux. Il cherchait un endroit élevé, quelque part dans ce quartier d'Ancoats. C'était sans doute une idée étrange de revenir dans le coin plus de vingt ans après la mort de Duncan et Ryan, mais il en avait éprouvé le besoin. Ce n'était pas qu'il espérait y retrouver Jake, c'était juste qu'il voulait essayer de comprendre ce qu'il avait bien pu se passer dans ces rues pavées, entre ces bâtiments industriels dont on avait gardé la carcasse mais qui n'avaient plus la noirceur d'autrefois.

Derrière lui, Fergus appelait sa supérieure.

– Capitaine ? C'est pour vous dire qu'on est passés à l'hôtel Midland, tout à l'heure. On a retrouvé la dénommée Rebecca dont nous avait parlé Wellington. En fait, c'est une cousine de Jake, c'est pas du tout sa petite amie. Mais c'est bien elle qui l'a hébergé cette nuit, elle nous l'a avoué sans qu'on ait eu à le lui demander. Elle a pris peur, voilà tout, et elle dit qu'elle ne sait pas où il est parti aujourd'hui. Elle est bien gentille, cette petite Rebecca, mais je ne pense pas qu'elle sache grand-chose sur notre affaire…

Stuart se retourna vers Fergus et fit des grands signes en lui montrant le ciel. Mais son collègue ne comprenait pas, occupé qu'il était à écouter ce que la capitaine Doherty avait appris de son côté.

Quand il raccrocha enfin, il répondit à Stuart avec un léger agacement.

– Tu sais très bien que j'aime pas être dérangé quand je suis au téléphone avec la boss. Doherty était en train de me dire des trucs importants, merde. Qu'est-ce que tu voulais me montrer ? Pourquoi t'as toujours le nez en l'air ?

– Tu te souviens des paroles de la chanson de notre poète maudit, « Ancoats Blues » ?

– La chanson de ce connard de Jake, celui qui m'a filé entre les pattes ?

– Lui-même. Dans le refrain, il dit quelque chose comme : « Là-haut, tout là-haut / Nos frères ont tout perdu / Le Mal a tout effacé / Le Bleu comme le Rouge… »

– Ouais, c'est ça. T'as une bonne mémoire. Et donc ?

– On sait aussi que le corps de Nigel Atkins a été retrouvé sur une passerelle. Voilà pourquoi j'ai le nez en l'air, camarade.

Fergus leva les yeux à son tour. Il découvrit alors cette passerelle métallique qui surplombait Murray Street et qui reliait deux bâtiments de ce qui formait autrefois le Royal Mill, la filature royale de Manchester. C'était une simple grille posée sur deux poutrelles d'acier, avec une rambarde des plus sommaires, au niveau du sixième étage.

– La vache. Tu ne me feras jamais monter là-dessus, Stuart. Rien que de la regarder d'en bas, j'ai le vertige.

– « Là-haut, tout là-haut / Nos frères ont tout perdu… »

CHAPITRE 39
Murray Street

Manchester, le 18 mai 1997. 23 heures 30.

Les scooters de Jake et Billy n'étaient pas les fiers destriers dont Ryan aurait pu rêver. Le Honda cabossé de l'un et le vieux Lambretta de l'autre auraient chacun mérité une sérieuse révision, mais ils avaient au moins le mérite de rouler.

Ryan était tout d'abord passé voir Billy. Il avait lancé du gravier sur les carreaux de sa fenêtre pour qu'il pointe le bout de son nez, puis il lui avait expliqué la situation à toute vitesse, en chuchotant mais sans prendre le temps de respirer : Duncan allait faire une connerie, c'était sûr, il était parti à Ancoats avec un boss des hooligans de United, et ces mecs-là, ils étaient capables du pire, il fallait absolument faire quelque chose, le retrouver là-bas d'une manière ou d'une autre, le ramener à la maison, c'était une question de vie ou de mort, rien que ça. Billy avait écouté en ouvrant de grands yeux ahuris avant de se décider à accompagner Ryan. Il avait vérifié que chez lui tout le monde dormait et puis il avait sorti le Lambretta sans démarrer le moteur.

Ryan avait renouvelé l'opération chez Jake, dont les parents vivaient à quelques mètres de chez Billy. Dix minutes plus tard, les deux scooters filaient en direction du nord-est de Manchester.

Il leur avait fallu vingt bonnes minutes pour rejoindre le quartier d'Ancoats. C'est Jake qui menait le convoi car il connaissait la ville mieux que tout le monde et parce que son Honda cabossé allait plus vite. Ryan, lui, s'était assis à l'arrière du Lambretta, les bras serrés autour de Billy pour éviter de valdinguer au premier virage. Lorsqu'ils arrivèrent près de Piccadilly, la pluie se mit à tomber avec violence. Ils furent trempés jusqu'à l'os en quelques secondes, tandis que les scooters zigzaguaient dangereusement sur la chaussée mouillée. Enfin, il traversèrent la quatre-voies qui séparait le centre-ville de ce quartier périphérique où plus personne n'osait aller.

Ils étaient donc arrivés à Ancoats, au moment où l'averse s'éloignait. Mais il restait l'essentiel : repérer l'endroit précis où se trouvait Duncan.

– Maintenant qu'on est là, dit Jake en s'épongeant le front, on fait quoi ?

– Je sais pas, râla Ryan. On tourne un peu dans le quartier, jusqu'à ce qu'on tombe sur une Mercedes garée quelque part. Il doit pas y en avoir des tonnes, par ici !

Au ralenti sous les pavés détrempés, ils parcoururent Blossom Street, Cotton Street, Jersey Street, toutes ces rues dont les noms faisaient référence aux filatures de coton d'autrefois. Ils se retrouvèrent bientôt le long du canal de Rochdale, sur Redhill Street.

– Là ! brailla Jake. J'ai vu une Merco dans la rue à côté ! Enfin, je crois.

Ils laissèrent les scooters près du canal et remontèrent jusqu'à Murray Street, en essayant de se faire le plus discrets possible. Malgré l'éclairage défectueux, ils remarquèrent effectivement la Mercedes dans laquelle Duncan s'était embarqué une heure plus tôt ; elle était garée près d'une grille noire, ouverte sur un passage qui menait à l'intérieur de l'ancien Royal Mill.

– C'est la même bagnole, j'en suis sûr et certain, confirma Ryan.

– Ok, mais je te repose ma question, reprit Jake. On fait quoi maintenant ? Tu veux qu'on entre dans ces usines toutes pourries ? Moi, ça me fout les jetons !

– Il a raison, dit Billy. On ne sait pas ce qu'on va trouver là-dedans. On a une chance sur deux d'y laisser notre peau.

Au moment où Ryan allait répondre, bravache, que lui n'avait pas peur d'y aller, ils entendirent d'étranges bruits métalliques au-dessus d'eux.

Ils levèrent les yeux, tentèrent de s'habituer à l'obscurité qui régnait là-haut.

Et ils découvrirent cette passerelle qui reliait les deux bâtiments, à près de vingt mètres de hauteur. Les bruits qu'ils avaient entendus, c'étaient ceux d'une ombre qui traversait la passerelle en courant, faisant résonner la grille métallique du tablier. Visiblement, cette fine silhouette tentait de passer d'un bâtiment à l'autre, mais en vain : au bout de la passerelle, il n'y avait qu'une porte fermée.

– C'est qui ce mec ? demanda Jake.

– Putain… Je crois bien que c'est Duncan, dit Ryan.

Coincée tout là-haut, l'ombre semblait paniquer, regardait à droite à gauche et puis en contrebas. Elle aperçut alors les trois garçons qui l'observaient depuis la rue. Elle appela à l'aide en hurlant des mots inaudibles.

C'était bien la voix de Duncan.

Dans la seconde qui suivit, une autre silhouette pénétra sur la passerelle.

C'était celle d'un homme, trapu et menaçant.

CHAPITRE 40
Derby Day

Le lieutenant Pennycook n'en croyait pas ses yeux.

Quelques heures plus tôt, il s'imaginait vivre une journée des plus frustrantes, à enquêter sur une affaire impossible sans savoir où donner de la tête, à poursuivre un pauvre guitariste qui avait l'impudence de courir bien plus vite que lui. Surtout, il se disait qu'il allait rater le derby et c'est bien ce qui l'attristait le plus. Il se voyait condamné à suivre l'évolution du match sur son téléphone portable, le plus discrètement possible pour qu'on ne vienne pas lui dire qu'il n'était pas suffisamment concentré sur sa tâche. À ses côtés, le lieutenant Summerbee faisait grise mine, lui aussi. Il ne disait rien mais acquiesçait avec gravité quand il entendait son collègue râler tout en comptant les heures et les minutes qui les séparaient du coup d'envoi.

Bien sûr, Fergus et Stuart seraient farouchement opposés l'un à l'autre pendant les quatre-vingt-dix minutes de ce match de football ; mais en attendant, ils étaient unis comme jamais face à ce coquin de sort qui allait les priver de l'événement sportif de l'année. Les deux hommes ne s'étaient même jamais sentis aussi proches, partageant les dernières informations sur la rencontre, anticipant les choix tactiques des Rouges ou des Bleus. Ils parlaient ballon, tout simplement, avec un sourire au coin des lèvres et une petite lumière au fond de l'œil. On aurait dit qu'ils jouaient aux échecs sur une table imaginaire en réfléchissant au positionnement de leurs pièces.

– Si on joue en 4-2-3-1 et qu'on densifie le milieu de terrain, analysait Stuart, alors ce sera pour priver ton William Jones de sa liberté habituelle et l'empêcher de trouver la passe qui pourra nous prendre à revers… Qu'en dis-tu ?

– J'en dis que c'est ce que vous aviez fait au match aller et que ça vous avait plutôt réussi, admit Fergus. Mais si de notre côté on opte pour le 3-5-2, alors on pourra éviter l'embouteillage dans l'axe et filer sur les côtés. Ça va ouvrir des espaces et ça n'est pas à la création mais à la finition qu'on retrouvera Jones…

La capitaine Doherty avait souri en entendant ses collègues échanger ces considérations tactiques. Elle n'avait absolument rien compris à ce qu'ils disaient, mais elle avait apprécié cette communion inattendue.

Molly avait attendu qu'ils finissent avant de signaler sa présence.

– Il faudra un jour que vous m'expliquiez toutes les finesses de ce sport, dit-elle sans préambule. J'ai l'impression de passer à côté d'une science fondamentale qui fait tourner le monde, mais qui reste impénétrable pour les non-initiés…

– On vous donnera des cours particuliers avec un grand plaisir, sourit Fergus. Comment va cette chère Maggie Duckworth ?

– Elle va très bien et elle a encore toute sa tête. Je ne pensais pas que cette entrevue serait aussi riche en enseignements.

– Qu'est-ce qu'elle vous a raconté d'aussi passionnant ? demanda Stuart.

– Une vieille histoire qui pourrait nous donner la clé du « scoop fracassant » que Jake voulait révéler à Wellington contre une petite fortune. Et ça devrait nous permettre d'accélérer enfin sur cette enquête ; Pallister veut qu'on aille vite alors on ne va pas perdre de temps. Vous n'aviez rien de prévu cet après-midi, j'espère ?

Les deux lieutenants blêmirent et se regardèrent, accablés.

– Vous en faites, des têtes ! sourit Molly. Je vous confirme que vous ne pourrez pas voir le match à la télévision, si c'est ça qui vous chagrine.

Fergus et Stuart s'assombrirent un peu plus encore.

– Vous le raterez à la télévision mais vous serez tout de même aux premières loges, reprit la capitaine. Car c'est à Old Trafford qu'on va poursuivre l'enquête, et sans attendre. J'ai déjà contacté les responsables de la sécurité du stade. Nous sommes attendus.

À ces mots, Molly posa sur le bureau la photo que lui avait confiée Maggie Duckworth. Celle où l'on voyait Archie, son défunt mari, et le jeune Billy devenu grand.

Stuart Summerbee en eut le souffle coupé.

Fergus Pennycook, lui, n'en croyait pas ses yeux.

***

Le tramway de la Metrolink qui venait du centre-ville s'arrêta un peu plus longtemps que prévu à la station Old Trafford. Il faut dire qu'ils étaient des dizaines et des dizaines à en sortir par chacune des portes automatiques. C'était une petite foule joyeuse et sonore qui se déversait sur le quai de la station de tram en un cortège paisible et ordonné. Il y avait là des hommes et des femmes, des enfants, des grands-parents, essentiellement vêtus de rouge. Ils avançaient sans se presser vers le spectacle promis, ils prenaient leur temps comme s'ils savouraient chaque instant. C'était un jour de fête, dont la conclusion les comblerait de bonheur ou leur briserait le cœur ; mais c'était un jour de fête, avant tout.

En sortant de la station, ils laissèrent sur leur gauche l'enceinte du Lancashire Cricket Club et marchèrent pendant une dizaine de minutes avant de commencer à apercevoir l'imposante silhouette du Théâtre des Rêves. Le ciel était d'un bleu qu'on aurait dit sévillan, la température s'adoucissait, les conditions étaient idéales pour s'en aller respirer l'odeur du gazon et vibrer plus que de raison pour le dernier match de la saison.

À mesure qu'on s'approchait du stade, le cortège se densifiait. Il devenait de plus en plus difficile de se frayer un chemin au milieu de tous ces supporters alors que le coup d'envoi ne serait donné que dans une heure et demie. Sur les trottoirs, la police montée encadrait la procession sans avoir à intervenir et se contentait d'imposer l'ordre par la simple présence de ces chevaux lourds et intimidants.

L'air empestait le crottin tout autant que l'oignon frit des camionnettes à sandwiches réparties tout au long du parcours : la « Food Factory », le « King Burger », le spécialiste du *fish & chips*, tous les vendeurs ambulants étaient évidemment au rendez-vous. Seule manquait à l'appel l'enseigne du regretté Iosif Bahica, depuis qu'une bande de décérébrés l'avait poursuivi le long du canal de Bridgewater, depuis qu'on lui avait ôté la vie sans que quiconque se souvienne exactement pourquoi. Depuis qu'il avait servi de défouloir à la haine ordinaire, il y avait déjà une semaine.

La haine, elle, restait invisible en ce dimanche ensoleillé. Le long du Sir Matt Busby Way, cette vaste allée qui menait au stade, on commençait à entendre les premiers chants de supporters, mais ça n'était rien de plus que le folklore habituel d'un jour de match. Le répertoire comportait toute une collection de rengaines dédiées à chacun des joueurs de United ou quelques refrains bien sentis qui raillaient l'équipe de City dans un grand éclat de rire. À intervalles réguliers, on entendait une volée de "*Red Army ! Red Army !*" s'envoler dans le ciel de Manchester, comme une ponctuation entre deux chants.

C'est en passant le long du pub le plus célèbre des environs, le bien nommé « Trafford », qu'on percevait la puissance sonore des supporters les plus vindicatifs. À l'abri des regards, cachés dans l'arrière-cour de l'établissement, les ultras s'abreuvaient copieusement et s'échauffaient les cordes vocales. Ils devaient être une cinquantaine là-dedans, peut-être plus. On les entendait depuis le bout de la rue, comme s'ils répétaient chacune des chansons prévues pour le derby.

Au milieu de cette assemblée paillarde, Freddie Bruce alias *FredTheRed55* faisait le point sur les actions à entreprendre.

– On va leur faire payer l'invasion de Carrington, les mecs. Quel que soit le résultat du jour, on va faire payer ces connards en bleu. Pas dans le stade, hein. On ne bouge pas une oreille à l'intérieur, sinon c'est la prison direct. Mais après le match, on trouve un moyen de les attendre quelque part et on leur règle leur compte une bonne fois pour toutes.

– Mais si on est champions tout à l'heure, tu crois pas qu'on aura plutôt envie de faire la fête ? osa l'un des ultras.

Freddie Bruce resta songeur un instant.

– Sans doute, finit-il par répondre. Mais si on perd le titre sur la pelouse, je peux te dire qu'on ira le rechercher dans la rue.

CHAPITRE 41
Les couloirs d'Old Trafford

Dans les entrailles du Théâtre des Rêves régnait une étrange excitation.

Les joueurs des deux équipes étaient arrivés au stade et s'étaient aussitôt réfugiés dans les vestiaires. À chaque porte, à chaque entrée, les hommes du service de sécurité étaient sur les dents, protégeaient les acteurs du match avec un excès de zèle plus inquiétant que rassurant. À les regarder transpirer, s'agiter, on aurait dit qu'à tout moment les couloirs d'Old Trafford pouvaient être envahis par des hordes de Wisigoths armés jusqu'aux dents. Pourtant, les forces de l'ordre étaient bien présentes à tous les points névralgiques de l'enceinte et leur expérience en la matière n'était plus à démontrer : depuis de nombreuses années, les stades anglais étaient devenus des sanctuaires inviolables.

Le seul incident notable se produisit entre deux joueurs, au moment où les équipes s'en allèrent marcher quelques minutes sur la pelouse afin de jauger la qualité du gazon. C'est à cet instant que

Desmond Paisley apostropha William Jones, dont il venait d'apercevoir l'élégante silhouette de l'autre côté du terrain.

– Hé, prince William ! T'es venu, finalement ? brailla Paisley dans le silence d'un stade encore vide. Tu vois, j'me suis trompé : je pensais que tu te serais trouvé une excuse, une blessure bidon pour ne pas te faire humilier cet après-midi !

Le capitaine des Diables Rouges l'ignora et se dirigea vers le tunnel.

– Tu pourrais me répondre, Ton Altesse ! Je ne suis pas assez noble pour toi ou quoi ? Ou alors c'est que tu as tellement la trouille que tu es en train de te chier dessus et qu'il faut que tu retournes tout de suite au vestiaire pour te changer ?

Desmond Paisley partit d'un rire si gras et si puissant qu'il s'en alla résonner dans les tribunes vides.

Alors William Jones se retourna et s'adressa à son homologue sans prendre la peine de hausser le ton.

– Tu parles comme tu joues, Desmond. Ça manque singulièrement de finesse, c'est brutal, ça n'est pas très précis et ça finit presque toujours dans les tribunes.

La repartie du capitaine de United fit sortir de ses gonds son homologue de City. Paisley s'avança de quelques pas sur la pelouse en égrenant un chapelet d'insultes, prêt à déclencher une bagarre générale avant même que le coup d'envoi du match ne soit donné. Les hommes de la sécurité se dressèrent aux abords du terrain, prêts à séparer les éventuels belligérants, mais William Jones s'était déjà engouffré dans le tunnel qui menait aux vestiaires.

C'est à cet instant qu'un trio incongru fit son apparition dans les couloirs d'Old Trafford. C'était la capitaine Doherty et ses deux lieutenants, Fergus et Stuart, qui n'en revenaient toujours pas de se retrouver dans un tel endroit.

Le plus ému était indéniablement Fergus Pennycook. Lui qui se proclamait supporter de Manchester United depuis toujours, lui dont la devise était "*Born a Red, die a Red*", lui qui conservait avec émotion le bavoir estampillé United qu'on lui avait offert quand il était bébé, le voilà qui se retrouvait dans le saint des saints. Même en rêve, il n'aurait jamais imaginé pénétrer ainsi dans ces couloirs réservés aux seuls joueurs, entraîneurs et membres du club. Il marchait sur la pointe des pieds, de peur de déranger ses idoles, celles du passé et celles du présent ; il s'inclina en tremblant devant ce qui était autrefois la porte du bureau de Sir Alex Ferguson, le légendaire manager des Diables Rouges, celui qui fit du club une implacable machine à gagner. Fergus en était tellement ému qu'il ne disait plus un mot, ce qui n'était pas tout à fait dans ses habitudes.

Alors c'est Stuart Summerbee qui prit la parole. Parce que lui, il était inquiet de se retrouver là sans savoir exactement ce qu'il était autorisé à faire.

– Vous êtes sûre que Pallister vous a donné le feu vert pour intervenir maintenant ? demanda-t-il. À une heure du coup d'envoi d'un match aussi important ?

– Il m'a bien donné le feu vert, faites-moi confiance, répondit Molly. En revanche, je ne lui ai pas dit où et quand je comptais intervenir, je vous l'accorde.

– Pardonnez-moi, capitaine, mais à mon avis, quand Pallister apprendra qu'on s'est invités dans les couloirs d'Old Trafford à un moment pareil, il risque de ne pas forcément apprécier. Et je ne parle pas du *Chief Constable*, qui va se retrouver en première ligne et qui ne prendra certainement pas la peine de nous défendre s'il est mis en cause. En clair, on joue peut-être notre avenir à l'heure où l'on parle.

– Écoutez, Summerbee. Dans cette affaire, je ne veux pas perdre de temps. Inutile d'attendre quatre-vingt-dix minutes supplémentaires ; inutile d'attendre qu'une folie rouge ou bleue s'empare de la ville au point de rendre tout progrès impossible pendant au moins deux jours. Et puis « on » m'a demandé d'avancer rapidement sur cette enquête, alors « on » ne viendra pas se plaindre. Un stade de football, même un jour de match, n'est pas un endroit coupé du monde où les règles et les lois ne s'appliqueraient pas.

Stuart préféra se taire au moment où Fergus, lui, retrouva l'usage de la parole. C'est qu'il commençait à s'inquiéter lui aussi, mais pour une tout autre raison : il redoutait que l'intervention de Molly ne vienne déstabiliser le club de son cœur au pire des moments. Si tel était le cas, il ne se pardonnerait jamais d'avoir participé à une telle entreprise.

– Et vous n'avez pas l'ombre d'un doute, capitaine ? finit-il par demander. Vous êtes convaincue à cent pour cent que votre hypothèse est la bonne ?

– Vous avez vu la photo comme moi, Pennycook…

Un petit homme rondouillard se présenta alors auprès des trois officiers. C'était le *press officer* chargé des relations avec les médias, qu'on envoyait curieusement au-devant de la police. Il s'adressa aussitôt à Fergus et Stuart.

– Je suis John Tyler, le *P.O.* du club. Lequel de vous deux est le capitaine Doherty ?

– Il se trouve que c'est moi, corrigea Molly.

– Ah. Pardonnez-moi, mademois… capitaine. Écoutez, on vient de me faire remonter une requête pour le moins incongrue. C'est bien vous qui souhaitez voir un joueur, là, maintenant ? Vous savez qu'on joue un match importantissime dans moins d'une heure et qu'il est absolument hors de question de briser la concentration du vestiaire ?

– J'ai tout à fait conscience de l'importance de l'événement. Mais sachez qu'il s'agit d'une enquête de police et qu'on n'a pas de temps à perdre : il nous faut des résultats, et vite, sous peine de voir cette ville exploser.

John Tyler ouvrit de grands yeux, surpris par l'urgence dont la capitaine faisait état. Elle en profita pour enfoncer un peu plus son interlocuteur.

– Ce qui est tout à fait incongru, en revanche, c'est qu'on m'envoie le *press officer* en réponse à ma requête. Comme si je demandais une interview d'avant-match. C'est absurde, vous ne trouvez pas ?

Le chargé des relations presse faillit s'étrangler. Il était partagé entre le respect dû à l'autorité policière et la mission qu'on lui avait confiée, qui consistait essentiellement à protéger les joueurs de toute intervention extérieure.

Il bredouilla quelques mots incompréhensibles et s'arrêta net lorsqu'il sentit une présence à ses côtés. En levant les yeux sur sa droite, il découvrit ce personnage au port altier qui le dépassait d'une vingtaine de centimètres. Fergus Pennycook, lui, s'arrêta de respirer en reconnaissant celui qu'il considérait comme un héros des temps modernes. C'était le capitaine de Manchester United ; William Jones venait aux nouvelles.

– Qu'est-ce qui se passe, John ? demanda-t-il. On m'a dit que quelqu'un cherchait à me voir…

– C'est moi qui ai besoin de vous parler, monsieur Jones. Je suis la capitaine Doherty, de la police du Grand Manchester. C'est au sujet de l'enquête sur les disparus de Moss Side.

Le footballeur ne répondit pas. Ses yeux se fixèrent sur Molly, puis sur les deux lieutenants derrière elle et enfin sur le *press officer*, comme s'il cherchait à comprendre dans chacun de ces regards ce qui se passait. John Tyler perçut le trouble du joueur et vint à sa rescousse.

– C'est tout à fait impossible pour le moment, dit le *P.O.* avec une autorité un tantinet grandiloquente. Veuillez nous envoyer une demande en bonne et due forme et repasser plus tard, quand tout sera terminé.

Tyler saisit alors William Jones par le bras et l'entraîna vers le vestiaire sans dire un mot de plus.

Molly savait qu'elle ne pouvait se permettre d'aller trop loin en pareille circonstance. Elle se décida alors à abattre une dernière carte.

– Monsieur Jones ! dit-elle en portant la voix. Sachez que Maggie Duckworth vous transmet ses amitiés. Elle me charge aussi de vous dire que son défunt mari, Archie, vous admirait beaucoup, même si vous aviez décidé à l'époque de jouer avec les Rouges. Il disait toujours : « Il va devenir un grand joueur, ce petit Billy… »

CHAPITRE 42
Là-haut, la passerelle

Manchester, le 18 mai 1997.
Autour de minuit.

C'est Ryan qui pénétra le premier dans le hall glacial du Royal Mill. Il était suivi de près par Jake et Billy, qui avaient oublié leurs réticences pour se porter au secours de Duncan. Lorsqu'ils avaient vu cet homme menaçant se présenter à son tour sur la passerelle métallique, ils avaient compris que leur ami courait un réel danger.

Tous trois étaient donc entrés par cette grille ouverte et s'étaient dirigés vers le seul endroit plus ou moins éclairé, au cœur de cette nuit opaque.

Une fois dans le hall, ils n'eurent pas à réfléchir longtemps. Il n'y avait d'autre solution que de monter, emprunter cet escalier aux marches usées qui se présentait face à eux. Bien qu'ils ne fussent que des poids plumes, le bois se mit à grincer sous leurs pas et leur cavalcade sembla résonner dans tout le bâtiment. Alors ils ralentirent un peu après avoir passé le quatrième étage et tentèrent de se faire le plus légers et discrets possible. Une fois arrivés au sixième, ils se retrouvèrent dans une pièce immense aux murs noircis, au parquet défoncé par endroits. Au fond, une énorme machine à tisser ressemblait à un monstre endormi couvert de poussière et de rouille ; dans l'angle se trouvait une bouilloire de plus d'un mètre de haut, dont le couvercle était ouvert ; il restait quelques fragments des tissus stockés sur les étagères de bois. Et au centre du mur principal, une porte ouvrait sur la passerelle.

Les trois garçons s'approchèrent en silence. Mais une voix tonitruante les fit reculer bien vite et ils allèrent se cacher derrière la machine à tisser. Cette voix, ils la reconnurent : c'était celle du videur de l'Haçienda.

– Tu m'emmerdes, Atkins ! beugla Johnny Gleenan. Tu fais n'importe quoi, t'es pas fiable ! Je te laisse cinq minutes pour me ramener le môme à la bagnole ou je me barre et c'est toi qui devras rendre des comptes au vieux !

Ryan, Jake et Billy attendirent que le videur redescende les étages du Royal Mill. Puis ils s'approchèrent de la passerelle.

Et la scène qu'ils découvrirent les terrifia.

Duncan était à genoux, les mains sur la nuque en guise de maigre protection. Un homme se tenait derrière lui et hurlait comme un putois. Ryan le reconnut sans peine, c'était celui qui était passé prendre son frère à la maison, une heure plus tôt.

Il avait une arme à la main. Un pistolet.

Il menaçait Duncan en lui pointant le canon sur le crâne. Et il gueulait.

– Tu vas descendre, putain ! Tu vas y aller, voir le vieux, parce que t'as pas le choix, tu m'entends ? Tu vas y aller et tu vas revenir avec mon pognon. C'est ça qui était prévu, merde ! Et c'est ça que tu vas foutre en l'air si tu continues à jouer au con ! Par ta faute, je vais perdre le filon, alors arrête tes conneries ou je t'en loge une dans la tempe !

Duncan cria à son tour, hurla qu'il préférait crever plutôt que d'aller satisfaire les désirs du vieux dégueulasse. Alors Nigel Atkins le menaça une dernière fois.

– Si tu ne te relèves pas à 3, je tire. Et crois-moi, je le ferai ! Personne ne te regrettera, petit con ! Personne n'ira même te rechercher dans le coin ! Tu vas crever pour rien, t'as compris ? Alors je compte, petit merdeux : 1… 2…

Sans réfléchir, Ryan traversa la passerelle en courant. Il sauta sur Atkins, l'agrippa comme il le put, arracha son pendentif.

Un adulte contre un enfant de douze ans, la lutte était par trop inégale. Atkins se dégagea, balança un grand coup de pied dans les côtes de Ryan qui se retrouva projeté à trois mètres. Il fit un roulé-boulé sans pouvoir contrôler sa chute.

Et il tomba de la passerelle.

CHAPITRE 43
Billy ressuscité

William Jones se retourna lentement et se dégagea de l'emprise du *press officer*.

Ça faisait une éternité qu'on ne l'avait plus appelé Billy, qu'on n'avait plus utilisé le diminutif traditionnel de son prénom. Tous les William ont un jour été surnommés Billy, c'était ainsi. Mais depuis que Jones était devenu ce personnage incontournable et respecté du football anglais, plus personne n'avait osé s'adresser à lui de cette manière. Le petit Billy Jones n'existait plus depuis des années.

Et voilà qu'une jeune femme aux yeux clairs le ressuscitait au cœur d'Old Trafford, à moins d'une heure du match d'une vie.

– Venez, William, tenta John Tyler. Il faut retourner au vestiaire, il faut aller vous préparer avec les autres, vous mettre en tenue. Vous ne pouvez pas vous laisser distraire de cette manière.

Mais le capitaine de Manchester United ne bougeait pas. Il se contentait de fixer Molly, sans dureté mais avec intensité.

– Je savais qu'un jour je devrais me retrouver face à quelqu'un comme vous, dit-il. Je le savais. C'est un moment que je redoutais ; mais je crois que je l'espérais aussi, d'une certaine manière. C'est juste étrange de tomber sur vous maintenant, vous en conviendrez…

– William, je vous en prie, insista Tyler. Ça n'est ni le lieu, ni le moment pour répondre à ce genre de sollicitation.

– John, allez nous ouvrir le bureau de Six Alex. S'il vous plaît.

Le *press officer* n'en revenait pas. Mais il s'exécuta.

Quelques instants plus tard, Molly et William pénétrèrent dans ce sanctuaire de l'âge d'or du club, le fameux bureau de Sir Alex Ferguson. C'était un petit espace qui n'était pas si impressionnant, finalement : une pièce de dimension modeste avec des boiseries sur les côtés, des trophées sur les étagères et deux petits canapés de laine brune qui se faisaient face. Personne n'avait osé changer la décoration depuis que le coach avait fini par prendre sa retraite.

C'est là que la capitaine de police et le footballeur s'installèrent, tandis que Fergus et Stuart restaient dans le couloir.

***

Les tribunes d'Old Trafford commencèrent à se remplir, lentement mais sûrement.

Les supporters des *Sky Blues* étaient parqués dans un angle. On distinguait quelques maillots bleu ciel qui parsemaient ce virage, mais pas tant que ça : on avait l'impression que certains avaient hésité à porter ostensiblement leurs couleurs, sans doute pour éviter de se faire courser en sortant du stade. Pour autant, même s'ils étaient vingt fois moins nombreux que ceux de United, ils compensaient leur infériorité numérique par une activité de tous les instants. Toutes les cinq minutes, on entendait une nouvelle version de « Blue Moon », ce qui ne manquait pas de réveiller les fans des Diables Rouges ; ceux-ci s'appliquaient alors à couvrir l'hymne de City avec l'un de leurs chants braillés par des dizaines de milliers de poitrines. Comme toujours, c'est la Stretford End qui donnait le ton, la tribune des supporters les plus remuants.

Bientôt, on commença à sentir une odeur se propager aux tribunes. Un parfum de soufre, de pétard ou de feu d'artifice ; c'étaient des fumigènes allumés par les Bleus, aussitôt éteints avec autorité par les stewards censés maintenir l'ordre.

Enfin, les joueurs sortirent du tunnel, quelques dizaines de minutes avant le coup d'envoi de la rencontre. C'était l'heure de l'échauffement.

Les *Red Devils* furent les premiers à se présenter sur le gazon parfait d'Old Trafford. Une formidable clameur s'éleva dans le stade pour les accueillir ; les joueurs saluèrent le public en retour avant de commencer à trottiner sur la largeur du terrain.

Au cœur de la Stretford End, Freddie Bruce gardait un œil sur les supporters des Bleus, installés de l'autre côté du stade. Mais il observait également l'échauffement des Diables Rouges et il s'étonna de voir qu'il manquait quelqu'un d'important dans l'effectif de United. Aussitôt, Freddie sortit son portable pour réactiver *FredTheRed55* et être le premier à balancer l'info à sa communauté.

Le capitaine n'était pas sorti s'échauffer.

***

– C'est donc bien vous, le quatrième garçon sur la photo du *Manchester Evening News* ? demanda Molly. Celui qui tente de séparer Duncan et Ryan ?

William Jones regarda en souriant le cliché tendu par la capitaine Doherty.

– C'était moi, en effet. On était assez… turbulents, à l'époque. J'ai l'impression que c'était il y a un siècle. Comment avez-vous su ?

Molly lui présenta alors une autre photographie, celle que lui avait confiée Maggie. Elle avait été prise cinq ans après celle qui était tombée dans les mains de Ben Wellington. On y voyait le jeune Billy au côté d'Archie Duckworth, tout sourires, arborant fièrement un maillot de Manchester City. Sur ce cliché-là, Billy n'était plus ce jeune garçon qui sortait tout juste de l'enfance. Il avait dix-sept ans et c'était un véritable jeune homme qui souriait à l'objectif ; il était encore un peu frêle mais il apparaissait très élancé, avec une assurance et une élégance qui ne le quitteraient plus. Billy ressemblait déjà à celui qui deviendrait capitaine de Manchester United, bien des années plus tard.

C'est une émotion encore plus forte qui s'empara de William Jones en découvrant ce fragment oublié de son passé.

– Monsieur Duckworth n'est donc plus de ce monde, me disiez-vous…

– Depuis quelques années. Maggie est restée seule avec sa peine, mais je pense qu'elle se débrouille très bien malgré tout. Il y a beaucoup de vie en elle. C'est une très belle personne.

– Elle a toujours été comme ça, ajouta William en souriant.

La capitaine Doherty attendit un instant avant de changer l'humeur de leur conversation. Mais elle dut bien s'y résoudre.

– Pourquoi n'avez-vous pas souhaité vous manifester, lorsque cette photo est sortie dans la presse ? demanda-t-elle. Tout le monde se demandait qui étaient ces garçons et ce qui leur était arrivé. Vous auriez dû venir nous voir ou nous contacter d'une manière ou d'une autre. Votre témoignage aurait été précieux dans cette enquête, pourquoi n'avez-vous rien dit ?

– Parce que je n'ai jamais parlé de mon enfance. À personne. Vous ne trouverez pas un journaliste, pas un biographe amateur qui pourra vous raconter le gamin que j'étais. Pour preuve, tout le monde pense que je viens d'un milieu favorisé ; j'ai même un adversaire direct qui me surnomme « prince William »… Personne ne sait que je viens de la rue.

– Alors je vous pose ma question différemment : pourquoi n'avez-vous jamais voulu dire quoi que ce soit de votre passé ? Pour ne pas écorner votre réputation ? Parce qu'à vos yeux, il était important de conserver cette image d'aristocrate du football ? Pour ne pas perdre vos contrats publicitaires, peut-être ?

– Non, pas du tout ! Pour aucune de ces raisons. Je me moque de mon image et de mes contrats publicitaires. Mais je… je ne pouvais pas…

William Jones se tut et baissa la tête, comme s'il ployait sous le poids des souvenirs. Un long silence s'installa dans le petit bureau de Sir Alex Ferguson.

La capitaine Doherty attendit le temps nécessaire avant de poursuivre l'interrogatoire.

– Il faut me parler, monsieur Jones, reprit-elle. Si vous avez gardé le silence, c'est justement à cause de ce qui est arrivé à Duncan et Ryan ?

Le capitaine des Diables Rouges, cette immense star du football anglais, ce personnage incontournable de l'actualité britannique, ce joueur majeur, releva les yeux comme un petit garçon. William était redevenu Billy au moment de hocher la tête et d'acquiescer.

Molly ne voulut pas brusquer son interlocuteur. Elle attendit encore un peu avant de se contenter de lui souffler : « Racontez-moi. »

Alors William Jones commença à raconter.

L'amitié entre ces quatre garçons du même quartier, ceux de Cranswick Street et les frangins de Henbury. La joie de partager la même passion autour du stade de Maine Road, avec Ryan et Jake. Et puis la dérive de Duncan, le plus âgé, le seul à supporter les Rouges.

Duncan, qui s'était retrouvé sous l'influence néfaste d'un groupe de hooligans.

Duncan, qui avait quitté la maison, un soir, et qui allait se mettre en danger, c'était certain.

Jones raconta l'appel à l'aide de Ryan, sa folle inquiétude, son débit de parole ahurissant ; la surprise de Jake, prévenu dans la foulée.

Le voyage en scooter vers le quartier d'Ancoats, si mal famé à l'époque.

La découverte de Duncan, tout en haut d'une passerelle abandonnée, menacé par un inconnu. La montée dans ce bâtiment lugubre, par cet escalier qui grinçait à chaque pas.

Et puis cette scène épouvantable à laquelle ils assistèrent une fois arrivés au sixième étage, ce type qui menaçait Duncan avec une arme.

Ryan, enfin, qui voulut sauver son frère et se retrouva projeté sur le bord de la passerelle.

William Jones s'interrompit, la gorge nouée.

***

Un vent frais commença à parcourir les travées d'Old Trafford. C'était un vent du nord qui n'annonçait rien de bon. Le bleu du ciel disparut en quelques minutes, reculant lâchement face à un cortège de nuages de plus en plus sombres ; il était dit qu'un ciel aussi lumineux ne pourrait s'installer durablement au-dessus de Manchester.

Très vite, les premières gouttes de pluie s'invitèrent dans l'enceinte, zébrant le faisceau des projecteurs. On aurait dit de la neige au mois de mai, mais c'étaient bien des molécules d'eau qui tournoyaient dans les airs avant de se projeter en rafales à l'intérieur du stade. La pelouse fut aussitôt recouverte d'une myriade de petits points lumineux, comme autant de reflets sur les gouttes d'eau tombées au sol. Les supporters le savaient, c'était la promesse d'un jeu plus rapide, plus nerveux ; le match n'en serait que plus passionnant.

Bien à l'abri dans le virage réservé aux supporters de Manchester City, un homme à capuche regardait fixement le terrain. Mais il ne pensait pas au football et n'avait que faire du match qui s'annonçait.

Après avoir quitté le petit appartement de Rebecca, Jake était allé trouver du réconfort auprès de ses anciens camarades musiciens, le bassiste et le batteur qui l'avaient accompagné pendant des mois. Découvrant sa mine défaite, ils l'avaient accueilli sans rancune, sans revenir sur le triste épisode du Maine Road Café. Ils lui avaient même proposé de venir avec eux à Old Trafford pour assister au derby, en récupérant le ticket de la compagne du bassiste qui venait de déclarer forfait. Jake avait accepté, bien qu'il n'eût pas vraiment le cœur à s'enthousiasmer pour des footballeurs, fussent-ils vêtus de bleu.

En arrivant dans la tribune avec les autres, il s'était dit que ça n'était peut-être pas une très bonne idée de se retrouver dans un lieu public scruté par une myriade de caméras, alors qu'il était sans doute recherché par la police. Il remit donc sa fameuse capuche et se fit le plus discret possible, évitant de chanter ou d'insulter les supporters d'en face. Il se contenta d'observer le spectacle qui lui était proposé : l'échauffement des Bleus face à lui, celui des Rouges de l'autre côté du terrain.

Un détail l'intrigua, tout à coup. Il plissa les yeux, comme si ça pouvait réellement lui permettre de voir plus loin. Il n'en était pas vraiment sûr, mais il lui sembla que Billy ne faisait pas partie de l'effectif de United qui s'apprêtait à rentrer au vestiaire.

Il se dit alors que son ancien ami, celui qui avait fini par le laisser tomber, était peut-être en train de rendre des comptes, quelque part.

Et ça n'était que justice, pensa Jake. Il en avait assez d'être seul à porter cette histoire.

***

– Monsieur Jones ? reprit Molly. Vous pouvez me raconter la suite ?

Un long silence s'était à nouveau invité dans le bureau de Sir Alex. Le grand William n'était plus que le petit Billy, ému et presque terrorisé à l'idée de poursuivre son histoire.

– Vous avez du mal à vous en souvenir ? tenta Molly.

– Bien au contraire. Je m'en souviens comme si c'était hier…

CHAPITRE 44
Derniers soupirs

Manchester, le 18 mai 1997.
Au cœur de la nuit.

Jake et Billy n'avaient pas osé bouger lorsqu'ils avaient vu Ryan se ruer sur Nigel Atkins. Tétanisés, ils étaient restés derrière la machine à tisser. Et puis tout était allé si vite. Le duel inégal, le coup de pied de Nigel. La chute de Ryan.

Alors ils oublièrent enfin leur terreur et se levèrent pour courir à leur tour vers la passerelle. Leur cœur explosa quand ils découvrirent la scène. Ils virent Nigel, de l'autre côté, lourd et menaçant. Ils virent Duncan, toujours à genoux, se lever précipitamment. Car il restait un espoir : Ryan avait eu le réflexe d'agripper le rebord d'une main.

Duncan se jeta pour attraper le poignet de son petit frère au moment où il lâchait prise. Mais il n'avait pas maîtrisé l'intensité de son élan et se retrouva lui aussi en danger : il se tenait d'une main à la rambarde, la moitié du corps dans le vide.

Billy et Jake voulurent intervenir. Il fallait retenir Duncan. Il fallait l'aider à faire remonter Ryan sur le bord de la passerelle.

C'était sans compter la fureur d'Atkins, abasourdi de voir tous ces gamins sortir de nulle part. En hurlant sa haine, il courut vers Jake et le frappa puissamment au thorax ; le jeune garçon se retrouva projeté, sans connaissance, sur le parquet crasseux du sixième étage.

Billy, lui, avait avancé vers ses amis. Mais alors qu'il allait prendre la main de Duncan, Atkins l'attrapa par le col et, d'un geste brusque, le força à reculer.

Et puis Duncan bascula à son tour dans le vide.

Main dans la main, les frères Harrison firent une chute de plus de vingt mètres, sans un mot, sans un cri.

Billy, lui, hurla. Il était horrifié, dévasté par la douleur.

En poussant un sifflement admiratif, Nigel Atkins se pencha par-dessus la balustrade pour observer les deux corps sans vie. Tout en bas, sur le pavé inégal de Murray Street, Duncan et Ryan étaient entrelacés comme s'ils continuaient à lutter dans l'au-delà. Quelques mètres plus loin, la voiture de Johnny Gleenan démarrait pour s'éloigner du drame au plus vite.

Alors Billy s'empara du pistolet que Nigel avait délaissé sur le sol de la passerelle.

Et il lui tira une balle en pleine tête.

CHAPITRE 45
Le traumatisme de Billy

– C'est donc vous qui avez abattu Nigel Atkins ? demanda Molly.

– Vous comprenez maintenant pourquoi je n'ai jamais rien voulu raconter de mon enfance, répondit William avec un sourire triste. Je ne pouvais rien dire, de peur qu'on finisse par tomber sur cette histoire. Et puis c'est une promesse qu'on s'était faite avec Jake : ne rien révéler, ne pas tenter d'expliquer, jamais, devant personne. Pour nous, c'était presque une question de vie ou de mort. Ça a tenu pendant un quart de siècle, même si Jake essayait régulièrement de me faire chanter pour l'aider à se sortir des situations impossibles dans lesquelles il se mettait.

– Jake était le seul à savoir ?

– Oui. Il est revenu à lui au moment où j'appuyais sur la gâchette. Il a tout vu. Lui seul savait. Et vous, désormais. Demain matin, tout le monde sera au courant, j'imagine.

– Mais pourquoi vous n'avez rien raconté à l'époque ?

– Par peur des représailles. J'imaginais qu'il se trouverait toujours quelqu'un en ville pour me faire payer mon geste. Et puis j'avais tué un homme, tout de même. On ne fait pas un tel aveu à la légère. Je garderai ce traumatisme toute ma vie, c'est une évidence. Non seulement j'ai commis un meurtre, mais j'ai aussi vu mes amis mourir sans être capable de les aider…

On toqua à la porte. C'était John Tyler, le *press officer*, retenu à grand-peine par Fergus et Stuart.

– Pardonnez-moi de vous déranger. William, c'est le coach qui m'envoie. Le match est dans vingt minutes, on a besoin de savoir ce que vous comptez faire.

Le capitaine Jones se tourna vers la capitaine Doherty, interrogatif.

– Il est à vous dans quelques instants, dit-elle à Tyler. Je vous le promets.

John Tyler s'effaça. William hocha la tête en guise de remerciement.

– J'ai une dernière question à vous poser, reprit Molly. Expliquez-moi comment Ryan et Duncan se sont retrouvés six pieds sous terre de l'autre côté de la ville.

– Mes souvenirs sont moins précis sur les minutes qui ont suivi la mort d'Atkins. Quelques images, des mots et des cris… Juste après le coup de feu, Jake et moi on a entendu des pas dans l'escalier.

J'ai appris plus tard qu'il s'agissait de membres des *InterCity Jibbers*, le groupe de hooligans, menés par un certain Colin. On s'est à nouveau cachés derrière la machine à tisser et on les a observés découvrir la scène. C'est ce Colin qui a pris la parole. Il était hors de lui. En croisant la voiture du videur de l'Haçienda puis en tombant sur le corps des enfants, il a tout compris. Il savait que Nigel avait commis un acte innommable. Je me souviens de ses mots, sur la passerelle : pour lui, il était hors de question qu'on puisse faire le lien entre sa petite bande et le meurtre des gamins. Il était totalement paniqué. Il hurlait que les Jibbers n'étaient pas des tueurs ou des violeurs d'enfants. Alors Colin a donné ses consignes. Il a demandé à ses hommes de laisser sur place le cadavre de « cette ordure de Nigel » et ils ont embarqué ceux de Duncan et Ryan pour aller les dissimuler près de chez eux, pas trop loin de Maine Road si possible ; il savait qu'il y avait des travaux sur le parking du stade. Il disait : « Si ça peut foutre le bordel chez les Bleus, c'est encore mieux. » Je n'ai jamais su exactement où ils avaient enterré les corps. Jusqu'à dimanche dernier et cette première page du *Sun*.

– Vous avez attendu que les Jibbers quittent les lieux avant de sortir à votre tour ?

– C'est ça. Jake a récupéré le pendentif de Nigel, arraché dans la lutte avec Ryan. Il disait que ça pourrait peut-être lui servir, un jour. Et on n'a plus reparlé de cette histoire pendant des années.

Depuis le bureau de Sir Alex Ferguson, on entendit Old Trafford gronder. L'heure du coup d'envoi approchait et les soixante-seize mille supporters n'en pouvaient plus d'attendre.

– Qu'est-ce que vous comptez faire de moi, à présent ? demanda William.

– Eh bien… je devrai vous entendre à nouveau, sans doute, avant de faire un rapport complet pour clore cette enquête. Au bout du compte, il y a une vraie possibilité pour que la justice s'empare de ce dossier, je ne vous le cache pas ; vous savez qu'en Angleterre, il n'y a pas de prescription. Le point positif, c'est que ça pourrait nous permettre de faire toute la lumière sur ce qui ressemble à un réseau pédophile, selon ce que vous m'avez décrit. Quant à vous, William, je ne pense pas que vous craigniez quoi que ce soit : vous étiez mineur à l'époque des faits et on peut assimiler votre geste à de la légitime défense. En revanche, je ne sais pas quel impact cette révélation peut avoir sur votre réputation. On ne vous verra plus de la même manière, c'est sûr…

William Jones hocha la tête avec gravité.

– Mais pour l'heure, reprit Molly, je ne peux que vous laisser rejoindre vos coéquipiers et vous souhaiter un bon match.

En voyant le capitaine des Diables Rouges sortir du bureau et se hâter de rejoindre le vestiaire, Fergus Pennycook put enfin respirer. Il était en apnée depuis le début de l'entretien.

CHAPITRE 46
Épilogue

La pluie tombait sans discontinuer sur Old Trafford.

Dans la tribune de presse, Ben Wellington frissonnait, pestait contre l'humidité ambiante. En partant du Midland une heure plus tôt, il n'imaginait certainement pas que la météo changerait aussi radicalement sur Manchester. Il n'en pouvait plus de cette région et se réjouissait de pouvoir rentrer à Londres dès le lendemain.

Avant de partir, il irait saluer la capitaine Doherty, tout de même. Il s'excuserait à nouveau de l'avoir jetée en pâture à la vindicte populaire en révélant ses origines après qu'elle l'eut éconduit. Il n'avait pas agi en véritable *gentleman* et il le savait. Il avait l'habitude d'endosser le costume du goujat mais c'était bien la première fois que ça le gênait aux entournures ; il en ressentit le besoin de faire amende honorable. Bien sûr, il en profiterait pour demander à Molly si elle avait fini par résoudre l'énigme qui les tenait en haleine, l'un et l'autre, depuis une semaine. Car même s'il avait été le premier à avancer sur cette affaire, c'était la capitaine qui avait pu assembler les dernières pièces du puzzle.

Au bout du compte, mademoiselle Doherty serait bien la seule personne que Ben Wellington regretterait en partant, même si elle lui avait opposé une résistance un tantinet humiliante. Il n'osait pas vraiment se l'avouer, mais la réalité, c'est qu'il ne parvenait plus à la chasser de son esprit tant il avait été conquis par le charme discret de la petite Irlandaise. C'était ainsi, le grand journaliste londonien avait été terrassé par une provinciale sans pedigree et s'en retournerait à Londres avec une pointe au cœur et à l'égo.

Mais avant de quitter le comté du *Greater Manchester*, il comptait bien profiter du spectacle offert par le Théâtre des Rêves.

Dix minutes avant le coup d'envoi, les joueurs sortirent du tunnel.

Aussitôt, le stade entra en ébullition et sembla trembler sur ses bases. On y était. Enfin. Un derby comme une finale du championnat. Le dernier match d'une saison folle pour savoir qui serait couronné roi d'Angleterre. Les caméras du monde entier étaient braquées sur l'événement et chacun se rassemblait autour des téléviseurs en Europe, en Afrique, aux Amériques ; en Asie, en Océanie, on se préparait à veiller une partie de la nuit. Le temps s'arrêterait pour tous les passionnés de ce sport, la vie normale ne reprendrait que dans un peu moins de deux heures. Et partout, on voulut se persuader que rien ne viendrait perturber le *beautiful game*, ce jeu de ballon raillé par les uns, adulé par tant d'autres.

Mais il faudrait attendre encore quelques minutes avant que le coup d'envoi ne soit donné, car une petite cérémonie se mettait en place. On entendit une ritournelle au piano s'échapper des haut-parleurs, reprenant un thème composé par Badly Drawn Boy. Les joueurs des deux équipes furent invités à se positionner autour du rond central.

Et puis Old Trafford se figea en découvrant la suite.

Deux enfants firent leur apparition sur la pelouse en se tenant la main. Ils avaient l'air terriblement impressionnés à l'idée de pénétrer ainsi dans le Théâtre des Rêves et de fouler ce gazon parfait. Le speaker du stade expliqua d'une voix grave qu'il s'agissait là de rendre hommage aux jeunes victimes de Moss Side, reprenant ainsi l'idée lancée la veille par William Jones. L'un des enfants arborait un maillot bleu floqué au nom de Ryan, l'autre un maillot rouge avec le nom de Duncan ; c'était lui qui tenait le ballon du match. Sous la pluie qui s'intensifiait, ils s'avancèrent au milieu du cercle formé par les joueurs et se placèrent au centre du terrain. Déjà trempés jusqu'à l'os, ils frissonnaient.

Depuis la Stretford End, Freddie Bruce observait la cérémonie avec circonspection ; il s'étonnait surtout de constater que le capitaine de Manchester United n'en faisait pas partie.

Dans la tribune d'en face, Jake avait fait le même constat. Il en avait déduit que William et lui n'étaient sans doute plus les seuls à connaître la véritable histoire du petit Billy. Mais Jake ressentit surtout un vrai malaise en découvrant l'hommage mis en scène sous ses yeux. Il eut l'impression de revivre un fragment de son passé tout en étant loin, très loin de tout ça, perdu de l'autre côté du stade. Comme s'il n'était qu'un spectateur de sa propre vie.

Enfin, William Jones sortit du tunnel et se présenta sur le gazon d'Old Trafford, seul.

Il s'arrêta net, surpris de trouver un stade muet. Il regarda sur sa gauche la Stretford End, cette tribune si bruyante où Duncan avait autrefois vécu sa passion ; elle était silencieuse, elle aussi. Il s'étonna encore de constater que la lumière avait changé, que le soleil avait brutalement disparu. Le ciel bas, les nuages noirs avaient plongé les lieux dans une nuit artificielle où les projecteurs avaient retrouvé leur utilité. La pluie qui zébrait l'espace venait renforcer le côté dramatique de la scène.

Dans une ambiance de plus en plus pesante, William Jones reprit sa marche en avant. Face à lui, ses coéquipiers et ses adversaires étaient réunis autour du rond central, entourant deux petites taches de couleur. Plus il avançait, plus il réalisait qu'il s'agissait de deux enfants et qu'ils étaient censés symboliser les regrettés Duncan et Ryan. Même si ces mômes étaient bien plus jeunes que ses amis au moment de leur disparition, la force du symbole lui donna comme un coup de poing dans l'estomac. Il voulut s'arrêter de marcher. Il songea un instant à fuir, sans savoir réellement pourquoi.

Mais il continua d'avancer, comme il l'avait toujours fait.

Depuis la sortie du tunnel, Molly l'observait en retenant son souffle.

À ses côtés, Stuart restait bouche bée. Fergus tremblait comme une feuille.

William Jones s'avança encore, passa le cercle des autres joueurs et marcha lentement vers le centre du terrain. Le stade se tut, attendant la suite. Plus un son, plus un chant, plus un cri ne s'échappait des tribunes.

Comme un seul homme, les dizaines de milliers de supporters, quelle que fût leur couleur, se levèrent. Les Bleus et les Rouges s'unirent en une marque de respect sincère et spontanée. La ville semblait réconciliée.

Dans un silence de cathédrale, William Jones fit quelques pas supplémentaires. Il s'agenouilla devant les mômes en rouge et bleu qui le regardaient avec de grands yeux humides. Il les prit dans ses bras ; ils se blottirent contre lui. Old Trafford se surprit à les applaudir avec émotion.

Billy vint alors ajouter quelques larmes à la pluie mancunienne.

Il pouvait enfin pleurer ses amis disparus.

PLAYLIST

Blue Moon, Richard Rodgers / Lorenz Hart
Wonderwall, Oasis
Panic, The Smiths
The Drugs Don't Work, The Verve
We Are The Champions, Queen
God Save The Queen, The Sex Pistols
Dirty Old Town, The Pogues
Fools Gold, The Stone Roses
The Boy With The Thorn In His Side, The Smiths
Love Will Tear Us Apart, Joy Division
Blue Monday, New Order
Morning Glory, Oasis
Silent Sigh, Badly Drawn Boy

REMERCIEMENTS

Merci à Cécile, Jules, Lili et Victor pour leur soutien, chacun à sa manière.

Merci à Bertrand Pirel pour son accompagnement tout au long de ce parcours mancunien, des premiers questionnements jusqu'aux dernières corrections.

Merci à Charles Biétry pour avoir pris le risque d'envoyer le gamin que j'étais commenter son premier match en Angleterre, il y a bien longtemps. C'était un match de Manchester United, évidemment.

Merci au regretté Thierry Gilardi pour la confiance accordée semaine après semaine, lorsque je participais à la couverture de la Premier League pour *L'Équipe du Dimanche*.

Merci à Éric Cantona pour son rêve modeste et fou, ses mouettes et son chalutier.

Merci à Dave Haslam, légendaire DJ de l'Haçienda, pour la visite guidée de sa ville. C'était à l'occasion du tournage d'un documentaire réalisé avec mes camarades Stéphane Saunier et Grégoire Margotton :

Made In Manchester (Canal+, 2000), ou le portrait d'une ville entre rock et foot.

Merci enfin à tous ceux qui ont apporté une petite pierre à l'édifice. Je pense notamment à Joris Sabi et David Rivet, qui m'ont permis de vivre un derby mancunien aux premières loges. Je pense également à Mildred, pour la petite introduction à la psychologie nord-irlandaise…